U0488338

今夜无神

GOOD NIGHT

季南一 著

中国广播影视出版社

图书在版编目（CIP）数据

今夜无神 / 季南一著. -- 北京：中国广播影视出版社，2024.1
ISBN 978-7-5043-9141-4

Ⅰ. ①今… Ⅱ. ①季… Ⅲ. ①长篇小说－中国－当代 Ⅳ. ①I247.5

中国国家版本馆CIP数据核字(2023)第231919号

今夜无神

季南一　著

责任编辑	宋蕾佳
封面设计	沉清 Evechan
责任校对	张　哲　马延郡
出版发行	中国广播影视出版社
电　　话	010-86093580　010-86093583
社　　址	北京市西城区真武庙二条9号
邮　　编	100045
网　　址	www.crtp.com.cn
电子信箱	crtp8@sina.com
经　　销	全国各地新华书店
印　　刷	河北文盛印刷有限公司
开　　本	880毫米×1230毫米　1/32
字　　数	266（千）字
印　　张	10
版　　次	2024年1月第1版　2024年1月第1次印刷
书　　号	ISBN 978-7-5043-9141-4
定　　价	52.00元

（版权所有　翻印必究·印装有误　负责调换）

001 副本一 孵化之都

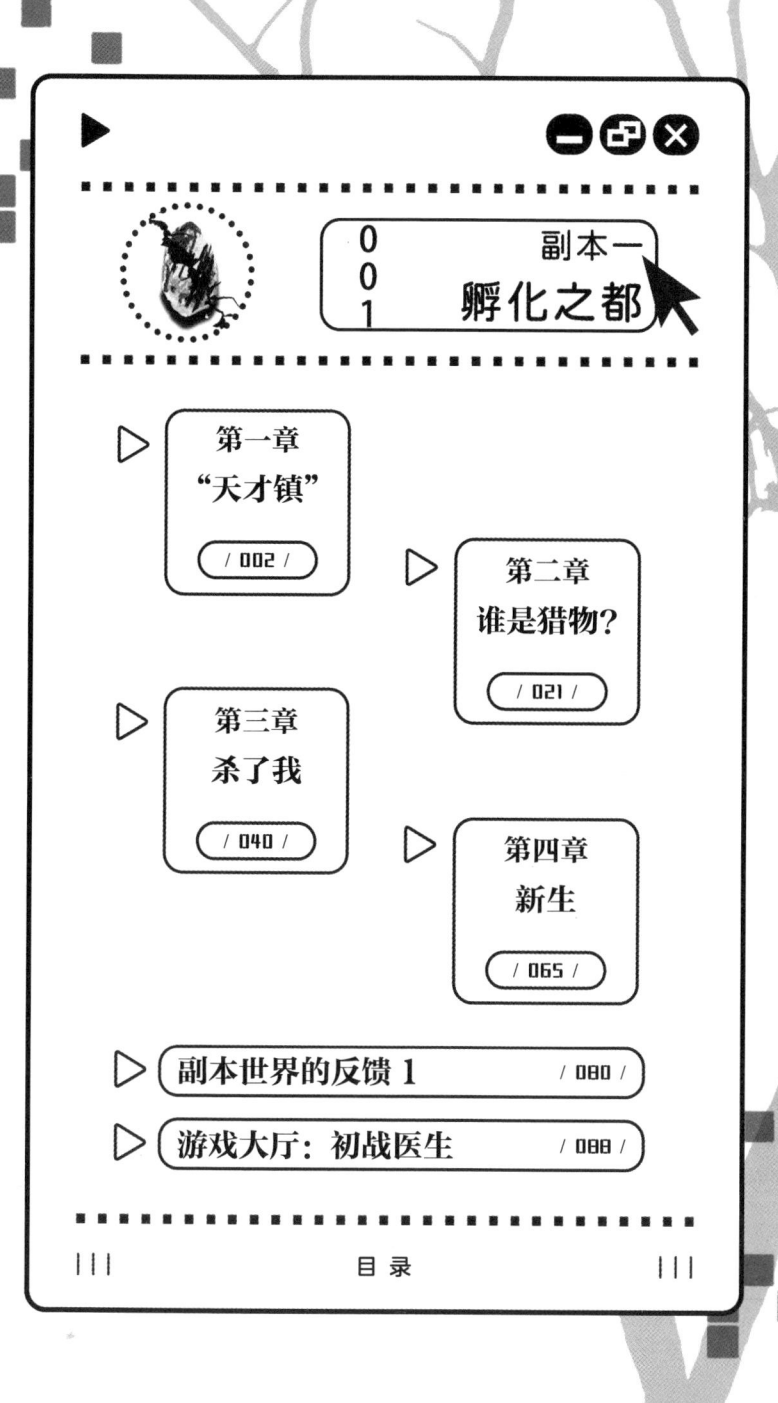

- 第一章 "天才镇" /002/
- 第二章 谁是猎物? /021/
- 第三章 杀了我 /040/
- 第四章 新生 /065/
- 副本世界的反馈 1 /080/
- 游戏大厅:初战医生 /088/

目录

副本二 标签社会

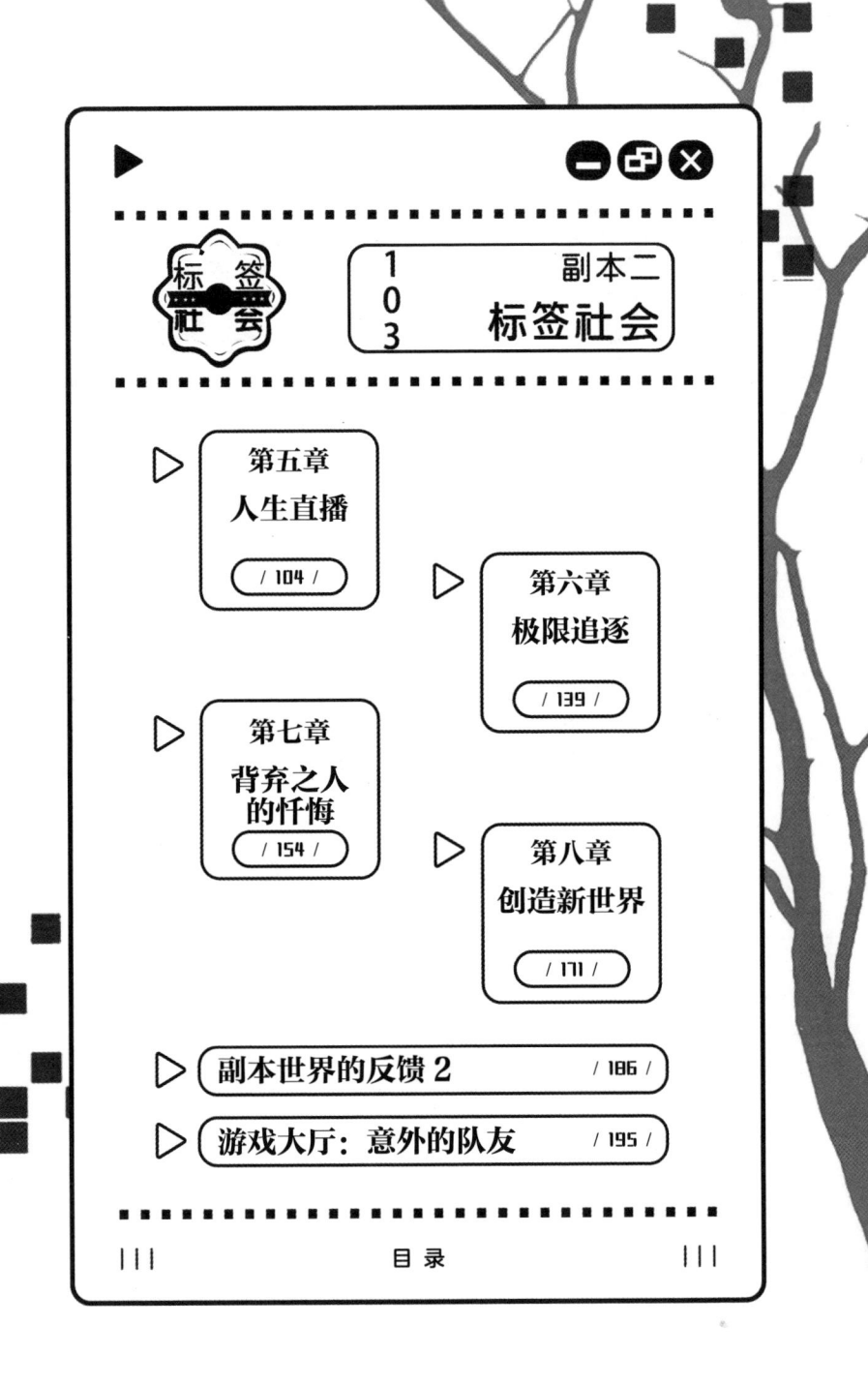

103

- 第五章 人生直播 / 104 /
- 第六章 极限追逐 / 139 /
- 第七章 背弃之人的忏悔 / 154 /
- 第八章 创造新世界 / 171 /
- 副本世界的反馈2 / 186 /
- 游戏大厅：意外的队友 / 195 /

目录

副本三 幻想博物馆 203

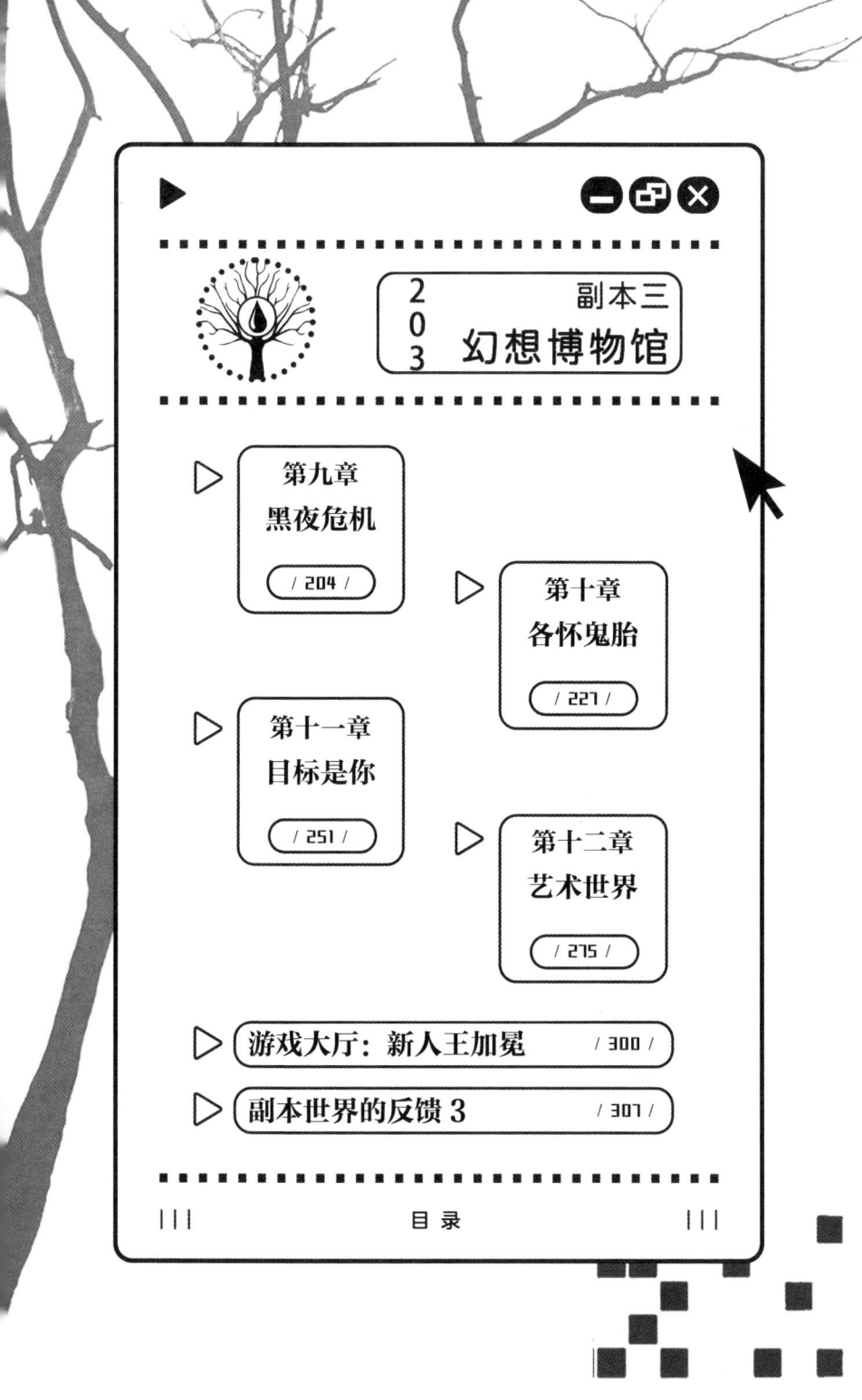

- 第九章 黑夜危机 / 204 /
- 第十章 各怀鬼胎 / 227 /
- 第十一章 目标是你 / 251 /
- 第十二章 艺术世界 / 275 /
- 游戏大厅：新人王加冕 / 300 /
- 副本世界的反馈 3 / 307 /

目录

鸡蛋从外打破，是食物；
从内打破，是生命。

孵化之都

副本一

第一章
"天才镇"

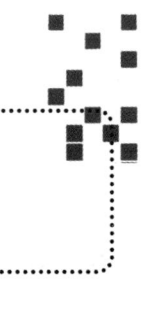

面前是一个巨大的木制牌匾，上面写着巨大的三个字——"孵化镇"。

窗外种着好几棵樱花树，提供给病人观赏，夏日恰巧是观樱的好时节，但总看难免有些乏味。言晃一只手抵着窗户，光溜溜的脑袋微微一垂，露出几分笑意。

嘟嘟……嘟嘟……嘟嘟……

心电图仪的波动难得的正常，可这依旧不能让他独自下床去外边看看，因为他是一个脑癌中期的患者，一个将死之人。他才二十六岁，刚坐到金牌销售的位置，就确诊了这样的病……

他不想死。

如果有什么方法能活下去……言晃打开手机，看着上面自己收集的最近一个月的失踪新闻。

"十年如一日守在江都大桥底下的老乞丐失踪半年后再次出现，竟是千亿集团董事长之子，继承遗产一举逆袭。"

"神秘的仪式——万花村一百三十岁老人每年失踪一次，每每归来如同年轻十岁，科学家都称之为奇迹。"

"21世纪伟大的艺术家失踪七天后，家中出现扭曲奇画，收藏家出十亿购买，竟发现画中颜料均为艺术家本人血肉所制。"

一个月内，一共四百多人失踪，他们要么失踪之后成为人生赢家，要么失踪后死于非命。一次、两次是巧合，四百多次呢？言晃关注这些事情已经很久了，可能他真的疯了，但他只能相信，相信有什么东西藏在现实世界背后，相信还有另一个世界，那个世界一定有东西能够满足人的一切愿望。

言晃攥紧了拳头，好不容易一路打拼到了现在，都没来得及享受生活就要接受死亡？他不要！他要活下去！

活下去！活下去！活下去！！

言晃牙关紧咬，内心的极度癫狂打破了所有伪装，求生的意志让他扯开手背上各种"管"的束缚，鲜红的血水同他的意志一同奔出，而后便是弥久的沉寂与低落。

他在干什么？……哈哈，真是疯了。

神啊……如果真的有神，救救他吧，满足他的愿望，他可以为此付出一切！

蓦然，脑海中传来一道十分悦耳的萝莉音：

——恭喜您，充满欲望的人类，您被副本选中了！

——只要您能够成为玩家，通过副本游戏，得到积分，就能得到您需要的一切，如金钱、美色，甚至是常人无法理解的神秘力量。

——请问，您的欲望是什么呢？

来了！

竟然……真的存在？言晃眼底闪过一缕希望，犹如亡命之徒发现救命稻草，他的答案没有丝毫迟疑："我想活下去！"

——那么，您愿意进入副本，成为一名副本玩家吗？无论是恐惧，还是疯癫，都无法让您与副本分开，唯独死亡，才能让您真正解脱。

言晃勾起唇，他的生命早就开始倒计时了，如果能活下去，即便这辈子都伴随着恐惧与疯癫，那又如何？

"我愿意。"

——契约成立，判定玩家天赋。

——玩家言晃言行一致，品德高尚，恭喜您觉醒天赋：欺诈者。

——天赋确定，判定玩家属性。

玩家：欺诈者——言晃

天赋信息：您言行一致，品德高尚，所有人都会对您保持信任。当您使用天赋时，说出的话将导致作用对象产生信任与不信任两种结果，两者皆为概率性事件。

天赋隐藏信息1：对某一基础事件，您的言论将会进入判定，对方有50%概率进入信任状态，判定成功则改变受作用者对应的认知与规则，判定失败则无效。

天赋隐藏信息2：对某一绝对事件，您的言论若达成对立事件（非A即B）状态，无论判定成功与否，都将改变受作用者对应的认知与规则，得到信息反馈。

力量：0.5（正常成年人为1）

敏捷：0.5（正常成年人为1）

智力：1.7（正常成年人为1）

所属公会：无

综合评价：您的面板真是太稀有啦！

——正在抽取新手副本……

——恭喜您抽中新手副本！

副本名称：孵化之都

副本级别：F级

副本人数：1人

副本类型：单人副本

副本介绍：这里是百年之天才故乡，是无数人梦寐以求的地方，无论是这里的居民，还是曾走入过这个城镇的人，都会变成罕见的人中龙凤、社会精英，拥有这个世界上最完美的大脑和最完美的天赋。从这里走出去的人，名震世界！而现在，作为一名考古学家，您有幸被孵化镇热心邀请，去探究他们的文化，去展示他们的文化。

副本完成期限：3天。

——新手保护提醒：美好的孵化镇，一旦到了晚上，便会陷入神秘的寂静。我亲爱的玩家，如果想要活命，请不要睡得太沉，也不要靠近黑暗。

——友情提醒：您的副本过程已按流程进入直播间，您能够通过大脑得知实时数据。系统会综合您的副本难度、直播黏性等各项数据，将您的直播实时推荐给其他玩家，如果表现满足观众期待，可以得到打赏。这也是一条不错的求生之路哦。

——副本加载完毕。

——直播开始！

言晃感觉一阵头晕目眩，揉了揉自己的脑袋，却惊奇地发现——他的头发回来了！

他感觉到座下颠簸，诧异地看向一旁。窗户被黑色的贴膜包裹着，看不见外面到底是什么模样，但能让他看清此时自己的样貌。此时的他头发浓密，发质柔顺，散在额前，戴着一副黑色细框眼镜，那张熟悉而又清秀的脸上带着标志性的微笑，不论谁见到都会产生好感——实在是斯文。

这是他确诊之前的样子，真是久违了！

他现在在一辆车上，四周观看，此时他应该是坐在后座上——只有他一个，前座被一层密不透风的铁墙遮掩着，让他看不清同行人有谁，又是谁在开车。铁墙上，正视的位置出现一行字：精神适应阶段——您正坐在通往"孵化镇"的专车上，请耐心等待专车抵达目的地。

　　看来他已经进入副本了，目前是没有危险的，适应阶段的话……他清晰地记得方才副本系统有提过，在进入副本后将会自动进入实时直播的状态，只需要以大脑为媒介便能得知实时数据。现在周围也没什么动静，他便开始观察自己的直播间。

　　——直播在线人数：1人。

　　好像还有一条直播留言？
　　"孵化之都的新人？这面板……"

　　——路人甲转发了您的直播间。
　　——路人乙来到了您的直播间。

　　"这真的是我见过最简陋的面板了，连小孩子都不如。"
　　"孵化之都算是新手副本里最难的，至今也没人打出过HE（Happy Ending）结局，也不知道这个新人会怎么死。"
　　"还能怎么死，不是被孵化就是被杀，没意思。算了算了，看他可怜给他打赏点就走。"

　　——路人甲为您打赏了1点积分。
　　——路人乙为您打赏了1点积分。
　　——直播在线人数：0人。

　　言晃看着这惨兮兮的"0"，忍不住叹了口气。不过，他们说的"被孵化"是什么意思？
　　就在言晃陷入沉思时，悄无声息之间，一张人脸突然出现在他的视线当中，空洞的眼神没有任何情绪，如木雕一般的僵硬脸庞，勉强挤出一个怪异的微笑："言老师，孵化镇到了，您可以下车了。"

言晃带着自己的公文包下车之后，背后的车立马飞驰离开。

面前是一个巨大的木制牌匾，上面写着巨大的三个字——"孵化镇"，下面是一个角标——一座实现希望的城镇。牌匾之下站着三个人，中年男女正对着言晃微笑，他们笑得十分大气舒服。

三人似乎来自一个家庭。中年男子站在左边，穿着褐色系的格子衫，微微隆起的腹部为他增添了几分和蔼憨厚。右边的是一位扎着厚厚麻花辫的美丽女性。但最惹眼的，还是站在中间的少年。

少年看上去十五岁左右，戴着厚厚的眼镜，样貌还有几分清秀，校服几乎不染尘埃，可他的表情很木讷，看上去有一种奇异的拘束感。

少年的父亲朝着言晃伸出手："言老师您好，我是负责您食宿的孵化旅馆的店长，您叫我老谢就好。"

言晃微笑着与其握手。

谢母在一旁赞美："言老师果真是一表人才，您的文章我们家扶沐都看过，特别想成为像您一样优秀的人呢！来，扶沐，快向言老师问好。"

可谢扶沐一言不发，只是深深将头低下，都快埋入上衣里了，也不知是性格太腼腆，还是有其他原因。

言晃觉得这个时候应该由自己来缓解尴尬，却不小心看见依旧挂着笑脸的谢母，手底下正在发狠地拧着谢扶沐的腰。那只手的手背青筋冒出，拧得极为使劲儿。

谢扶沐虽咬牙一语不发，可微微狰狞的面部肌肉却在替他表达——他疼，他恐惧。

"扶沐，怎么了？向言老师问好啊！"

谢扶沐终于抬头，肌肉紧绷，勉强挤出一个不是那么好看的笑容："言老师您好。"无论怎么看都不像是自愿的。

谢母眉头一皱，但还是表现出一副友好模样："瞧这孩子，太腼腆了，言老师您别介意。"

言晃温和地说道："当然不会。"

这家人的相处方式，还真是特殊。

"现在时间不早了，言老师路上也辛苦了，该早点回旅馆休息才是，走吧言老师。"

孵化镇里的氛围还挺特殊的，贴满各类问题的题板随处可见，题板上面的题看上去都涉及很多高深的知识。一路上，言晃看见不少穿着校服的少男少女，三五成群，互相交流题板上的问题，气质容貌皆是不俗。偶尔还能看见几个孩童坐在棋桌旁，安静地下着围棋。

真是一群十分优秀的孩子，"天才之乡"的称号名不虚传。

大概走了半小时，言晃看到了一个诡异的、巨大的坑，坑里有一块同样巨大无比的石头，几乎占了巨坑的三分之二，人在它面前，显得格外渺小。更奇怪的是，路过这里时，谢扶沐的表情明显更难看了几分，谢父和谢母却极其诚恳地拜了拜那块石头，嘴里还念念有词。

言晃忍不住问道："这是陨石？"

谢父摇摇头解释道："不不不，言老师，这可不是陨石。陨石是天上来的，这是地里长的。"

"地里长的？"言晃眯了眯眼睛。

谢父道："您有所不知，这是'天才之石'！咱们孵化镇能出那么多天才，多亏了这天才之石。自从它出现之后，我们镇子里的孩子都变得格外省心。有时间您可以拜拜，能保佑您未来的孩子成为一个出类拔萃的人。"

"是吗？"言晃重新打量这块石头。它看起来黯淡无光，如果硬要说跟普通石头有什么不同，那就是大，而且十分光滑。

"那还挺厉害的。"言晃点点头说道。

又走了一会儿，他们终于到达了旅馆。旅馆是一座双层的复式木屋，红色的墙面，黑色的屋顶，白色的拱形扇窗和围栏，小院子里种满了灌木花草，倒是一副温馨小家的感觉。门口立着一个公告栏，言晃看了一眼，发现上面贴着许多寻人启事。

谢父叹了一口气，说道："咱们镇子哪儿都好，就是外来人不认路，又爱乱跑，失踪了全都找不到，所以才有了这些寻人启事。只是这么久以来，基本没有找回来的。所以言老师，您一定别到处乱跑，要是丢了……可就回不来了。"

言晃凝视着这些寻人启事，笑着说道："当然，我不会随意乱跑的。"

谢父依旧笑得淳朴："有您这话我就放心了！现在时候不早了，我先带您去房间。"

"好的。"

言晃的房间在二楼，楼道木板规整，房门布置规律，看着还挺舒服。只是，并不像其他旅馆的房屋那般还有各种拐角，这里有一条长长的走廊，只有楼梯正对面的走廊尽头有光照射进来，略显压抑。

"饭菜我们会按照时间送到您的房间，如果有什么需求，还请说出来，我们都会尽力达成。如果没什么事的话我就先下楼了，祝言老师您这几天玩得愉快。"言晃被带到房间门口后，谢父招呼一声便迅速离开。

谢父离开之后，言晃前脚还没进门，就听见后面传来"嘎吱嘎吱"的声音，转身一看，只见对面房间的门打开了一条狭窄的门缝，露出一只眼睛，正幽幽地看着自己。言晃一愣，随即笑着打起招呼："你好。"

下一秒，只听"啪"的一声，对方把门死死地关上。

还真的是不友好呢，言晃心想。随后却听到对面的房间里传来一阵"吱吱呀呀"的噪音，像是手指甲在湿润的木板刮出的一般，令人鸡皮疙瘩起了一身。言晃皱了皱眉，转身进入了自己的房间。

房间收拾得还算干净，床、桌椅、独立卫生间，基础设施都还算齐全。

言晃百无聊赖，只好坐到椅子上休息片刻，可当他看向木桌的时候，发现了不太平常的东西——这木桌上好像有些浅浅的痕迹，凹凸不平，看上去有一定规律。

言晃赶紧打开自己的公文包，拿出一支铅笔，在这些浅浅的痕迹上迅速地涂了一遍。涂满后的痕迹在反射窗外阳光后更为明显，言晃终于得以看清，是两行字——

"这个小镇里有一种奇怪的仪式。"

"不要在黑夜里随意走动，会成为孵化的养料。"

仪式？孵化？养料？

正在言晃思考之际，楼下突然传来一阵清脆的破碎声。他心头一惊，意识到下面肯定有事发生，于是迅速用橡皮将铅笔印记擦除，然后出门。

刚迈向楼梯，言晃便清晰地听见一道狠厉的女声在训斥："你到底能不能让我们省点心？连这点小事都做不好！别人都已经孵化了，你呢？！"

言晃向下走的脚步一顿，什么叫"别人都已经孵化了"？还未等他继续深想，耳畔就传来了谢父带着威严的斥责。

"你看你，今天连个招呼都不好好打，成天也不知道想些什么！你到底什么时候才能让我们省点心？还不快把这些碎瓷片全都捡起来！"

言晃透过楼梯的缝隙处大致扫了一眼，发现并不是什么特别严重的情况，只是摔碎了一个花瓶。

谢扶沐全程闷不吭声，也没有丝毫动作，头低低地垂下，让人无法看见他脸上的表情。

谢父深吸一口气，一把揪住谢扶沐的耳朵："我喊你捡起来，你耳朵是听不见吗？！"说着，他另一只手一扬，向着因耳朵被揪住而被迫扬起头的谢扶沐的脸上挥去。

"啪！"响亮的声音传来。

——花花花进入直播间。

——风笑天进入直播间。

一时间，言晃的直播间涌入不少游客。

"好家伙，好久没见到过有人敢挡这一巴掌了！我记得挡下这一巴掌之后是要触发那个剧情的。"

"这新人属性面板这么低,还敢挡这一巴掌?待会儿触发了那个剧情,必死无疑!"

"好久没看见走这个剧情的新人了,上一个……啧啧啧,能看这个剧情也不亏。"

或许是因为属性面板各项数值实在太低,言晃感觉自己的手被打得快要骨折了,阵阵钝痛不停地传来,加上直播间里不间断的提示和密密麻麻的弹幕,让他异常烦躁。

"那个剧情"是什么?为什么会必死无疑?可惜直播间没办法透露剧情,否则也好及时应对,不过肯定不是什么好事情,但现在也管不了那么多了。

谢父见自己被人拦住,脸上暴怒的情绪一闪而过,但很快就恢复成原本那温柔又朴实的模样,面带愧疚与担忧地上前拉住言晃的手:"言老师您怎么来了?哎哟,这一下得多疼啊,我给您擦擦药?"

"不必了。"言晃收回自己的手,旋即问道,"老谢,怎么打孩子?"

老谢狠狠叹了一口气,恨铁不成钢地说道:"言老师,您这不自个儿找不愉快嘛。我家扶沐他笨手笨脚的,我们就想给他一个小小的教训,让他好好记住,下次别犯了。您看您,这下可好,多受罪啊!"

"是啊是啊,言老师,您这……我去给您拿药。"谢母也跟着一起附和。

一个小小的教训?言晃感到诧异,在听到谢母的话后连忙摆手:"真不用,没多大事。不过教训归教训,孩子也不能这么教育,会打傻的。"他这话刚一出口,就感觉到周围的气氛有些凝滞。

谢父和谢母站在阴影里,看不清神情,蓦然,两人异口同声地说道:"言老师,这是我们的家事,怎么教育孩子,我们做父母的心里有数,您就不必担心了。"

他们的语气听着古怪,但是说的话确实合乎情理,所以言晃只是勾唇笑了笑，明智地没有再多说什么。

谢母低下头，一只手拍了拍依旧跪在地上的谢扶沐的后背："扶沐，爸爸妈妈今天的确是有些冲动了，给你说声对不起。你快跟言老师说句谢谢。"

谢扶沐低着头，身体颤抖着，声音也跟着一起不平稳："谢……谢谢言老师，下……下次不要再管我们的家事了。"

"言老师您瞧这孩子，真不懂事。他还有作业要完成，就先不打扰您了。"谢母笑得无奈极了，可手上却拽住谢扶沐的一只胳膊，往房间里面拖。

言晃终于在这个时候看清了谢扶沐的表情，那张清秀的脸上浮现出的是惊恐、是拒绝、是绝望。十几岁的孩子，若是生活在一个被爱包围的环境里，怎么会出现这样的表情呢？

这个家有问题！

可言晃也知道，他说再多也没用，只会添乱。

"言老师是聪明人，不过，言老师有时候更应该担心担心自己。正好饭菜也准备得差不多了，我给您端上去，当是赔礼。"

言晃心里明白，这是谢父在警告自己，面上却是不动声色地"嗯"了一声。

谢父转身走进厨房，不久便拿起盛着饭菜的盘子，带着言晃往楼上走去。两人边上楼梯，谢父边跟言晃赔礼道歉，但言晃的注意力依旧在楼下谢母恨铁不成钢的抱怨和斥责声中。

"都多大岁数了还没成功孵化，这不是输在了起跑线上？隔壁刘阿姨家的凤天早就孵化了，你可真给我俩丢人！"

"孵化"，言晃又听到了这个词，忍不住思考，孵化到底是什么？为什么人可以孵化？又要怎样孵化？有没有契机？为什么谢母一定要让谢扶沐孵化？

谢父将他送到房间后，把手中的饭菜放到桌上，好声好气地询问："言老师，我刚刚说话您在听吗？"

言晃这才回过神来,面不改色道:"当然,我觉得您说得很有道理。"

谢父无奈地笑了笑:"算了,没听也没关系,只是您以后很难再有这个机会了。"

言晃作为金牌销售对语言本就敏感,在谢父话音落下的瞬间就察觉到不对,默默地从积分商城购买了一个正在打折的道具。积分的来源只有副本奖励与直播间的玩家打赏,他现在是个新人,积分很少很少,当然要买打折的,能省尽量省!

道具:低级全视角探测
品质:F
属性:全视角观察
道具介绍:能够在一个区域内安插视野,脑内自动获取方圆10米之内所有视野信息,有效时间为30分钟。

这时,言晃才真正感知到一种超乎常理认知的力量真实存在着,他脑内的画面似乎被划分成了两个模块:一个是肉眼所见,一个是上帝视角。他明明站在谢父面前,却能看到谢父藏在背后的手中,正握着一把锋利的菜刀。

这是一种十分奇妙的体验,让言晃感觉到紧张和兴奋,然而,他面上的表情依旧没有任何异样,仍在浅浅微笑着。

直播间的人数越来越多。

"这个新人还挺聪明的,竟然买了'全视角探测',不过也没什么用,他的这个面板,根本没可能活下去!"

"不知道温柔的谢叔叔会不会上演一出追逐大戏呢?"

"来了来了!这个剧情终于来了!"

谢父站在言晃面前,背后握着菜刀的手用上了劲,似乎要挥刀。就在这时,言晃不紧不慢地开口:"老谢,我在镇子里,绝对会一直安全,对吧?"

谢父将要挥刀的动作一顿,手中卸了力,将刀继续隐藏在身后,保持着和善的笑容。

系统传来提示音——

谎言判定为对立事件,判定失败。

结果:非安全,受作用者规则改变,给出信息反馈。

老谢和气地回答:"不,你在这镇子里活不过三天。"

"等等,这是怎么回事?"
"这是什么操作?为什么没有按剧情走?而且谢叔叔竟然真的回答他了!"

——直播在线人数:102人。

谢父的眼底闪着寒光,握着刀的手再一次用力,就在这个时候——
"老谢,那我在旅馆里会绝对安全,对吗?"
谢父再次收刀。

——谎言判定为对立事件,判定失败。
——结果:非安全,受作用者规则改变,给出信息反馈。

老谢继续温和地回答:"言老师怎么会这样想呢?你在旅馆里更不安全了,毕竟镇子里的大家对你都很感兴趣。"

"好家伙,梅开二度!这欺诈者怎么回事?是买了什么时间逆流的道具吗?为什么每次剧情都卡在这儿,吊胃口啊!"

"你想多了吧,他只是个新人,哪里有那么多积分?我估计,跟他的天赋有关。"

"天赋？可欺诈者天赋完全就是无效天赋啊！"

直播间的观众数量不断攀升，讨论度也越来越高。

——由于主播直播质量提升，各项综合数据稳定上涨，已进入四级新人推荐区：迷惑主播大赏。

"好家伙，这新人运气不错啊，他要是能躲过这剧情，我直接给他打赏10点积分！"

言晃注意到这条弹幕，嘴角微微翘起，10点积分，还不错。

他看着面前又想动手的谢父，再一次抛出问题："老谢，你所说的感兴趣，跟'孵化'有关系，对吗？"

话音将落的瞬间，言晃的直播间迸发出尖锐的叫声，似孩童的哭喊声被放大了百倍，震得言晃脑子发蒙，眨眼间便见红色边框覆盖了整个直播间，中间跳出闪烁的两个大字——警告！

——红牌警告一次！玩家欺诈者严重违规，涉及副本重要剧情时，不可利用天赋！

一道愤怒的孩童声音锐利异常，直播间内所有人眼前只有一片黑色。

——玩家欺诈者，为了副本剧情的正常进行，请不要过度依赖天赋！三次红牌，将处以停播关押查看处理，唯独特殊道具"罪恶清洗液"能够清洗红牌次数，但"罪恶清洗液"的价格将随着购买次数成10倍增长，还请玩家欺诈者三思而后行！

声音落下，红牌警告才算真正立下。言晃紧蹙的眉头渐渐松开，直播间的画面也重新恢复正常。

"刚刚发生了什么?竟然直接红牌警告了,这只是一个新人啊,他干了什么?!"

"红牌警告啊!我就在那几位大佬的直播间看到过,这也太离谱了吧!"

"这个新人不简单,如果能活下去,十有八九要入围这一期的新人王。"

因为这一次红牌警告,直播间在线人数迅速破了500大关,不过观众大多黏性不高,大部分都是来看热闹的。

言晃并没有太过于惊喜直播间数据的暴涨,因为他听到系统声音再次响起——

谎言判定异常,判定无效。

言晃心里一动,谎言判定无效,也就意味着,方才的话没有进入判定,没有成功改变对方的认知与规则,那就只是普通的话语了。

面前,谢父的表情变化着,从眯眼笑到缓缓平静,直至冷漠,眼睛一眨不眨地盯着他,嘴角却笑出奇怪的褶皱:"言老师,很抱歉打断你的问题,只是我想知道,这分明不是你该知道的事情,为什么要问呢?是知道些什么,还是想要知道些什么?"话落,背后那把菜刀呼之欲出。

言晃察觉到危险,不着痕迹地往后退了一步,说道:"没什么,我只是随口问问,毕竟孵化镇这个名字听起来还挺独特的。"

他本想着随口糊弄过去,但还是低估了谢父的警惕心。

谢父用一双幽暗的眼睛盯着他,嘴紧紧闭着,嘴角却渐渐弯成了一个正常人根本没办法做到的弧度,一边说着,一边靠近:"那言老师可真是一个有品位的人!"

"哪里哪里,老谢过誉了。"言晃笑得越来越僵硬。

"既然言老师的品位这么好,不如,让这完美的品位,永远留在这一刻?"老谢眼中冷光乍现,隐隐透着几分嘲意,嘴角咧得更开,整张脸看上去诡谲至极。

暖暖的阳光透过窗户照射进来，被高高举起的菜刀在光照下反射出冷冷寒光。一瞬间，破风声起，言晃迅速往后退一步，惊险避过了直砍而下的菜刀。

谢父一击不成再次挥刀，眼看刀就要落在言晃的脑袋上，突然，言晃嘴唇一张一合，黑色的碎发遮住了眼镜镜片，挡住了那双眼睛里流露出的胜券在握的神情："老谢，这把刀是送我的礼物，对吗？"

——谎言判定为概率性事件……

刀在半空中停下，只砍断了言晃的几根头发。

——判定成功。
——结果：受作用者认知改变。

老谢双眸呆滞地将手中的刀递给言晃："是的，言老师，这是我给您准备的礼物，还请收下。"

——恭喜玩家欺诈者获得道具：慈爱父亲的菜刀。

道具：慈爱父亲的菜刀
品质：F
属性：锋利
道具介绍：谢扶沐拥有一个慈爱的父亲，为了让他能够健康成长，他的父亲会用这把平时做菜的刀扫除一切障碍，当然……您是一个意外。

在老谢将刀递给言晃的那一刻，直播间炸了，无数条弹幕从直播间的界面上划过。

"刚刚发生了什么？这人天赋到底怎么回事？"

"这么轻而易举就得到了道具？我刷了那么多遍，一个道具都没有，离谱啊！"

"他要是能活过这个副本，我绝对拉他进我们公会！"

——直播在线人数：1743人。

——恭喜玩家达成成就"千人同屏观看"，奖励100积分。

——恭喜玩家达成成就"夺刀"，属性力量+0.5，敏捷+0.5。

系统的提示音不断响起，各种奖励叠加，言晃的积分总和已经达到437分，直播间的众人都惊呆了。要知道普通人打一个E级副本，最高级的奖励也才500积分，一个更低级的F级副本，尚未通关就已经拿到如此高的积分，这在副本中可是从未有过的！

言晃拿到菜刀之后，第一时间将其收到了背包之中，暗暗松了一口气，谢父的认知已经被改变，现在他在谢父面前是安全的。

认知是一个系统，有自己的一套公式，当自变量改变时，因变量随之而变。可是，如果因变量变了呢？为了维持系统的运转，自变量只好随之改变。

理所应当，谢父的记忆因为言晃的原因，发生了改变。

此时的他看着面前的言晃，不再露出那副诡异的表情，仿佛之前的一切都没有发生过，说道："如果言老师没有其他的事，我就不打扰言老师用餐了。"

言晃点点头："麻烦老谢了。"

谢父哈哈一笑："咱俩谁跟谁，说谢谢就见外了！"

言晃敷衍地"嗯"了一声，心想：咱俩谁跟谁？我是你刚刚想杀了的人……

在老谢离开房间下楼后，言晃关上了房间门，看了看桌上的饭菜，最终还是选择在积分商城里购买一些食物。他的积分虽然不多，但买些食物应该是够用，结果打开积分商城一看，发现里面的价格完全翻了一倍。

"哈哈哈哈，已经想到主播现在内心有多崩溃了，毕竟当年大家都是这么过来的，全世界最深的套路，就是积分商城的套路。"

"我当时也被这个积分商城恶心到了，你积分越多，对某一个物品的需求指数越高，这玩意儿也就越贵。"

言晃眉头一挑，还是花了50积分，给自己买了一只烧鸡和一瓶啤酒，一边不紧不慢地吃着一边在心里感叹：原来积分商城还是坐地起价的，真是无商不奸。

"肤浅，竟然把积分浪费在这种没用的地方！"

言晃看着直播间的弹幕，心里颇为不屑。副本虽然像游戏，但终究不是游戏，任何感觉都是真实存在的，选择烧鸡和啤酒，一方面是因为饿了需要补充能量，另一边，是为了属性。

食物：昂贵的烧鸡
品质：F
属性：饱腹感增加，精力增加，可减缓睡眠需求
食物介绍：一只昂贵而不做作的美味烧鸡。

食物：普通的啤酒
品质：F
属性：勇气增加，抗压能力增加
食物介绍：害怕时可以壮胆，但如果不小心喝多了，也可以愉快地上路。

言晃现在得到的信息不多，唯一能够确定的是，这里的夜晚一定不安全。

现在距离入夜只剩下不到1小时，他必须保持清醒，确定夜晚的危险因素到底是什么！烧鸡和啤酒，就是他为熬过今晚做的投资。

时间一分一秒过去，言晃躺在床上，关着灯，一动不动地看着天花板。周围黑漆漆一片，伸手不见五指，仿佛被黑暗吞噬般沉重，言晃心中隐隐传来空虚的感觉，像是加强无数倍的地心引力在拉扯着心脏坠落一般。

借着月光，他看向挂在房门上的表，现在距离子夜零点还剩下不到10分钟，而他已经保持这样的状态好几个小时了。虽然吃了积分商城里的食物减缓了睡眠需求，但或许是因为连续使用天赋，疲惫感如泰山压顶，让他喘不过气。他感觉到眼底的血丝在慢慢攀爬，一根又一根，树根般交错衍生，可一切如常，没有任何不同。

直到时分秒三根针重合在一起的那一刻，一道不轻不重的敲门声伴随着时钟时而清脆时而混沌的噪音传来，让逐渐陷入困意的言晃瞬间瞪大了眼睛，猛然从床上坐起，双眼死死盯着房门，大脑开始高速运转。

要来了吗？但为什么要敲门？这个点来，不应该是悄无声息地完成一切吗？这一敲门，岂不是打草惊蛇？还是说"它"没有办法从外面闯入？

直播间的人数正以一种前所未有的可怕速度飙升。

"按时按点地来了！我现在躺在床上，害怕！"

"好久没有看到有人能在孵化之都走这条线了，几乎全都是孵化线。那个画面又要看到了吗？我的新人期阴影就要来了！"

——恭喜玩家达成成就"两千人同屏观看"，奖励200积分。

第二章
谁是猎物？

他们深知这是走入深渊，仍毅然以身犯险，换取所谓的光鲜亮丽。

言晃看着这些弹幕，眉头紧蹙。到底是什么样的画面，才能被称之为阴影？还未等他过多思考，敲门声便再次响起，声音比刚刚大了许多，频率也开始加快，似乎是想要把门撞烂！

不，不是似乎，是绝对！这东西绝对是想把门撞烂！意识到这一点，言晃感觉浑身血液循环都在加速，一股燥热感陡然袭来。没有多加思考，他立马翻身下床，将桌子拖到门口，紧紧抵住。

对方似乎意识到房间内的不对劲，撞击的力度更大、速度更快，即便有桌子抵着，言晃也能清晰地感觉到门在震动，于是当机立断，又将一旁的床头柜和椅子全都拖了过来，最后连床也拖了过来。

对方还在疯狂撞击，声音越来越大，仿佛下一秒就能破门而入。

那沉闷的撞击声一下一下落在言晃耳中，让他一阵烦躁。但想到自己的处境，又赶紧冷静下来，仔细分析现在的情况，若是对方一直持续撞击，迟早会破门而入，必须先想好退路。言晃扫视一圈，开始思考从窗户跳下去的可行性时，撞击声突然停止。

言晃一愣，而后屏住呼吸，仔细听着外面的声音——没有撞击声、没有脚步声、没有任何动静，仿佛一切都没有发生过似的。

外面的东西走了？犹豫片刻，言晃最终选择一探究竟。从积分商城里购买一个价值 500 积分的"夜视能力永久提升"后，周围的画面瞬间变得清晰，甚至连边边角角都看得一清二楚。

他小心翼翼地爬到抵在门后的一堆物件上，尽量不让自己发出声音，一点一点地靠近房门。最终，他半边身子贴在门上，眼睛朝着门上的猫眼看了过去。

门外什么也没有。他朝左右两边各看了一下，还是什么都没有。

那东西真的走了？言晃有些不相信，就在这个时候，他发现猫眼所见范围内的下方好像有什么奇怪的东西，视线往下一挪，毫无任何预兆的，一只巨大的眼睛占满了他的整个视野。

言晃瞳孔骤缩，只感觉头皮发麻，全身鸡皮疙瘩都起来了。因为那不只是一只眼睛，还是一颗蛋状生物。这颗蛋除了中上端有一只巨大的眼睛，还密密麻麻地覆盖着无数歪七倒八但是正常大小的眼睛。

只见这蛋左边看看，右边看看，然后眨了眨眼睛，又撞了一下言晃的门，还是没有成功。它似乎是放弃了，跳着转过身子，用最大的那一只眼睛对准言晃对面的房门，用力地撞击了两下。

房间里面立马就传出了声音："今晚不是我！今晚是对门，不是我！快滚！！！"这怒吼的声音颤抖着，沙哑又恐惧，丝毫没有要隐瞒自己存在的意思。

言晃心头一恍惚，今晚是他？为什么对门的人会这么说？难道对门的人知道些什么？可是……他皱起了眉头，心里涌上来无数个疑问。如果知道的话，他为什么不离开？为什么还在旅馆里待着？

对门的人还在疯狂地怒吼："我都说了今晚不是我！求求你放过我，放过我啊！"

可一颗蛋能有什么想法呢？它又不会思考。

只见这颗蛋撞击的力度越来越大，频率越来越高，发出的动静也越来越响，言晃甚至能看到对面的门因猛烈的撞击而晃动不停。里面的人尖叫着，似乎在用力抵着门，哭天喊地地求饶。

撞击声混杂着尖叫声，震耳欲聋，足以让整个房子里的人全部惊醒。但黑暗狭长的过道里，依旧空空荡荡，不见人影，似乎走廊上正在发生的这一切都是虚假的。

终于，这颗蛋因为多次撞击无果，开始变得愤怒起来，那密密麻麻的眼睛突然变得凶恶而又阴骘。它静止下来，慢慢蓄势，然后朝着面前这门发出了前所未有的强大撞击。

"啪——"木板破碎的声音传来，露出了背对着房门摆出"大"姿势的男人。言晃注意到他全身消瘦仿佛皮包骨，整个人都在发颤，似乎还无法接受现状。几秒后，他转过身来，言晃这才看清，这人面色蜡黄，颧骨凸起，被黑眼圈层层圈住的双眼透露着绝望。

男人低头看着面前这颗蛋，双腿顿然瘫软，犹如烂泥滑落般倒在地上，完全使不上半分力气，只能用双手颤巍巍支着自己的身体，用尽全身力气拖着身子往后靠，拼命摇头，哭喊着："不，不要过来！今晚不是我啊！为什么要找我！为什么？！"

"明天行不行？不，不用明天，1分钟，或者30秒，求你了，我马上就可以完成了！我会给你们写稿，招来更多游客，更多的营养，不要吸取我，我什么都可以做！"

他无神的眼睛里流出泪水，顺着脸颊缓缓流下，情绪已经完全崩溃。然而，这颗蛋并没有要放过他的意思。

所有眼睛几乎在同一瞬间，弯成了月牙形，似乎在嘲笑面前人的无知。之后，那颗蛋一跳一跳地朝着那男人而去。

男人试图逃跑，可终究是在室内，移动空间有限，最终退无可退地靠在墙上，嘶哑着声音大喊："10秒就好……不要过来！"

可惜无济于事，蛋身还是触摸到了男人的身体。男人的表情变得狰狞，眨眼之间，他的身体开始溢出耀眼的金光，直至覆盖全身，紧接着金光消失，只留下一摊黏稠液体，像极了蛋液。

言晃心中大惊，仅仅是触碰，人类的身体就会消失，然后变成蛋液？他开始庆幸自己的小心，否则现在变成蛋液的就不是对门而是他自己了！

正当他开始以为事情已经结束的时候，却发现那颗蛋并没有离开，而是开始吸收地上的蛋液，直到全部吸收完，蛋身上突然出现一层黏稠液体，以肉眼可见的速度包裹住整个蛋身。

蛋不再有任何动作，仿佛静止了一般，很快，刚刚覆盖在蛋上的液体，又一次发出灼目的金光，照耀得周围的一切明亮宛如白日。突然，那金光中隐隐传出一阵破碎的声音，似乎是有什么东西要从里面钻出来一般。

"咔。"

"咔咔。"

随着破碎声越来越大，金光也逐渐暗淡，言晃默默地将菜刀从背包中召唤出来，用满是汗水的手心握紧，整个人就像一张被拉满的弓，又像即将出鞘的利剑，紧张、警惕而又不可思议地看着从蛋壳中出现的——人！

慢慢地，面前人转身。

映入眼帘的是一张冷白俊秀的脸，面部肌肉自然地挤出一个固定弧度的笑容，僵直住不再变化。言晃神色却是一变，满脸难以置信，因为这个人不是别人，正是下午见过的谢扶沐！

电光石火间，言晃脑子里划过两个大字"孵化"。原来如此，原来这就是他们口中的"孵化"！可是，孵化后的人，还是人吗？孵化后的谢扶沐，还是谢扶沐吗？

谢扶沐微笑着，双眼直勾勾地盯着言晃的门，似乎在透过门上的猫眼凝视着他。言晃有一种强烈的感觉，谢扶沐肯定知道他在里面，甚至知道，他也在看着他。背后的虚汗越来越多，渐渐打湿了衣衫，黏糊糊地贴在皮肤上，十分难受，可是他不敢动也不能动。

门外的谢扶沐终于有了动作，他在昏黑寂静的走廊上，一步一步靠近言晃的房门。

他要做什么？言晃下意识地握紧了手中的刀。忽然，猫眼一黑，视线变暗，言晃瞳孔微缩，瞬间反应了过来，头猛地往后一仰：是谢扶沐，是他把猫眼遮住了！他果然知道我在窥视！

未等他想出办法，被挡住的猫眼却不再是一片漆黑，言晃一愣，继而将眼睛凑了上去。视线里的场景并没有丝毫改变，唯一缺少的就是那个少年。

人呢？

就在这一瞬，一只眼睛突然出现在言晃眼前，直勾勾地盯着他。在夜视能力的辅助之下，言晃看得一清二楚：眼白、眼黑、睫毛，以及那病态且疯狂的嘲弄。

猛然的对视让言晃汗毛竖起，呼吸一窒，额角冒出的冷汗不受控制地滴落下来。

"哈哈哈哈！"谢扶沐忽然后退，捧着自己的肚子尖笑起来，似乎是在庆祝自己的恶作剧得逞。

言晃听着谢扶沐的笑声，瞬间明白了他刚刚的所作所为，又恼又气，可现在的谢扶沐实在是太过诡异，在信息量不足的情况下，他不敢轻易冒险，只能静静地看着谢扶沐笑个不停。

笑着笑着，谢扶沐似乎又觉得无趣，上扬的嘴角慢慢平了下来，手指不断在猫眼处打转，速度越来越快，越来越快。

不好！言晃迅速蹲下，与此同时，"砰"的一声，猫眼承受不住压力，直接爆开，玻璃碎片犹如散弹枪子弹似的，迸发而出，落在言晃的后背上。

极大的压力让言晃耳边轰鸣不断。他心里明白，现在不是能放松的时候，咬了咬牙，他立刻抬头，却发现谢扶沐并没有破门而入。

言晃十分谨慎地避开猫眼，站起身子仔细听了听，外面没有一丝动静。犹豫片刻，他向猫眼看去，只见失去镜片的猫眼之中，有一张嘴在念念有词，虽然没有发出任何声响，但言晃读懂了他在说什么。

"孵化……下一个是谁呢？"

说完，谢扶沐嘴角扬起，沙哑的声音从嗓子里传出："是你。"

言晃一愣，谢扶沐这是在……挑衅他？

对方说完之后又发出"咯咯咯"的笑声，不待言晃有任何动作，直接摆动四肢，飞快地离开了这里。

一切只发生在一瞬间。

"这也太吓人了！这是怎么回事？我之前从来没见过！猫眼对视……看得我都不敢呼吸了！"

"这是隐藏剧情？看得我措手不及。主播心理素质也是强，还敢一直看猫眼。"

"感觉这个孵化之都好像有一点不一样，我得赶紧给主播打赏点，不然主播死早了就没办法看后续了。"

——直播在线人数：5733人。

——恭喜玩家完成成就"五千人同时在线"，奖励500积分。

——恭喜玩家完成成就"孵化见证者"，三维属性各+0.1。

玩家：欺诈者——言晃

天赋信息：您言行一致，品德高尚，所有人都会对您保持信任。当您使用天赋时，说出的话将导致作用对象产生信任与不信任两种结果，两者皆为概率性事件。

天赋隐藏信息1：自身以外不可见。

天赋隐藏信息2：自身以外不可见。

力量：1.1

敏捷：1.1

智力：1.8

所属公会：无

综合评价：经过一天的试炼，您的面板终于还算能看了。不过，对副本而言，这个面板数值还是太低，请继续为了更高、更强而努力吧！

然而此刻，一切纷扰言晃都听不见也看不见了，他虚脱地坐在地上，缓了一会儿，才打起精神查看自己的属性面板。比刚进来的时候提升了差不多一倍，尤其是在身体素质方面，与正常人差不多了。

他松了一口气，看着杂乱的房间，心情渐渐平静下来，开始思考接下来的行动。睡觉是不可能了，但也不能闲着，不如，大胆到底好了。

看着堵住房门口的家具，他撸撸袖子，准备将它们挪开，而就在这时，意想不到的消息弹了出来。

——恭喜玩家直播间综合数据极速飙升，留存保持稳定，获得极大流量扶持，获得一级新人推荐位：首页新人推荐。请玩家继续加油！

当这一消息出现在游戏大厅当中时，所有玩家的脸色全都一变。

孵化之都算是最难的新手副本了，但再难也不过是新手副本，只有一些无聊的玩家在大佬们没有开直播的时候愿意看一看，真正的大神从来不会多给一个眼神。

但现在，因为一个欺诈者，一切都变了，不管是高端玩家还是刚度过新人期的菜鸟，都不再是看笑话、看热闹的心态。

"第一个副本？纯新人？怎么可能啊！他的表现比玩过几个副本的玩家还强！"

"看来这一期的新人王竞争很大，前有医生，后有这位，还真想看看最后的新人王会是谁。"

"欺诈者表现这么优秀，医生肯定会注意到。我记得医生现在已经加入公会'塔罗'了，听说公会有意重点培养他，手里的资源别提有多好了，如果要针对他的话……"

话音未落，一位穿着白大褂的男人，双手插着兜，笑眯眯地走到说话者身后，拍了拍他的后背，嗓音随和又充满蛊惑："我好像听到有人在讨论我，让我听听是什么事。"一边说着，一边用手顺着对方的脊椎，慢慢向下。

说话者只觉得一股冷气从后背传至全身，身体开始不受控制地颤抖，声音结结巴巴："医……医生？"

医生没有搭理他，而是睁开眼看向屏幕上的言晁，此时的言晁正在挪动房间里的家具。

医生的眼睛很怪异，右眼是细长的狐狸眼，漂亮而又精致，而左眼却是无底洞一般的黑窟窿，仿佛能将人吸入，困锁其中，令人毛骨悚然。

有人曾说，医生本身就不是普通人，他的眼睛能看见常人无法看见的东西，但到底能看见什么，无人知晓。唯一可以确定的是，医生就是一个彻头彻尾的疯子，无所定性，无所拘束，一个只活在自己世界的疯子。

医生的眼睛再次眯了起来："是个很厉害的新人呢！这么厉害的新人做出来的玫瑰一定很漂亮，送给林娜的话，她一定会很喜欢吧？不过我不会做这么残忍的事情。"他停顿片刻，缓缓俯下身子凑近那人的耳朵，"你说呢？"

"对——"

那人话未说完，只觉得身体一疼。他难以置信地瞪大了眼睛，嘴巴大张，却再也无法发出任何音节。

医生笑容不变："我好像勾肩搭背时用力过猛了，实在是抱歉。不过事情都发生了，也没办法，只能请您好好睡一觉啦。"

重物倒地的声音唤回了众人的神志，皆是惊疑不定地看向他，距离比较近的人更是如坐针毡，脸色惨白。

医生像是为了欣赏自己的作品一般，再次睁开了细长的狐狸眼，上下打量着手中的东西，似是不满意，直接将其一扔，随后拿出清洁喷雾，往自己身上喷了喷。

忽然，游戏大厅中响起小孩愤怒的声音——

警告！警告！红牌警告一次！玩家医生严重违规，请马上到禁闭室关押处理！

众人这才松了一口气，毕竟，这阴晴不定的变态，谁都不想招惹。

医生并没把警告放在心上，而是面色平静地用10万积分买下"罪恶清洗液"，往自己头上一浇，警告声戛然而止。

看着这一幕，惧怕又羡慕的心情在众人心中升起，10万积分说花就花，看来公会塔罗真的很看重他的天赋。

大厅是玩家们交流的地方，在这里如果出现"伤害玩家"或者是"阻碍副本正常进行"等被系统判定为出格的事件后，系统将会迅速实施制裁，惩罚会随事件严重程度与制裁次数的增长而加大力度。

副本的所有道具都是按个人需求坐地起价，只有"罪恶清洗液"例外。

"罪恶清洗液"的初始价格是100积分，但每一次购买都会比上次贵10倍，如今医生是花费10万积分购买的，也就是说他起码被制裁了三次！

忽然，医生抬眼看向游戏大厅的大门，兴奋地说道："林娜，你来看我啦？"

众人抬眼看去，只见一头金色大波浪的绝美女子正向众人慢慢走来。她在现实世界中是一位顶流女演员，天赋能力是完美演绎，能够无痕迹表演、易容、伪装。

完美到什么地步？

完美到你不敢猜测她下一秒会以什么模样出现在你面前。有好几次，她都靠着这天赋悄无声息地在副本中引起组队玩家内讧。

演员林娜在公会塔罗中地位不高，最近稍微有起来的势头，也是因为医生对她的爱慕。公会塔罗需要她来制衡医生，毕竟医生的性格阴晴不定，谁也不知道他下一秒会做出什么来。

可即便如此，她也懒得对医生表演，而是直接表现出明显的嫌恶："你最好少惹事，要是真惹出什么乱子，我可不会救你！"

医生也不在乎对方的嫌恶，只是痴迷地看着她："可真狠心啊，林娜，但我还是好喜欢你啊！"

林娜咬着牙，怒火中烧，红色高跟鞋直接朝着医生的皮鞋狠狠一踩，低声骂了一句，立马转身离开。

医生"哎哟"了一声，面色不变地追了上去："林娜，你等等我！"

见医生离开大厅，众人才松了一口气，开始骂骂咧咧，仿佛要将刚才被医生吓住的怒气发泄出来。

"真是个疯子！"

言晃挪完所有的家具后在积分商城买了一罐"能量饮料"补充体力，清除一下疲劳值，然后坐在沙发上复盘着刚刚的一切。

还在蛋中时，谢扶沐的能力就足以让对面的成年人在接触的一瞬间化作蛋液，那或许就是他孵化所需要的"营养液"，而在孵化成功之后，能力应该是得到了提升，这样的状态下，谢扶沐如果要下死手，他绝对不可能有反击的机会，所以……他垂下眼眸，或许谢扶沐并不打算杀他，起码今天是没有这个打算的。

现在他必须出去探查更多的线索，不能浪费时间，按照目前的情况来看，最好的信息源就是对门。

对门的男人之前一直在强调自己的"作用"，说他可以写稿子吸引更多人来孵化之都，恐怕旅馆门口的寻人启事和他脱不了干系，而那些人应该也变成了"营养液"，被吸收了。

言晃查看了一下自己的积分，一共有1479分，虽说今晚谢扶沐不打算杀他，但危机恐怕还没过去。命只有一条，必须小心谨慎。思索半天，他兑换了一个"低级全视角探测"，又兑换了一个可在关键时刻保他一命的道具。

他将保命道具收入自己的背包之中，旋即转动门把手，走到门外，将"低级全视角探测"安插在门口，然后向对面走去。

对面的房门早已破烂不堪，言晃刚踏入屋内，就闻到一股恶臭，像是多种腐烂的味道混杂在一起，十分恶心。

这人是怎么在里面待这么久的？腌得比老坛酸菜都要入味了吧！言晃自觉心理承受能力不错，但在这种境况下也觉得难受，只好捏着自己的鼻子,一边在心里吐槽一边扫视了房间一圈。

房内的设施基本上和他的房间差不多,唯一的不同就是桌子上多了一台笔记本电脑。

他径直走过去打开电脑,发现对方并没有设置密码,于是他很轻松地就在电脑里找到了一个名为"日记"的文档。

他扶了一下的镜框,点开了日记。按照孵化之都的时间线,日记是从2121年6月1日开始更新的,也是对方来到孵化镇的时间。

2121年6月1日,晴

我终于抵达传说中的孵化镇了。

这个镇子培育了那么多世界闻名的天才,我还以为会是一个十分严格肃静的镇子,没想到这儿民风淳朴,居民也很热情。路边有很多题板,上面贴满了各类问题,每个题板面前都围满了孩子,还有在一旁支着画架,临摹名画的……难怪这个镇子能出那么多厉害的人!

希望能在这里找到新书灵感。

——未来名作家唐鑫

2121年6月2日,晴

我终于见到了传说中的"天才之石",没想到竟然像一颗蛋!我开玩笑似的跟老板说了一句,老板竟然瞪了我一眼……唉,尊重民风民俗吧,不过这段经历可以写到新书里去。

P.S.隔壁情侣能不能收敛点,吵死了!影响未来大作家创作了!

2121年6月3日,多云

这个孵化镇好像有点奇怪,不过也可能是我的错觉。

旅馆的老板和老板娘对小老板的态度虽然看上去亲切和睦,但我总是听到他们恨铁不成钢的训斥声,而且小老板看起来确实有些自卑懦弱。

不过,这是别人家的家事,我还是不去掺和好了。

2121年6月7日，阴

最近好奇怪，楼道里好像安静了很多，那对情侣搬出去了吗？最近都没听见他们的动静，但我这两天一直在旅馆里，也没看见他们出门啊！不过倒是清静了很多，可以开心写新书了！

今天老板和老板娘又训斥小老板了，我好像隐隐约约听到"孵化"这两个字，这是什么意思？

我有些好奇，没忍住去问了老板，没想到老板恶狠狠地警告我不许再问。不问就不问，这么凶做什么！把你写成大反派！

2121年6月10日，冷风

这旅馆绝对不正常！

晚上我起床去厕所的时候听到敲门声，用猫眼看了一眼，发现是对门的隔壁，但敲门的不是人！是一个怪物！

那是一颗全身都是眼睛的蛋，好恶心！更可怕的是，那间房里的人打开了门，那怪物碰到了他，然后那个人下一秒直接变成了液体！之后……之后被那颗蛋吸收了，然后从那颗蛋里面竟然走出来一个孩子！是镇子里的人。

这到底是怎么回事？这个镇子是怎么回事？这蛋是怎么回事？

太可怕了！我必须赶紧离开这儿！

2121年6月11日，晴

孵化镇外面是一片森林，我怎么走都走不出去！老板把我从森林里抓了回来，关在旅馆的房间里。我想在网上求救，但只要是关于求救和透露孵化镇事情的消息，全都发不出去！

谁来救救我！我还不想死啊！但继续待在这里，我迟早会死的！

今天晚上又来了一颗蛋，敲响了我隔壁的门。

今天是隔壁，那下一个呢？

我觉得，是我。

2121年6月12日，阴

我成了伥鬼。

日记后面已经没有多少有用的信息了，只有一个伥鬼的自哀与悔恨，还掺杂着一些新书的想法和点子。

到这种时候了，还想着自己的书，言晃觉得这个唐鑫可悲又可笑。鼠标一路下滑，直接到了最底下。

2122年5月30日，晴

我终于可以死去了，在我完成我的著作之后。

我唐鑫一生唯一的著作，用罪孽换来时间而写出的著作。可惜，这里相关的一切只有在他们允许的情况下才能发布。

不过没关系，我就要死了。

言晃看到这里有些愕然。唐鑫知道自己会死？那他为什么还要为了10秒钟痛哭流涕，苦苦哀求？

言晃退出日记，一边寻找唐鑫"一生唯一的著作"，一边整理着唐鑫日记中透露的信息。

其实已经很明显了，这个镇子里的天才，全都是通过"孵化"诞生的怪物，所以他们在各个领域都会有超凡的表现，会成为父母眼中的"完美孩子"。

天才之石对这个镇子来说，是一种神圣不可侵犯的存在。言晃曾听谢父说过，是因为天才之石才造就了如今的孵化镇，让他们镇子里不断出现各个领域的天才。

那么，是"天才"造就了"天才之石"，还是"天才之石"带来了"孵化"？

他已知的信息中，关于"天才之石"的信息还是太少，少的甚至过于可疑了。这明明是孵化镇的一大特色，唐鑫在这里做了这么久的伥鬼，不可能一点也不知道，一点也不记录，这不符合他写日记的习惯。

要么是他打算为虎作伥到底，为了活命不顾一切，不顾他那要把大小琐事全都写进日记里的习惯。但这显然不可能，因为日记的最后，他的字里行间透露着的，是一种解脱——他一直在等待着死亡的这一天，只是在这一天之前还不想死罢了。

所以，他肯定不会甘心将这么重要的信息遗漏。

除非——有人故意删掉了。

这时，言晃找到了一个名为"新生"的文件。

人们把坚韧的外壳当作强大的保护罩，封锁一切名为"真实"的存在，迎合着世界定义的标准，于是有了优秀的模板，于是有了成长与新生。

谨以此书，献给我生命中最后一年。

——唐鑫《新生》

文档共有30万字，短时间内肯定看不完，但幸好唐鑫编了目录。

目录的内容基本上偏奇幻，言晃一眼就能看出他意有所指，大概在他写的故事当中，主角就是他自己。

在一众目录当中，言晃很快便找到了自己想看的，也是曾在他房间里的桌子上看到过的词——仪式。

第17章 神秘的仪式

在每一个月初的夜晚，他们都会举办一场神圣的仪式，祈祷他们所信奉的神明赐予他们渴望的力量。他们深知这是走入深渊，仍毅然以身犯险，换取所谓的光鲜亮丽。

仪式的条件是：一个愿望，一个屈服。

当仪式成功之后，磨平了棱角的人，终会迎来新生。

言晃看到这里，心里"咯噔"一下，他们信奉的神明难道是天才之石？如果真是这样，那谢父谢母面对天才之石的奇怪举动就说得通了：他们不只是把天才之石看作一个地标，对它的态度更像一位忠诚的信徒。

言晃深呼吸，还想继续看看这文中是否透露出其他信息，可惜直到文章末尾，也没有更多有用的信息了。有些失望地叹了口气，正想关掉文档时，言晃却发现在结尾处多了一个破折号。

一个作者朋友曾对言晃说过，如果一本书最后没有出现"完"，那这本书便算不上完结，还有无数可能。

所以这本书不是多了一个破折号，而是少了一个"完"字。

言晃突然明白了唐鑫在死亡时的苦苦哀求。从日记的第一天起，这个未来名作家就盘算好了要完成自己的新书。之后的每一天，记录的事情虽然有所不同，但他的新书是日记里始终不变的话题，即使在他成为"伥鬼"之后。

可他最终还是没能完成，进度条永远停在了99.9%。

言晃沉默片刻，手指放在键盘上，敲下了最后一个字，选择帮这位可笑又可怜的"未来名作家"完成最后一笔。

这个故事终于完结。

霎时间，好几种声音传入言晃耳中。

"用罪孽堆砌时间成为安全的堡垒，创作出一生唯一且不被人知晓的著作的名作家。"

"还真是一个可笑、可悲又可恨的人啊！"

"下辈子，别乱跑了。"

就在话音落下的一瞬间，电脑中所有文字突然发出淡淡的金色光芒，一个又一个地汇聚起来，电子字节在漆黑的房间之中化作光桥，字字落入言晃下意识摊开的手中，汇聚成一本厚厚的书籍。

——恭喜玩家欺诈者获得道具：唐鑫的新书。

道具：唐鑫的新书
品质：未知
属性：无
道具介绍：唐鑫是一名致力于奇幻冒险的未来名作家，可惜已经没有未来。在他的新书之中，有无数奇妙的记录，若玩家已得知副本中某种怪物 50% 的信息，该书可以呈现其 100% 的信息。

目前已记录：孵化之都——孩子（未孵化）、孵化之都——天才（孵化中）、孵化之都——天才（完全体）。

直播间弹幕数量再次飙升。

"又是一个道具？还是未知品质，知道 50% 就能解锁 100% 信息，这不是开挂吗？！"

"主播愿意卖吗？我 10 万积分买！"

"我要不然也重刷一次孵化之都吧！"

"等等，为什么孵化之都的副本入口被封了？这是怎么回事？难道这个新人走的是 TE 线？孵化之都竟然有 TE 线？"

TE 线，也就是 True End 线，真正的结局。

进入过这副本的有 1700 多万人，但从未有一人打出过 TE 结局，孵化之都也是因此才被称为最难副本。现在一个新人却在走 TE 线，而且进度条已经过半，否则副本不会封锁。

如果欺诈者真的能打通这条 TE 线，以后就再也没有这个副本了，他手中那独一无二的神器，也就只属于他一人了。一时间众人心中五味杂陈。

言晃没有在意直播间的弹幕，只是沉默地叹了一口气，打开书页，开始查看"唐鑫的新书"中，目前对孵化之都的三个生物的记录。

孵化之都 —— 孩子

力量：0.8

敏捷：0.9

智力：1.0

天赋：无

介绍：平平无奇的普通人，但他们拥有自由的灵魂。

孵化之都 —— 天才（孵化中）

力量：1.0

敏捷：1.0

智力：0.3

天赋：吸取

吸取：令接触之人化为营养液，可吸取营养液，为破壳提供养分。

介绍：自由的灵魂终究被现实磨损，孩子在蛋中等待孵化，等待吸取营养。好奇的眼睛正在小心翼翼地观察着这个世界，或许他们的内心还在挣扎？但不可否认，他们期待将你当作养料，迎来新生。

孵化之都 —— 天才（完全体）

力量：3.0

敏捷：3.0

智力：0.1

天赋：遵从

遵从：遵从父母的意愿成长为他们所期望的优秀之人，是伟大的科学家？还是举世闻名的考古学家？还是独自建立起网络防护系统？

介绍：他们变成了父母眼中的好孩子，也是毫无疑问的天才，除了自由的灵魂与意志，他们拥有世人艳羡的一切。

言晃看着这三个面板，陷入了沉思。从孩子进化到天才完全体，其他数值越来越高,"智力"却越来越低,而且,"天才"这两个阶段的技能有所不同。

言晃再一次品读了一遍,瞬间瞪大了眼睛,终于明白了一切——自由的灵魂遵从父母的期待,成为他们眼中的优秀之人后,就会像任人操控的傀儡一样,被迫放弃自我,换来戏剧般的虚假人生。

难怪谢扶沐迟迟没有孵化,难怪每个人孵化的时间不同,难怪这里每家每户看着和谐,关起门来都是恶魔教育……因为所谓的"孵化"根本不是新生,而是接受被他人制定的人生!

如此看来,怪物应该还有一个!

不过现在可不是管这怪物的最佳时间,言晃看着技能中的描述,心中有了猜想,也许正是这些"天才"控制了唐鑫的电脑,所以他的求救信号发不出去,而宣传孵化镇的消息可以发出。

正在此时,面前的电脑就像是有了人的智慧一般,突然黑屏,紧接着屏幕上出现了一串字符:言老师,好奇心会害死猫。

"知道太多,可不是一件好事!"

屏幕上的字符伴随着背后突然出现的声音,让言晃悚然一惊,凉意陡然漫过全身。他迅速转身,看向悄无声息出现在门口的人。

她穿着睡衣,一头凌乱的长发散落在脑后,手中提着一盏蛋壳状的灯,灯光照在她半张脸上,尽是温柔和蔼的笑意,另一半隐藏在阴影之下,似乎暗藏着浓浓的凶意。

孵化镇还有一个怪物——父母。

言晃推了推镜框,在"低级全视角探测"的帮助下,看到她另一只手中正握着一把菜刀:"晚上好,谢姐好像心情不错?"

谢母笑得随和:"扶沐终于孵化了,我自然高兴。不过我没想到,言老师你不仅聪明,胆子也很大啊!看起来,你似乎是知道了不少信息呢。"话音落下的瞬间,手中菜刀乍现,直冲着言晃扑了过来。

她的攻击来得突然又迅猛,即便言晃早有防备,也被打了个措手不及,赶紧后退,试图拉开距离。但是谢母身姿灵活,一直紧追着他,右手的刀更是舞得虎虎生威，甚至好几次都划破了言晃的衣服。

言晃一边跑一边分析：房间就这么大，迟早会被她追上，那么等待他的就只有死亡，而他偏偏不想死，所以……他右手握住从背包里取出的刀，一个旋身挡住了她的攻击。

谢母看到言晃手中的刀，微微一愣，不敢置信地瞪大眼睛。趁这一瞬间，言晃右手用力挑开了她手中的刀，心底松了一口气，然后将自己的刀架在了她的脖子上，以防她再次暴起。

刀落在地上的声音惊醒了谢母，她面上带着被丈夫背叛的怒气和怀疑，惊疑不定地盯着言晃，声音干哑地问道："你怎么会有他的菜刀？"

言晃刚刚已经看清楚了谢母的战斗力，明白这人要是清醒着必然会成为自己通关的最大对手，所以在听到她的问题后，他突然想到了一个办法，微笑着看着她："这把刀是你丈夫送给我的迎宾礼物。"

看着崩溃的谢母，他压低声音，轻轻说道："既然知道了答案，就请你好好睡一觉吧。"

谢母只感觉脖颈一痛，接着就失去意识，缓缓倒在了地上。

第三章
杀了我

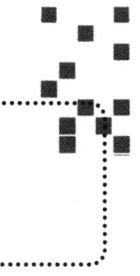

这是他的希望，也是他的绝望；这是他的祈愿，也是他的灭亡。

孵化之都——父母

力量：1.0

敏捷：1.0

智力：1.0

天赋：操控

操控：对天才拥有超出本体控制权的至高控制权，是爱，亦是束缚。

介绍：他们创造生命，用生命延续自己的意志。孵化之都的父母永远相信"棍棒底下出孝子"，只有这样，孩子们才会乖乖听话，成为优秀的天才，可是他们没有意识到自己的孩子，最终成了自己。

言晃看着面板上的介绍，眼中带着些许悲哀。父母与孩子，还真是一层复杂的关系，孰是孰非，谁又能说得清楚？但是，即便是父母，也没有资格定义孩子的人生。

看着面前失去意识的谢母，他心中十分复杂，从没想过自己能如此轻松就"解决掉"父母，毕竟在这个地方，父母的等级非常之高。可他转念一想，那高等级仅仅是对孩子而言的。在他们眼中，父母是无法翻越的高山，是看不到边际的深海，有时候也是阴霾、是恐惧。但只要走出这层阴霾，回头一看，父母也不过是渺小的存在。只可惜，镇上的孩子们无法走出。

言晃默默抱起谢母，将她藏在卫生间，以防万一还将门从外边锁上了，毕竟他现在还在谢扶沐家的旅馆里，副本还没有结束，或者说，孵化镇的仪式才刚刚开始。

他透过窗户看向远处，那里正散发出诡异的、洁白的亮光，眨眼间，白光蔓延至整个小镇，吞没了旅馆的黑暗，使整个屋子亮如白昼。言晃借着这光整理好自己的衣服，将手中的菜刀重新收进背包，缓缓走出房间。

直到他走出旅馆后，才意识到这个传说中的仪式有多么的隆重——凌晨三点半的孵化镇，四面八方都是人，他们保持着同样的距离，同样的前行速度，仿佛机器人一般，朝着天才之石的方向走去。

言晃抿着唇，左右看了看，深吸一口气，学着他们的样子，混入其中。

心跳在疯狂加速，此时的他既恐惧，也兴奋，既恐惧于被发现，又对即将到来的对峙感到兴奋，因为未知而恐惧，又因为真相而兴奋。自从住院后，他就没有过这种感受了。

"胆子太大了吧，竟然就这么出去了。"

"新手保护机制都提醒他了，夜晚不要轻易出门，怎么不听劝呢？"

"这方法真的能行吗？如果能行的话，当时莽撞出去的我可太像个愣头青了。"

突然，言晃的面前出现了一张人脸，一张稚嫩但是没有表情的脸，此刻正木然地看着他。

他呼吸一窒，直愣愣地站在原地，看着那张脸离自己越来越近，恍惚间他似乎听到了自己的心跳声，大脑终于开始运转：会被认出来吗？如果被认出来，会怎么样？我该怎么办？在这里，完全体级别的天才很多，他们的体能是正常人的三倍，如果被认出来，生存的概率简直微乎其微。必须想办法保住自己的性命！

言晃学着那人的神情，茫然地、呆滞地、屏息凝神地与对方对视。

对方的嘴唇动了动，但还没开口，言晃突然用愤怒的语气低声骂道："不要再耽误时间了！否则就要结束了！"

对方沉吟片刻，好像在思考什么。

"既然孵化了，那就乖乖听话，做个安静的孩子。否则，你的父母可不会像我一样客气。"

言晃说完，冷脸看着他，等待对方做出反应。

片刻后，那人没再刁难言晃，而是转身，同其他人一样继续走向"天才之石"，言晃这才松了一口气，却突然发现这些男男女女、老老少少，都迈着一致的步伐，摆着一致的表情，像是工厂里批量生产的玩具一样，逐渐排列得整整齐齐。

整齐到什么地步？

整齐到他只能看到附近的几个人，整齐到他数不清旁边有多少人，也不知道他们其中会不会有人悄悄翘起嘴角，更不会知道，会不会有人转过头凝视着他的方向——或许没有人看他，或许除了周围的人，所有人都在看他。

一切的未知化作难以言喻的恐惧，像是被无数双眼睛盯着。

言晃定了定神，强压下心中的恐惧，学着他们的动作、脚步与神情，慢慢融入人群之中。

"竟然完美模仿了他们的脚步和表情，还毫无违和感，我光是看着就已经头皮发麻了，他怎么敢这么玩啊！"

"羊入虎穴说的就是现在这个样子吧！"

"又要看见仪式的现场了吗?虽然有点恐怖,但也是真的美。"

"是啊,我当年看到孵化仪式的时候,真的有被震撼到,只可惜没有截屏,今天一定要保存一张图。"

——直播在线人数:10001人。

——恭喜玩家完成成就"万人同时在线",奖励1000积分。

——恭喜玩家完成成就"与蛋同行",复制背包内消耗类道具+1。

——复制成功。

一道道弹幕和系统提示飞过,言晃毫不在意,因为他终于看到了仪式的真面目。

上午还黯淡无光仿佛普通石头一般的天才之石此刻正发出耀眼的白光,将巨坑照耀成了白日的模样。父母们走近天才之石,在坑外围成一圈,双手做出祈祷的模样,虔诚无比地闭上眼睛,脸被光芒浸没,仿佛正在祷告的信徒。孩子们则在石头旁汇成一列,等待着什么事情发生。

突然,那巨坑仿佛是活了一般,原本平整的边缘,正在以肉眼可见的速度变得凹凸起来,形成了阶梯。家长们自觉地让出一条狭窄的路,孩子们在无数家长的包围之下,从那唯一的狭窄缺口走入坑内,秩序井然地围绕着天才之石,匍匐在地,脑袋贴在手背上,心甘情愿地臣服在这神奇而又温暖的光芒之下。

这场景诡异又美丽。

言晃站在列队之中,一步一步地向前走着,面色不变,心思却更沉了些。这就是仪式吗?没想到早上的天才之石到了晚上竟是如此模样,那纯白的光裹在表层,看上去就像是一颗巨蛋,一颗比谢扶沐大了不止百倍的巨蛋。

言晃走到近处,看着面前的巨大石头,感觉自己就像蝼蚁般渺小,在光芒照耀之下,他甚至能够感觉到一种从内心深处升起的温暖与庇护,但还伴随着一种奇怪的感觉。

言晃心下一惊，悄悄地看了一眼自己的属性面板，果不其然，面板上多了一条新的属性。

状态：同化（1%）

同化：神说人类渺小，于是创造了无数神奇的生物。他们赐福人间，让人类进化，当进化完成时，你会成为更高层次的生命。你还是你，但你不再是你。

"同化"？因为整个镇子上没有正常人，所以大家便都"正常"了吗？言晃眯了眯眼，眸中一片嘲讽，怪不得谢父说多亏了天才之石，镇子里的孩子才会变得省心，在这温暖的光芒下待久了，说不准他也会变成一个省心的客人！

但现在这个情况不容乐观，进退不得，他只能硬着头皮走在队伍里，跟随着其他人走下楼梯，成为坑中的一员，学着他们的样子跪下，匍匐着。这时，他忽然意识到，自己这个动作有个专有的名称——稽首。

这是古代的一种跪拜礼，乃"九拜"中最为隆重的拜礼，通常是臣子拜见君王所用，后来子拜父、人拜神，皆用此礼。

所以，这颗蛋是父母的"神"，是孩子们的"君王"？

言晃倒不介意跪下，他介意的是，现在这个情况，让他无法看清楚周围人的行动，所以危险来临时，恐怕不能第一时间做出最正确的判断。

为了自己的安全，他买下了"高级全视角探测"，视角的范围从原来的"方圆十米"增加至"方圆千米"，足以纵观全景，毕竟现在的危险系数要比刚刚高得多，现在入的可不是虎穴，而是虎群。

可越是如此，言晃体内的肾上腺素就分泌越多，一股难言的兴奋感逐渐占据他的神经。

"言晃能够永远保持最大的理智。"这是他给自己下的谎言。

此时此刻，孩子们在坑内跪着，父母们在坑外祷告。

"我的儿子一定要成为人中龙凤，成为最优秀的科学家。画画不过是一件浪费时间、浪费生命的事，我的孩子绝对不能浪费生命！"

"我的女儿要成为世界上最优秀的话剧演员，请让她每天都保持练习，当然，文化课也不能落下了。虽然辛苦了些，但以后她感谢我都来不及！我们可都是为了她好！"

父母们的言语形成一根根丝线，慢慢地爬上了每个孩子的后颈，将那容纳着梦与自我的大脑抹消，锁住他们的灵魂与思想，前方的光将力量注入他们的胸膛。而孩子们只能匍匐在地上，迎接着父母们的"梦想"，没有怨言、没有反抗、没有挣扎，只有稽首和低头。

"我会好好努力，成为人中龙凤，成为爸爸妈妈的好孩子。"

"我永远是爸爸妈妈的好孩子……"

"我们永远顺从……"

言晃小心翼翼地仿照孩子们进行着每一个动作，突然，他从孩子们麻木呆滞的声音中听见了一丝不一样的声音。

似乎是心跳声，不过跳动的频率却很慢很慢。他内心有些好奇，小心地四处寻觅那诡异的心跳声传来的方向，最终将目光锁定在了"天才之石"。

那不是石头，而是……活物？言晃被自己脑海里突然冒出来的想法吓了一跳。

渐渐地，心跳声变得越来越密集，越来越杂乱无章。言晃这才发现，这不是"天才之石"的心跳，而是周围所有孩子的。

在"高级全视角探测"的帮助下，他清清楚楚地看见跪趴在地的孩子们，慢慢被一层透明的白膜包裹住，白膜颜色渐渐变深，最终变成了一个个圆滚滚的蛋壳——孩子们不见了，只剩一颗颗蛋。

言晃发现，自己身旁的蛋壳，长出了一只大眼……不对，是一对眼睛，不，是两对、三对……眼睛越来越多，观察着壳外的一切，观察着，在场唯一的异类。

来自四面八方的注视彻底包围了言晃，那些眼睛的眼神多少带着一些玩味，仿佛他已经是它们的囊中之物。事实上，按照现在的情形来看，他的确是。

坑外，一个男人微笑着看向他，声音依旧憨厚有礼："言老师，晚上好啊。"

事已至此，没有继续装下去的必要了。言晃站起身，看向那个微笑的男人，也笑着说道："老谢，晚上好。"

"言老师，几个小时没见，精神看起来不错啊！"冷风中，谢父的外套随风飘起又落下。

"你也是。"言晃依旧保持着风度翩翩的微笑，"是因为把自己的梦想灌输到孩子身上，所以感觉到了精神的愉悦吗？"

谢父脸上的笑意随着言晃的话逐渐消失，冷漠地看着言晃："言老师，你说的这句话让我觉得很生气。我们做的一切都是为了他们的未来。"

言晃笑意不变，让人猜不透他真正的想法："是吗？可是他们的未来应该由他们自己做主，而不是你们。你们不过是将自己做不到的事，以强硬的态度加在了孩子们身上，丝毫不顾及他们的想法与感受。"

"胡说八道！"谢父满脸愤怒，"你这是在亵渎我们对孩子的爱！"

其他的父母们也对言晃怒目而视。

"亵渎？"言晃推了推眼镜，心里十分愤怒，语气也冷漠了很多，"你们这根本不是爱，是枷锁、是牢笼，是压在他们身上的一座座大山，让他们彻底失去了自我！"

"真正的教育不是这样的！"言晃深深呼出一口气，在父母们刀子似的眼神中说道，"父母应该给予孩子关心、爱护和鼓励，而不是打压、斥责和谩骂。孩子是一个独立的、自由的个体，而不是你们随意摆弄的玩偶。你们只是给予了他们生命，根本没有资格主宰他们的未来。他们的未来会变成什么样应该由他们自己决定！无论是贫穷还是富有，无论是一事无成还是功成名就，那都是他们自己的选择，他们应该自己承担!永远不要试图在孩子的世界里染上你们的思想。你们的义务是做好引导和教育,而不是替他们做决定。"

"你在胡说什么!"父母们不可置信地看着他,"我们赋予他们生命,所以有权支配他的未来!"

"你就是一个异类!"

"我们的镇子不允许你这样的人存在。"

父母们一边怒斥着言晃,一边上前一步,嘴里碎碎念的内容形成丝线缠绕到了蛋的身上,刹那间,一颗颗蛋迅速冲向言晃。言晃却站在原地一动不动,层层黑影之下,谁都看不清他的表情。

无数颗蛋在这一瞬间就要触碰到他的皮肤,蛋身上的眼睛弯成了月牙,似乎在嘲讽言晃的不自量力。父母们几乎同时翘起嘴角,像是在欣赏亵渎者最后的挣扎,甚至直播间的观众都不认为言晃能够从蛋的包围下逃脱。

就在所有人都以为言晃必死无疑的时候,怪异的碎裂声突然响起,眨眼间就见金黄色的蛋液飞上半空,在"天才之石"的光照下,反射出耀眼的金光,如黄金之雨,坠落在地。

父母们瞳孔一缩,直播间也寂静下来,所有人都不可置信地看着面前这一幕。

"不!怎么可能?你怎么可能躲过吸取?"

"孩子,我的孩子!我好不容易才孵化的孩子!!!"

"你赔我孩子!你赔我孩子!"

除了一对父母在愤怒地尖叫着,其他人都在惊恐与震惊中无法回神,呆愣地看着眼前这一切。

包裹着言晃的蛋都意识到了不对劲,那些数不清的眼睛露出恐慌,生命被威胁的感觉迫使它们逃离言晃身边,可在它们刚要远离的一瞬间,破裂声再起,接着蛋液横飞,如细雨直下。而那被包围的人,却穿着一身纯黑皮衣站在原地,黏稠的蛋液顺着他手中的刀缓缓滴落在地上。

"果然，只要不是绝对接触到皮肤，就不会有任何问题。"他伸出手摘下头套，露出了那张清秀的脸，"从外打破的，不过是食物。"

父母们表情煞白，甚至忘记了呼吸。直播间的众人也猛然爆发出激烈的讨论，密密麻麻的弹幕出现在直播间的界面上。

"欺诈者竟然还活着！而且还是用这种方式解决了问题！不愧是欺诈者，竟然能想到这样的办法。"

"他该不会是最后一秒去商城买了一个皮套吧？"

"看了回放，他就是这么做的，买的还是最便宜的那一套！"

"这是早就计划好了，还是突发奇想？"

"对不起，虽然很帅，但是这皮衣有点好笑，哈哈哈哈。"

片刻的沉默后，父母们暴怒起来。

"你——"

"你必死无疑！"

"该死的亵渎者！"

言晃勾起唇，默默地戴上自己的黑框眼镜，将手中"慈爱父亲的菜刀"在手上转了一个圈，最终握紧："是吗？那就试试看。"说着，他一刀劈开距离最近的那颗蛋。

然而言晃预想中的厮杀并没有到来，所有的蛋都静止不动，重新恢复成了一颗又一颗光滑而又洁白的蛋。

言晃意识到事情的不对劲，凌厉的目光立马锁定在了坑外的父母们身上。

此时，父母们嘴里正不断地念叨着什么，言晃听不清，但直觉告诉他，不能让他们继续念下去，否则他会很危险。

必须尽快离开！他的目光挪到了面前这些蛋上，为了活下去，只能委屈你们了。他上前一步将面前的蛋打破，硬生生辟出一条路来，凡他所过之处，皆布满了金黄色的蛋液。

在距离台阶大概还有一半路程时，耳边传来"咔咔"的破壳声，他瞬间意识到事情不妙——那些蛋马上就要孵化了。孵化后的完全体天才力量和敏捷都大幅提升，现在的他根本无法与之抗衡！

紧张的感觉压迫着言晃的神经，他不自觉地加快了速度，但同时，他的脑中莫名出现了很多杂乱的声音。

"不要逃避，好好接受神的赐福，与我们共存！"

"加入我们，成为我们，成为一个乖孩子。"

"言老师，欢迎来到孵化镇，权利、名望、金钱……你将拥有一切！"

"你未来的孩子也会成为天才的一员！"

各种声音在脑内回荡，让言晃头疼欲裂，速度明显下降。他心里一惊，调出自己的属性面板，只见状态那一栏显示"同化（60%）"。

看来距离这颗巨蛋越近，光照越强，同化的速度也会越快。言晃忍不住在心里低骂一句，太多不稳定因素导致了他判断的一切都在发生变化，牵一发而动全身，越是在这种时候，容错率就越低。

言晃深吸一口气，抬起一只手挪到嘴边，狠狠咬在自己的手臂上，以此来刺激自己已经疲惫的大脑，让自己的速度再次提高。

在他刚刚踏上阶梯时，身后破风声响起，他下意识侧身，就听到"砰"的一声，紧接着就看到自己刚刚站的位置上叠了好几个刚刚孵化出来的孩子，言晃心下一惊，往背后一看，脸色猛地一变。

无数个佝偻着腰的孩子顶着一张张面无表情，宛如蜡塑似的僵硬脸庞，以不可思议的速度向着他奔来。在他们的凝视下，言晃只觉得头皮像是被电流袭击了一般，麻痹又紧绷，同化程度在不断加深，脑袋和身体也越来越疼，凭借着"保持最大理智"的谎言，言晃立马扭身，继续朝着坑上攀爬。

不能死，不能死，我想活下去，我要活下去！好不容易寻到的一线生机，谁都不能阻止我活下去！

他的求生意愿太过强烈，在死亡的刺激下他变得前所未有的冷静，一边翻滚、跳跃、闪躲，一边稳住心神观察周围的漏洞，寻找逃亡的机会。

虽说抓他的孩子多,但他们毕竟受控于父母,无法靠自己的思考判断,从而做出行动,所以人一多,手便杂了。这就是言晃所寻找的机会,借助"高级全视角探测",在短时间内做出多次计算与预判,然后毫不迟疑地相信自己的每一次判断,并做出反应。

这一系列高速、高强度的操作,看得直播间的众人全都忘记了呼吸。

"这欺诈者也太厉害了!"

"温馨提醒:屏幕前的各位,看直播的时候是可以呼吸的。"

"谢谢温馨提醒,我差点憋死。"

"可千万别死了,我看好你!这回孵化之都要是能够成功通关,评级起码得A级以上!"

此时的言晃却脚步一顿,接着腰腹一弯,惊险避开了迎面而来的拳头,他大感不妙,再次查看面板,同化程度竟然已经达到了89%!

如今他的体力在这样的追逐战之下,已经要透支干净,但此时距离坑外还剩下六节台阶,虽然看着不高,但也无法一步迈上去,这就表示接下来的每一次判断和选择都变得尤为重要。

如果到了坑外,阻碍他的东西虽然变少了,但是父母们极有可能加入战斗……不对!言晃马上否决了这个可能性,因为他想起在他往上爬的时候,父母们正逐渐往后退。

为什么父母们会在这种极具优势的情况下选择后退?那就只有一个原因了——他们也在忌惮我!

言晃大胆猜测:父母在完全操控孩子时,没办法一心二用,意志或许已经转移到了孩子身上,即使自身意志还在,也无法同时灵活地操纵自己和孩子,否则他们早可以跟孩子们里应外合,夹击我。

所以只要让父母们失去意识或者将意识转移回自己的身体,就能斩断他们对孩子们的意志操控,或许就能得到一线生机!

不过,是不是如他所推测的这般,还需要验证。

看着最后的六个台阶，言晃干脆停下了脚步，近处的孩子们瞬间扑向了他。然而，言晃却向下跳了一节台阶，眼神锐利地扫向四周，突然，他目光一顿，嘴角勾起——找到你了。

"什么情况？他为什么往回走？"
"跟他们拼啊！这时候怎么能往回走呢？！"

言晃下方的那些孩子们伸手就要握住他的腿，可就在这时，言晃突然双腿用力蹬地跃起，孩子们的手再一次落空。下一秒，言晃双腿蹬在其中一人的身体上，借着这个着力点，一下跨越六个台阶，抵达坑外。

坑外的父母们脸色一变，接连后退。一瞬间，言晃所在的位置就空出了好大一片空位。而此时，言晃发现自己身上渐渐浮现出一层薄膜，他看向面板，发现同化程度已经高达 90%！

在他身后，孩子们正缓缓从坑内爬出，在黑夜中站直身躯，这代表父母的意志已经脱离，他们有了自主意识。然而让言晃没想到的是，这些孩子竟然握紧拳头，朝着他冲了过来。

言晃瞳孔骤然缩小，管不了那么多了！他的目光瞬间锁定谢父，咬紧牙关，用尽全身力气，以当下最快的速度径直冲向谢父。谢父面色一白，旋即露出一个诡异的微笑。

言晃凭借"高级全视角探测"早已经看到了背后来势汹汹的谢扶沐，但是他此时已经顾不上谢扶沐，而是在谢父逐渐惊恐的目光中一拳击中了谢父的脸，同时嘴唇轻动："你将沉眠于睡梦之中，变成孩子，经历被家长控制的人生。"

——谎言判定为随机事件，判定成功。
——结果：受作用者将沉眠于睡梦之中，经历被家长控制的人生。

言晃见谢父倒地，立刻使出浑身解数，拼命在半空中调整身体转向。通过刚刚的"高级全知视角",他看到谢扶沐在这一瞬间,动作有了明显的停顿,表情也与之前的空洞截然不同,那张脸虽然依旧呆滞,却变得不再僵硬。

他果然脱离了父母的控制!言晃为这个结果感到兴奋。

可即便如此,谢扶沐挥出的拳头也并没有停下。

"危险!危险!危险!"

"这新人没救了!"

言晃注意到了这些弹幕,嘴角露出一抹异常灿烂的微笑,嘴皮动了动,似乎在说些什么,但并没有发出任何声音。

下一秒,谢扶沐的拳头落到了言晃身上。

直播间的在线人数达到了12734人。

"欺诈者就这么死了?不可能吧!"

"有什么不可能?就算他之前的判断再好,这一次没成功,那就是彻底的失败。"

"太可惜了,我还准备长久关注他呢。"

"不对劲,他要是死了,直播间应该被强制关掉才对,我们怎么可能还像现在这样聊天?而且你们有没有发现,孵化之都的副本还是处在封锁状态。"

"看回放!他在被谢扶沐打到的前一刻,好像说了什么!"

"有谁会读唇语,快来看看!"

很快,弹幕中有人将言晃的话打了出来——"我死了。我装的。"

一时间,观看直播的众人浑身都起了鸡皮疙瘩。

欺诈者果然没死!可是他现在人在哪里?就在众人思考这个问题的时候,言晃的身体突然以肉眼可见的速度燃烧起来,只不过这场景不像是人被烧,倒像是草木在燃烧。

"轰——"爆炸声响起，惊得父母们尖叫不止。

这样的场景实在是过于绚烂，绚烂到依靠0.1智力掌握自己身体控制权的谢扶沐停止了动作。火光在他清秀的脸上忽闪，映得他的脸庞忽明忽暗。

欺诈者到底做了什么？直播间有人忽然想起来，他在去唐鑫房间之前买了保命道具。或许他们所有人都被这个狡猾的欺诈者给骗了！

就在这个时候，直播间的画面突然变得无比黑暗，观众们只能隐隐约约看到一张斯文而又儒雅的脸，戴着眼镜，嘴角上扬，露出一丝掌握一切的笑意。随着画面可见度越来越高，众人终于得以看清，那张带笑的脸不是别人，正是刚刚被燃烧殆尽的言晃。

只见画面里的言晃不紧不慢地伸了一个懒腰，悠悠说道："让各位担心了，不过真不好意思，我还活着。"

他活动了活动脖子，自我肯定般点点头："'替身娃娃'这个道具，还真是好用。"

道具：替身娃娃

品质：F

属性：无

道具介绍：娃娃很喜欢主人，愿意为主人付出一切。只是主人不知道，娃娃不是娃娃，而是深爱着他的人。当娃娃背后的灵魂被发现时，它也将永远离开。

使用要求：在身边20米以内的位置安插一个娃娃，30分钟之内，可以与娃娃进行一次位置替换，替换之后，娃娃自动烧毁。娃娃外形与使用者相同。

这个道具很多人都用过，但比起那些效果明显或者使用门槛低的道具而言，"替身娃娃"实在算不上性价比高的道具，所以一直以来也不怎么受人重视。

"'替身娃娃'是什么道具？这么厉害的道具我竟然不知道？！"

"完全没想到有人能把'替身娃娃'用到这个地方。但凡欺诈者发动时间早一秒或晚一秒，'替身娃娃'都没有作用。"

"不愧是欺诈者，把我们全都骗了！"

言晃这一次的操作，才算是真正在众人面前留下了一个深刻的印象，但他并不在乎。这一次的冒险收获颇丰，特别是谢扶沐表现出的停顿，更是让他确定了心里的猜测——孩子完全受控于父母，如果父母失去意识，那么对孩子的控制也会解除。

父母虽然拥有能够控制孩子的能力，但本身属性十分平庸，直接击晕并不困难，而孩子虽然拥有极高的力量与敏捷属性，但失去了智力，失去了自我判断的能力。

这也就是为什么各方面能力更强的孩子，永远无法挣脱父母的束缚，因为对他们来说，父母就是不可跨越的高山。但如果这山在他们眼前被踏平，那么，他们便会将践踏者视为更高的山，他们恐惧的对象便换了。

就像马戏团被圈养的成年大象一生只会有一条锁链，因为年幼的它们疯狂挣扎，却无法挣脱锁链，成年的它们拥有了挣脱锁链的力量，却被恐惧与阴影囚禁，永远不再敢挣脱。

所以想要突破父母与孩子的组合几乎不可能，但如果以父母为切入点的话，不是没有机会。

言晃嘴唇微微翘起，心里已经有了答案，等夜幕降临的那一刻，关于孵化之都这一章就能彻底翻篇。不过在此之前，他需要找个地方躲一躲。

按照他的分析，如今的旅馆可以说是空无一人，老板与老板娘都已经陷入梦境之中，一时半刻是醒不过来的，最大的威胁只有谢扶沐，不过以他 0.1 的智力，应该想不到这一层。所以就目前而言，最安全的地方就是旅馆。

言晃在旅馆上下逛了一会儿，甚至还去了趟唐鑫的房间，确定卫生间还是好好锁着的，最后终于找到一个最适合的地方——地下室。这个俗套的地方，的确能给人极大的安全感。

地下室的门刚好能通过一人。言晃打开门，发现里面很暗，暗到即便言晃拥有"夜视"的能力，也只能看到十几层阶梯，里面仿佛是一个黑洞，吞噬了所有光芒。

言晃定了定神，从背包里取出"慈爱父亲的菜刀"，却突然发现这把菜刀有了变化。他挑挑眉，打开面板，开始查看这把刀的属性栏。

道具：家庭和睦之刀
品质：F
属性：锋利+1，轻便+1，诅咒+1
诅咒：当家庭和睦之刀成功造成伤害后，会额外对目标随机叠加一层疲惫/流血/感染效果。
道具介绍：他们总是自以为是，利用付出控制孩子，最终的结果却是无休止的争吵。只有父母和孩子相互关心、彼此尊重，才能使这个家庭变得和睦。

言晃看清楚了刀的介绍后，沉默了两秒而后叹了口气。父母与孩子的关系，似乎是一道无解的难题，身在局中的人堪不破，身在局外的人却无从插手。

他摇摇头，将自己的注意力重新收回来，右手握着刀，左手扶着墙壁，顺着阶梯往下走，没一会儿，突然听到"咯吱"一声，像是什么地方的木板被掀开的声音，刮得人耳生疼，惹人烦躁，但在这寂静无声的场景下，却又增添了几分惊恐与紧张。

言晃偏头看去，只见古旧的木板倒塌，落在了地面上，拍起无数灰尘，浓得快要堵住他的喉咙与鼻子。好不容易把咳嗽的冲动憋回去，言晃这才重新看过去，满脸诧异，在这通往地下室的通道里，竟然还有一个房间，要不是用手扶着墙壁，根本发现不了。

要不要进去看看呢？言晃有些纠结，但是转念一想，目前唯一的威胁就是谢扶沐，但他回来的概率非常低，所以不会有谁在这种时候打扰他，若是继续往下走，能不能走到尽头还不好说……斟酌再三，他还是决定进去一探究竟。

眼前的房门十分狭小，他必须侧过身子，才能从门口挤进去，好在挤过去之后就宽敞了。

言晃用自己的"夜视"能力打量着面前的房间。空间不大，里面堆满了东西，显得十分拥挤，地板上铺着几床被褥，各类枕头被乱糟糟地放在角落，屋顶上有一个小吊灯。顺着电线他很轻易便找到了开关，打开之后，微弱的橘黄色光芒瞬间将这个空间点亮。

开灯之后的房间变得不太一样，有种说不出来的感觉，言晃想了很多词语去形容，但想来想去也只能用三个字概括——安全感。

这时他看到面前的墙壁上，被人歪歪扭扭地用彩色蜡笔写了几个字：谢扶沐的家。

这五个字让言晃的心情瞬间复杂。或许每个孩子都会给自己设置一个用来逃避忧伤的、独属于自己自由的小空间，这个空间不需要很大，只要能装下他们天真而又放肆的自我就好。而这里，大概就是属于谢扶沐的"秘密基地"吧。

其他的墙壁上则是贴满了画，但这些画都被撕破了，有一张掉落在被褥上，被言晃拾起。

这是一幅很简单的画，画纸中央只有一个简单的火柴人，正开心地张开手臂挥舞着，这一张画纸也有被撕烂的痕迹，但是被人仔细地用透明胶布修补了。

言晃发现这张画很有意思，因为在画的背面写满了稚嫩的文字。

2115年6月1日

我在学校里画了这幅画，得到了同学们的夸奖，我很开心，也想给爸爸妈妈看看，告诉他们我变成了一个优秀的孩子。

他们撕烂了我的画，说如果我以后继续把时间浪费在这种没意义的事情上，一定会打我，还说如果我能早点"孵化"，他们就不用那么操心了。他们说要去参加仪式，帮我祈祷，让我在家里好好反省。

我又没做错什么，为什么要反省？我只是想要让他们看看，我比那些孵化后的孩子画得更好而已。

我就要画！我要让他们也为我骄傲！就算不孵化我也可以做到最好！

这上面的文字格外的生涩，字里行间透露出谢扶沐想成为父母的骄傲的心情，可每一个字又充满了被否定的愤怒和悲伤。

该不会每张画背后都有这样的记录吧？言晃抿着唇，慢慢将墙上的画揭下来，看向画的背面——果然有字。

2115年6月5日

我喜欢爸爸妈妈，就算他们不信守承诺。可我没办法接受他们第一次信守承诺，竟然是在我画出这绝世好画之后，像上次说的那样打我。

真的好痛啊！可是我不敢让他们知道，不然他们肯定又会斥责我。

"孵化"就那么重要吗？我每天都在好好学习，学习成绩也是全班第一，为什么还不能画画呢？我只是喜欢画画啊，但为什么在他们眼中，这就是错的？

我会证明我的价值，爸爸妈妈肯定能发现我的优秀。

此后，谢扶沐画了无数张画，画技越来越好，背后的文字却越来越苦涩。虽然他不被承认、不被认可、不被接受，可仍然坚定不移地选择跟着自己的内心走，直到——

2116年7月23日

中考成绩下来了，我是全镇第二，比那些孵化后的孩子更厉害！这回爸爸妈妈肯定能表扬我！

我把成绩告诉了爸爸妈妈，但是他们在雨天把我关了起来。门后的声音听上去是那么的愤怒，一直在质问我为什么不是第一，为什么把时间浪费在画画上，任凭我怎么在狭小黑暗的房间中哭喊求饶，也不为我开门。

我叫破了嗓子，对他们不再抱有幻想。

这场雨浇灭了谢扶沐对父母的幻想，也浇灭了他自己的梦想。此后，谢扶沐画画的次数越来越少，画的内容也越来越阴暗、混乱，背后的文字也越来越少、越来越无助，字里行间再也没有希望和期待，此时的他终于意识到自己的坚持改变不了任何事情。

渴望被爱的人，得不到爱；顽强追梦的人，看不见路；肆意自由的灵魂，已被磨损。

言晃的手中还有最后一张画，画纸全都被涂黑了，什么都看不到，而背面只简短地写了一句话："我会变成你们希望的样子。"一旁有一块皱巴巴的痕迹，像是眼泪干后的样子，落款时间是2122年5月30日。这一天，那孩子选择了妥协。

言晃在这短短一个小时之内，看完了一个孩子的七年，看到他从一个天真单纯，对父母抱有无限期望的孩童，变成屈服于现实、屈服于父母的"乖孩子"。

孵化之都的"孵化"，从来都不是成长和改变，而是把人磨平棱角，变成世人想要的模样。他们是从父母"精心呵护"的蛋里走出来的"鸡娃"，这是他们从出生就被制定好的人生。

言晃叹了一口气，再往下看，突然发现画纸的右下角有一个缺口，缺口大概食指宽。正当他疑惑时，前方突然出现了一片阴影，将他缓缓覆盖。

言晃身子一僵，慢慢抬起头，一张清秀的脸庞进入了视野当中，一双无神的双眼沉默地对上了他的眼睛："谢……谢扶沐？"

最不可能的事情还是发生了，谢扶沐竟然真的回到了这里！难道是因为控制他的父母都失去了意识，所以他恢复了自我意识，追了过来？可是智力值仅 0.1 的他，是怎么想到这个地方的？

　　谢扶沐并没有给他冷静思考的时间，一只手朝着他的脑袋抓去。

　　言晃为了自保，立刻从背包中召唤出"家庭和睦之刀"，朝着谢扶沐挥去，试图逼退他的动作，却没想到谢扶沐比他更快，他的刀只划破了谢扶沐的皮肤，谢扶沐却抓住了他的手腕。言晃立马把刀收回背包，以防谢扶沐将它抢走。

　　谢扶沐的力量非常大，言晃能很明显地感觉到他们之前的差距，更何况现在他是坐着，而谢扶沐却是站在他面前，强烈的压迫感叫他几乎窒息。

　　他努力克制住自己此时的恐惧，大脑开始飞速运转。此时的谢扶沐明显还没有恢复意识，自己的右手被控制，力量和敏捷的数值也比不过，硬拼根本行不通，只能另辟蹊径……

　　还没等他想好办法，却见谢扶沐举起拳头似乎就要砸下来，危急关头，他直接脱口而出："谢扶沐你个没良心的，亏我还给你挡了一巴掌，你就是这么报答我的？"

　　话音落下的瞬间，谢扶沐有了明显的停顿。言晃抓住这一机会，立马侧身躲开拳头，同时伸出脚狠狠地朝着谢扶沐小腿一踢。

　　谢扶沐疼得"嘶"了一声，握住他手腕的手卸了力度。言晃乘机挣脱，站起身，飞速往门口跑去，就在他要钻进那狭窄的通道时，又被抓住了手。

　　还来？言晃咬着牙回头看去。既然现在谢扶沐能够感受到痛，那就应该不是傀儡，而是一个智力只有 0.1 的傻孩子，那他的天赋应该有用吧？

　　"谢扶沐，你不想伤害言晃。"

　　——谎言判定异常。

判定异常？谢扶沐还在被控制状态？可是谢父谢母明明都已经失去意识无法继续控制他了啊！难道是因为智力太低，所以潜意识里还是遵从父母的最后一道指令？可刚刚谢扶沐明显是听到了他的声音的！

言晃咬牙，现在没有其他办法，只能再试探一次："谢扶沐，你看看我是谁！你要杀了这个世界上唯一支持你的人吗？"

谢扶沐盯着言晃，身体陡然颤抖起来，蓦然发出痛苦的呻吟，握着言晃的手时而用力，时而放松，仿佛正在遭受残酷的折磨。然后，言晃在谢扶的面庞上看到了眼泪。

眼泪？这一瞬间，言晃突然意识到谢扶沐现在这个状态是挣扎，他在尝试挣脱控制自己的锁链。

言晃放缓呼吸，紧张地盯着谢扶沐，忽然，谢扶沐松开手，朝着言晃跪了下来。

他跪在软绵绵的被褥上，抱着自己的头，十指发狠般掐入自己的头发里，牙齿紧咬，声音嘶哑，眼泪却止不住地往外流出，在脸上划下一道道泪痕："杀……杀了我……言老师……杀了我！"

他的自我意识占据上风后说出的第一句话，犹如一根刺狠狠地扎在了言晃的心口。纵有千言万语，可都被谢扶沐此刻的反应给堵在喉咙处，上不去，也下不来。

面前痛苦万分的少年就像是一头不受控制的野兽，可不受控的身体之上，又有他尚且不屈的意志。眨眼间，言晃似乎看到捆绑在谢扶沐身上的锁链在碎裂，可与此同时，谢扶沐本身也在碎裂。

言晃握着刀，心下难以决断，只能沉默地站在原地，一动不动。

谢扶沐突然抓住言晃握刀的手，颤颤巍巍地将那把"家庭和睦之刀"的刀刃抵在自己的脖子上，手上用了几分力，可始终砍不下去，脸上满是害怕和痛苦，抽泣着看着言晃："言老师，谢扶沐，不是谢扶沐了……我很感激能遇到您，也很感激，能在这种时候清醒。所以求您，求您杀了我吧……趁现在，我还是我自己。"

那一声声悲苦的哀求，一下下砸进言晃心里，言晃深吸一口气，握紧了手中的"家庭和睦之刀",问出了最后一个问题:"谢扶沐,你怕死吗?"

"怕死……"他纯净的眼中充满了悲哀和绝望,他唯一的希望只有言晃了,"言老师,求您救我。"

言晃抿着唇,视线越过他,落到满地的画上。

画的背面是这孩子坚持了七年的抵抗,他很清醒地知道自己是个怪物,是个令他自己所不齿的怪物,是他自己最讨厌的存在。

片刻后,言晃嘴唇轻启:"好。"说完,举起自己手中的刀。

谢扶沐闭上眼睛,嘴唇微微勾起,带着释然的笑,等待着属于自己的那份救赎。

刀劈开空气,直直劈向谢扶沐,在抵达谢扶沐头顶的那一瞬间停下了,言晃低沉而又郑重的声音响起:"谢扶沐将永眠于酣甜美梦之中。"

"梦中的他家庭和睦,亲子相惜,谢扶沐可以得其所爱。"

谢扶沐眼睛蓦然睁大,不敢置信地看着言晃,还未等他开口,系统传来提示。

——谎言判定为随机事件,判定成功。

——判定结果:谢扶沐将永眠于酣甜美梦之中,得其所爱。

这一瞬,谢扶沐笑了,他的眼神也发生了改变,变成了渴望、变成了求救。

言晃心头"咯噔"一下,下意识伸出手臂,接住了昏睡过去的谢扶沐,将他安置在地板的被褥上,静静地坐在他身边看着他。

谢扶沐浑身脏兮兮的,脸上的笑容却是那样的幸福,他将永远在自己的梦中长眠,再无任何人能够打扰他、摧毁他。

然而,言晃却只觉难受。孵化之都的这些孩子们,每一个都那么可怜、那么可悲,他们没有属于自己的人生,不能拥有自己的梦想,只能在父母的控制之下,像傀儡一样活着。

这种沉痛的情绪，也传递给了曾经经历过孵化之都的玩家们。

"之前杀怪的时候从来没有过这种感觉，但这次谢扶沐主动求言晃杀他的时候，我心里突然空落落的。"

"一样。可能是因为我们跟欺诈者一起看了他的人生经历吧。"

"这就是 TE 线的剧情吗？"

画面中，言晃轻轻为谢扶沐盖好被子，左手轻抚过他紧闭的双眸，带着安抚地说道："晚安。"话音刚落，谢扶沐的裤兜里忽然飘出一张小纸条，言晃疑惑地拿起来，打开了纸条。

——恭喜玩家欺诈者获得隐藏限时道具：谢扶沐的秘密。

直播间的众人看到提示，一个个都傻眼了，本来因为刚刚的沉重气氛而寥寥无几的弹幕再次活跃。

"隐藏限时道具？谢扶沐身上有隐藏限时道具？！"

"我还是第一次看直播看到隐藏限时道具。听说所有的隐藏限时道具，都跟副本剧情有最直接的关系，之前也有人想找孵化之都的隐藏限时道具，但没找到。万万没想到，这道具竟然是在谢扶沐的身上！"

"不对，不少人打这个副本时杀过谢扶沐，但都没掉出隐藏限时道具，一定还有其他的隐藏条件！"

此时的直播间在线人数将近 2 万人，这个数据对任何一个 F 级的副本直播来说都是不可思议的。

言晃看到了弹幕中询问关于隐藏限时道具的消息，但并没有开口回答，而是看着手中的纸条露出一抹苦涩的笑。其实哪有那么麻烦，"谢扶沐的秘密"不过是最后那一张被涂黑的画上，被撕下的那一小片纸，上面写着："如果我不是他们的孩子就好了，如果我未曾出生就好了。"

这是他的希望,也是他的绝望;这是他的祈愿,也是他的灭亡。

言晃看完这串字,只觉得眼前有一片轻薄的水雾,谢扶沐并没有低头,并没有真正地接受"孵化"……从来都没有。

所谓的隐藏条件,不过是谢扶沐孵化之后,还能安全回到"谢扶沐的家",回到这个只属于他自己的、逼仄的、秘密的"家"。因为只有回到家,才能彻底消除证据——直到最后一刻,他还在抵抗的证据。

想要得到这证据,就必须得到谢扶沐的信任,而他,得到了。所以他得到了谢扶沐身上存在的隐藏限时道具。

言晃沉默不语,许久之后轻叹一声,换上了自己一贯的笑意,隐藏起自己真实的情绪,开始观察这张纸上的内容和剧情到底有什么关系,思索了好一会儿也没想到。他有些气馁地随手翻过,突然发现这张纸的正面并不像之前看到的那幅画一样,被涂得漆黑,而是单独画了一幅很小很小的画。

看到这幅画的瞬间,言晃瞳孔一震,脑子里迅速串联起他在孵化之都的所有经历。

原来如此!如果是这样的话,一切就解释得通了!为什么方才的谢扶沐会出现"判定异常"的情况,为什么这个副本会存在。

言晃心情格外复杂,低头看了谢扶沐一眼。回到家的谢扶沐很安心,言晃知道自己不该继续打扰他了。

"晚安,勇敢的小孩。"

在言晃关上地下室门的一刹那,突然发现原本看不到光的地下室,好像不那么灰暗了,之前数不尽的阶梯,其实也只有短短一截。

恐惧是具象的,它会改变你的所见所闻,但是现在,那里成了"家",家很安全。

言晃没有选择继续躲避,而是直接回到了自己的房间,在商场用积分购买了食物,然后站在窗边望着窗外的黄昏,橙黄色的光晕似乎在为故事画上一个完美的句号。快到了,他勾起唇角浅浅微笑,带着尽在掌握的自信,端坐在自己的房间之中。

他在等,等夜幕降临,一切重新被黑暗吞噬时,危机的开端,就是破局的契机。

言晃手中握紧那张纸条,深深呼吸:"今夜,祝我安全。"

第四章
新生

此时的他们尚且不知,自己已经中了言晃的圈套,成了棋局中的棋子!

银白色的月光与地上的巨蛋交相辉映,一片静谧美好。

今天是 2122 年 6 月 1 日,孵化之都的仪式依旧在正常进行,仿佛昨夜的混乱从未发生过一样。

事情开始于这一天,也将终止于这一天。言晃扶了扶眼镜,镜片反射着冷冷的月光,让人看不清他的神情,只能看到他慢条斯理地把纸条收回背包,走出房门,走向"天才之石"。

"晚上好啊,各位。"带着笑意的声音打破了父母们虔诚的祈祷,吸引了他们的目光。

"亵渎者?你还敢出现?"

"这一次绝不会放过你!"

他们愤怒地看着言晃,但是在言晃靠近他们时又下意识地后退,只敢用语言不断地谩骂恐吓。坑内的蛋感受到父母们的意志,开始破壳而出,向着言晃的方向奔来。

"你们觉得同样的招数,我会怕第二次吗?"言晃眯了眯眼,看着向他奔来的孩子，声音不紧不慢地问道。

父母们紧张得要命，严阵以待地看着言晃，不知道他又想做些什么。这时，他们听到："当然会。"说完的一瞬间，言晃直接掉头跑了。

父母们一时之间没有回过神来，满脸呆滞地站在原地看着言晃的背影越来越远。

直播间也寂静无声，紧接着，弹幕如一颗颗炸弹一般，在直播间炸开了花。

"什么情况？"

"这是什么操作？我怎么看不懂！"

"跑……跑了？"

过了几秒，坑外的父母们终于反应过来，只觉得自己受到了挑衅，纷纷喊着："快追！追上他！"孩子们听从命令，如同人形战车似的冲了过去，与言晃的距离不断拉近。此时的他们尚且不知，自己已经中了言晃的圈套，成了棋局中的棋子！

言晃在奔跑的过程中买下了两个道具。商城里的道具都是限时性的，很多都只能买一次，而且只能在购买时所在的副本里使用。

道具：健步如飞符

品质：F

属性：敏捷+2

道具介绍：逃命专用符，时效60秒。

以及，一个平平无奇的喇叭。

言晃暂时没有使用这两个道具。他在等，等一个最合适的时机。

背后，孩子们都疯狂地朝着他追来，敏捷数值的巨大差距让双方的距离不断拉近，眨眼之间，最快的几个孩子距离他只有一个半的身位。他们伸出手，向言晃的后背抓去。

就在这个时候,言晃使用了"健步如飞符",原本1.1的敏捷属性,在使用了道具之后直接升到3.1,甚至比孩子们的数值还要高出0.1!也就是这0.1的差距,让原本马上就要抓住言晃的那只手落了空。

孩子们一愣,眨眨眼,发现言晃跟自己的距离又变近了一些,伸手一抓,结果二次落空,又近了,再抓,第三次落空。

来来回回好几次,孩子们近乎抓狂。

言晃这番"放风筝"操作,不仅让孩子们气得要死,更是让正在观看直播的一众观众感叹不已。

"胆子可真大,这要是被抓住了怎么办?"

"怎么突然从追击战变成喜剧片了?哈哈哈哈。"

"'健步如飞符'是有时效的吧?时效过了怎么办?"

是的,时效过了怎么办?言晃早就想过这个问题,所以很快便放弃了"放风筝"玩法,开始全速向孵化镇的入口奔跑。

他记得唐鑫在日记里说过,他无数次想要走出孵化镇,结果每一次离开,最后都会回到镇子。虽然不知道镇外面有什么,但通过这寥寥数语,他也能猜到孵化镇的外面一定具有很强的迷惑性,能够最大限度地拖住这些孩子。

距离"健步如飞符"时效结束只剩下20秒,言晃跑到了入口,也成功看到了外面的十条岔路。没时间慢慢思考,言晃随便选了一条路冲了出去,不到5秒,面前又是十条新的路。言晃忍不住抽了抽嘴角,心想,还好自己现在不是想要逃出孵化镇,不然一定会崩溃。再一次随便选了一条路,继续硬着头皮往前冲。

在他背后,孩子们依旧穷追不舍。

"健步如飞符"的时效过去,言晃的敏捷属性回到原本数值,而剧烈运动后产生的可怕酸痛让他眼睛一瞪,肌肉缩紧,仿佛有一只巨力大手要捏爆他一般,他脚步踉跄地扑在地上,再也无法动弹。

夜幕将一切渲染得格外寂寥,月光洒在言晃的身上,言晃呼吸粗重地坐在地上，静静地看着孩子从四面八方向他围来。他们的眼神依旧呆滞，身体也格外僵硬，一步一步地将他密不透风地堵在中央，整齐的脚步声像是对他审判的预告。

面对着这样诡异的场景，言晃的脸上却没有丝毫恐惧，反而带着灿烂的笑容，用愉快的声音说道："你们好啊！"

没有人回答他，孩子们只是沉默地、僵硬地、一圈圈地靠近他。

"狂妄的人终于得到教训。"

"孵化镇的教育不容置疑！"

"我们做的一切都是为了孩子！"

父母们站在"天才之石"的坑外，欢呼言晃的死亡，没有人察觉到，那个本应被孩子们围在中央的人，不知何时已经出现在了他们身后。

言晃扶了扶镜框，看着欢呼的父母，眼中没有笑意，只有无尽的可悲与可怜，良久，微微一叹："违背孩子的意愿，将自己的愿望强加在孩子身上，不停地压榨他们，到最后连孩子的一句感谢都是靠自己操控……真是可怜又自私的人啊！"

尽管这只是副本，只是一场游戏。可谁说游戏里的情感，不是真实的呢？

言晃不慌不忙地将喇叭拿在手中："各位家长，只要让其他父母失去意识，就能让自己的孩子成为孵化镇最优秀的孩子，没有之一。所以，你们会反目成仇。"

话音落下，风声和系统提示音并起——

谎言判定为随机事件，判定成功。结果：受作用者认知改变。

谎言判定为随机事件，判定失败。

谎言判定为随机事件，判定成功。结果：受作用者认知改变。

谎言判定……

……

上千道提示音在耳边"轰轰隆隆"地炸开，或成功，或失败。

的确，他的天赋针对随机性事件的成功率只有 50%，可当这 50% 不是作用于个体，而是作用于一整个群体时，那么便会带来意想不到的结果。

刹那间，那些父母的神色开始变化。

"我的孩子是最优秀的！"

"我是最棒的父母，我的孩子才是最优秀的。"

父母们彼此争吵不休，有的家长直接动手，一拳打向另一位家长，场面一度混乱起来。

直播间的观众们看到这个"大乱斗"的场景，都傻眼了。

"言灵类天赋这么强？一次性作用那么多人不会被反噬？这也太离谱了吧！"

"来人！来人！我要买他的天赋隐藏信息，50 万积分！"

"我还是第一次看到有人把言灵类的天赋作用到这个地步。"

"欺诈者的天赋太强了，我要把他招进我们公会！"

言晃看着上面的弹幕，一时陷入疑惑。反噬？天赋还会反噬自身？也是在这个瞬间，他注意到面板上的数值开始下降，同时大脑传来阵痛，接着就感觉自己全身的力气仿佛被抽干一样，虚脱无力地跌坐在地上，他一只手用力抓住自己的胸口，拼命地大口呼吸，似乎是在试图挣脱大脑被反复拉扯的疼痛，只不过效果微乎其微。

面板上的智力数值重新掉回到 1.7，而后不再变化，但是力量和敏捷的属性还在极速下降，直到它们只剩下 0.1，仿佛蚂蚁来了都能将他直接弹死之时，这样的感觉才彻底结束。

他侥幸在死亡的边缘活了下来，可现在连站起来的力量都没有，只能眼睁睁地看着从混战中挣脱出来的几位家长，一步一步向他走来。

"现在欺诈者这情况很危险啊！"

"你们快看他的面板，同化属性已经到达 99.9% 了。"

"果然，欺诈者也逃不过孵化的命运吗？唉，可惜了！"

言晃扫了一眼弹幕，唇角微微勾起，伸手抹去了额头上的汗水，声音带着一贯的温和："看来几位并没有受到影响。"

"是你破坏了我们小镇的和平！"

"你破坏了仪式，就要付出代价！"

围在他身边的几位父母怒视着他，一声高过一声地谴责他，但言晃并不在意，而是不容置疑地说道："错误的教育就该被破坏，没有人有权决定他人的人生。"

"胡说八道！"

父母们愤怒地抬起拳头，向着言晃砸下，言晃不躲不避，甚至脸上的笑容还在不断加深。在拳头落下的一刹那，白金色的光芒大放。

"什么情况？有没有人知道这是怎么回事啊？"

"是壳！是欺诈者身上的膜转变成的壳！"

"看来欺诈者还是没有逃脱被孵化的命运啊！"

"不对，直播还没结束，或许会有反转！"

就在众人意识到这一点时，白光覆盖的壳突然裂开，一只骨节分明、白皙漂亮的手从里面伸出，一把握住了距离自己最近的拳头的手腕，力量之强，让那人吃疼地叫唤了一声，前进动作被迫停止。

"孵化者怎么可能还有反抗意识？！"其他父母也大惊失色，满脸的不敢置信。

言晃站起身："的确，正常情况下成为孵化者，会直接受控于巨蛋，听从于父母。但很抱歉，我好像并不是正常情况，所以，对不起了。"话音落下的瞬间，言晃右手一个用力，只听"咔"的一声，对方的哀号还没响起，接着又被一拳打晕。

在孵化之都千万次的副本记录之中，无论是通关成功还是通关失败，从来没任何记录表示，玩家在进入孵化状态后还能保持原有的理智。众人只知道，玩家被"孵化"的那一瞬间就会被判定为死亡，直播也会跟着一起关闭。从未有人像现在这般，还能保留原有意识。

欺诈者到底做了什么？众人心里是满满的疑问和兴奋。如果能知道欺诈者做了什么，那孵化之都副本中最致命的三大难题将得到彻底解决。

第一，蛋形态的天才能直接接触人，把人变成营养液，非肌肤直接接触可以解决这个问题。

第二，完全体天才的各属性数值对新人而言过高，且天才数量极多，遇上几乎必死无疑，他们受控于父母，可从父母处破解。

第三，被同化、被孵化的人会被判定为死亡。

这第三个难题，从来都没有人能够破解，而言晃这一番操作，无异于开辟了一个全新的、完全的攻略。这让直播间的人数在瞬间爆满起来，迅速突破2万大关，直逼3万人。

——恭喜玩家完成成就"2万人同时观看"，奖励2000积分。

——恭喜玩家完成成就"最强新人"，力量+0.4，敏捷+0.4，智力+0.1。

一连串的系统提示让直播间的观众们又羡慕又震撼，每个人都想知道欺诈者到底干了什么。

画面中，言晃微微侧身，直播间的众人这才发现，原本相貌只能算得上清秀的言晃，五官变得精致起来，就像一件漂亮的艺术品。

玩家：欺诈者——言晃

天赋信息：您言行一致，品德高尚，所有人都会对您保持信任。当您使用天赋时，说出的话将导致作用对象产生信任与不信任两种结果，两者皆为概率性事件。

天赋隐藏信息1：自身以外不可见。

天赋隐藏信息2：自身以外不可见。

力量：2.5

敏捷：2.5

智力：1.8

所属公会：无

状态：同化（100%）

综合评价：您就是传说中的人类高质量男性吧！

众人看着他的面板，再也抑制不住激动的心情，千万条弹幕瞬间轰炸了直播间。

"必死的局没死，属性竟然还翻倍了！"

"欺诈者是孵化之都的亲儿子吧！"

"他同化完成后，给人的感觉像是——新生。"

言晃没有去管直播间的弹幕，而是先扫了一眼周围，发现现在站着的除了他，就只剩下面前的几位家长。

他从容地迈出蛋壳，向着他们走去："我接下来要做的事容不得别人打扰，所以，你们先好好睡一觉吧。"

孵化镇中只余一片寂静，言晃甩了甩发麻的右手，发丝在风中轻轻飘曳："破解孵化的秘密吗？告诉你们也无妨，毕竟，我会是孵化镇的最后一位游客。"说完，手中便多了一张纸条，正是之前谢扶沐掉落的隐藏限时道具——谢扶沐的秘密。

道具：*谢扶沐的秘密*

品质：D

属性：无

道具介绍：谢扶沐撕下了最后属于自己的话语，紧紧握在手掌心，接受了一切。他对自己的悲剧感到惋惜，所以，被谢扶沐承认之人，将在接受同化时受到他意志的庇护，免疫一切副作用。

同化：神说人类渺小，于是创造了无数神奇的生物。他们赐福人间，让人类进化。当进化完成时，你会成为更高层次的生命。你还是你，但你不再是你。

副作用：同化完成之后，将成为孵化之都中的BOSS——天才之石的从属，完全听命于天才之石。

——恭喜，拥有神的庇护，你依旧是你。

众人看清"谢扶沐的秘密"的作用后，直接傻了眼，完全不敢相信在孵化之都中，竟然会存在这样的道具。

在副本中，每个NPC（非玩家角色）掉落道具的方式都有迹可循，可谢扶沐不过是一个普普通通、营养不良的孵化者，没有人会想到，他掉落的道具能直接免疫于孵化之都的BOSS——天才之石的同化副作用。

直到他们看到那被撕下来的画时才恍然大悟，原来与剧情密切相关的不是道具的介绍，而是这幅画的本身。

"竟然是这样！难怪孵化之都作为新手副本难度这么大！"

"真没想到最后竟然是这样的结果，让我重新回孵化之都打一次行吗？我这回绝对不炸出口了！"

弹幕依旧在热烈地讨论着，言晃却已经无心去管，只是站在不远处，静静地看着之前被引到镇外的孩子们重新回到天才之石的旁边，心中感慨万千。他们没有了父母的控制却依旧匍匐在天才之石面前，感受着那温暖的光芒，因为这是他们最后的港湾，亦是他们仅存的0.1智力的储存所，保管着他们所有人仅存的意志。

在天才之石浓烈光芒的照耀之下，所有人又变回了蛋的形态，上面依旧长满了一只大的眼睛和无数只小眼睛，小心翼翼而又畏惧地观察着外面的世界。

言晃抬脚,在这群星闪耀的夜晚,在无数双眼睛的注视之下,缓缓走入了坑中,眼中满是温柔。

蛋上的眼睛全都盯着言晃,他却丝毫没有感觉到恐惧,只感觉到那些眼神中透露出的感情与谢扶沐倒下时的眼神如出一辙,充满了渴望和求救。

此时,这些孩子不再把言晃当作食物,而是希望,是粉碎一切阴影与枷锁的希望,是不用再迎合,能够成为自己的希望,所以在他靠近天才之石一步时,这些孩子便会让开一分。

言晃顺利地走到了天才之石面前,一只手攥紧了那幅小画。

那幅小小的画上,画着一颗蛋,蛋壳内躺着一个孩子,孩子手中捧着一颗黑色的"心"。

无数条丝线从这颗"心"散出,连接着外面所有的孵化者,这个孩子从无数只眼睛中,观察着这个世界。

言晃微笑着将手放在天才之石上,声音和蔼而又温柔:"画得不错,如果有机会的话,希望能看到你更多的作品。你真的很优秀,所以,出来跟言老师说说话?"

"小扶沐?"

在言晃话音落下的瞬间,天才之石的白光猛然射向四面八方,紧接着,坑底的无数颗蛋全都发出白光,几乎要将整个世界都渲染成纯白的颜色。

光芒包裹着言晃的全身,蛋上的那些眼睛开始慢慢消失,取而代之的是大大小小的字和数不清的画面,每一个场景都是这些孩子们曾经经历过的真实人生。

天才之石上,无数画面也在不停交错——上课的孩子、做作业的孩子、挑灯夜战的孩子、将成绩单交给父母的孩子……被撕碎的纸片扬起,伴随着一道响亮的声音:"画画有什么用?你看看你这次的成绩,才第二名!以后不许画了。"

孩子正在痛哭,眼泪一滴一滴浸透了破碎的纸片,化作无形的枷锁,将他渐渐捆绑。在无数条锁链之中,他将身体蜷缩成一团,缓缓闭上了眼睛,手中只剩下一支笔、一幅画。

画中只有一颗黑色的爱心,这颗心伸出两条线,线的一端连着父母,另一端连着孩子。孩子拿着一张满分试卷,父母脸上挂着满意的笑容。

"我终于成了你们希望的样子。"

他为自己编织了一场逃不出的噩梦。

天才之石突然开始碎裂,以肉眼可见的速度崩坏,整个小镇也像镜子般,破裂成碎片。

一切都是那么真实,可一切又是那么虚假,仿佛孵化镇从来都没有存在过,存在的只是一个梦,一个由孩子自己编织的噩梦。

原来,控制着孩子们的从来不是父母,而是一个身陷囹圄、孤独绝望的孩子,一直都没有走出自我编织的噩梦,直到言晃出现,帮助这个孩子在最后保持了自我,成为自己。是他斩断了他的枷锁,让他的噩梦变成了美梦,一个关于"新生"的美梦。

梦中的孩子,终于苏醒。

巨大蛋壳彻底破碎,碎片稀里哗啦地掉落在虚无的地面上。残存的废墟之中,站着一个孩子,一个看上去十八岁左右,戴着厚厚眼镜的清秀小孩,手中握着一支笔、一幅画,脸上带着感激的微笑,对着言晃伸出手:"言老师,欢迎成为孵化之都第一千七百七十五万九千四百零二位游客,以及,欢迎成为我唯一的客人。"

"唐鑫的新书"信息得到更新。

孵化之主——谢扶沐(新生)

力量:未知

敏捷:未知

智力:未知

介绍:"当我愿意重新走出我的世界,接受真实的世界时,我将迎来真正的新生。"

天才之石的意志,在一千七百七十五万九千四百零二场梦中,终于重获自我,从蛋中走出,得到新生。恭喜您成为他的引导者,从您为他接下那一巴掌时,您在他心中便成了这罪孽世界中唯一的希望。

言晃回握住他的手,回以浅浅一笑:"还想画画吗?"

谢扶沐眼前一亮:"我可以邀请言老师一起完成吗?"

"当然可以,荣幸之至。"

谢扶沐激动不已,但是看看这已经虚无的空间,又有些尴尬和委屈,言晃立马明白了他的想法,从商城里购买了一张白纸,温柔地说道:"我这里有一张。"

谢扶沐看着言晃手里的白纸,眼睛瞬间变亮,但是并没有接过,而是将手中的画笔交给他,期待地说道:"言老师,我希望您能帮我画下第一笔。"

虽然谢扶沐希望言晃能画下第一笔,但其实他并不会画画,认真思索了一下,才提笔小心而又专注地在白纸上画了一个圆圈。谢扶沐接过笔,把圆圈变成了太阳,然后继续在白纸上涂抹,很快,纸上出现了三个人。

一个面带笑意、扎着麻花辫的妈妈;一个挺着肚皮、憨厚可爱的爸爸;还有一个满脸喜悦、捧着一幅画着爱心画的谢扶沐。爸爸妈妈的脸贴近谢扶沐,所有人都开心地笑着,包括画外的谢扶沐。

"看来,的确是做了一个美梦。"言晃赞叹着,不经意的一瞥,却发现谢扶沐握着画笔的手已经变得近乎透明。

"嗯,是个很好很好的美梦。"谢扶沐脸上洋溢着幸福的笑容,两行热泪从双眼落下,滑过脸颊,他歪歪头,笑容干净清澈却又充满遗憾,"如果能早点遇到言老师就好了,这样,就不用经历一次又一次的失望了。"

憋闷的心情填满了言晃的心脏，压得他说不出话来。

"最后送给言老师一件礼物，希望言老师能喜欢，也希望言老师能够一直温柔快乐。"

几近透明的身体裂成碎片，在空中消散不见，原地只剩一条挂着蓝宝石的项链，以及一句飘散在耳边的"能遇见言老师，真好"。

道具：谢扶沐的守护

品质：A

属性：幸运+1

效果：每一个副本，孵化之都的神明都会化为你的保护壳，在你需要时，抗下一次伤害。

道具介绍：你是我一千七百七十五万九千四百零二次期待里唯一的救赎，我的意志将永远守护你，致我敬爱的言老师。

言晃看着面前的项链，忍不住闷笑一声，眼中满是热泪，将项链拿起戴好，轻轻说了一句："愿你来生得之所爱。"

一切化作风与尘，在言晃身边轻轻拂过，似乎是少年对他的感谢与道别。

——恭喜玩家"欺诈者——言晃"成功通关孵化之都TE线！

——直播关闭，现在进行结算！

——直播总人数：43114人；最高在线人数：30610人；直播总留存：71%；直播好评率：96%。

——副本难度：F；副本探索度：97%；副本完成度：100%；副本表现力：S；综合评价：SS。

——奖励：积分×5000，一次性道具"营养液"×1，称号"孵化征服者"。

——剩余总积分：17334分。

一次性道具：营养液

品质：F+

属性：力量+0.5，敏捷+0.5，智力+0.1

道具介绍：干净又卫生，新鲜又热乎，服用即见效，系统出品，必属精品！就是味道可能有点难喝。

称号：孵化征服者

品质：F+

属性：同化抗性+20%，诅咒抗性+10%

称号介绍：最难新人副本孵化之都TE线通关者象征，作为一千七百七十五万九千四百零二位中唯一成功者，佩戴上这称号，你就是新人区最靓的仔！

　　言晃看着这一系列的奖励结算，松了一口气的同时又觉得心情格外复杂。这时，面前蹦出了一个弹窗——

　　通关者"欺诈者——言晃"是否对孵化之都题通关寄语？通关寄语将显示在孵化之都副本挑选口，供其他玩家观看。

　　言晃愕然，旋即微微一笑："是。"有一条寄语，用在这处再合适不过了。

　　此时，游戏大厅之中，孵化之都的副本入口被彻底封锁，在那被一颗巨蛋占满画面的黑暗镇子图像右上角的地方，出现了一个小小的标签。

　　TE通关者：欺诈者——言晃

　　综合评价：SS

　　通关寄语：鸡蛋从外打破，是食物；从内打破，是生命。

　　观看了整场直播的众人，在看见这一寄语时，心情十分复杂，羡慕有之，震惊有之。

但这一切都和言晃无关了，他在题完通关寄语后，系统再一次给了他两个选择——

恭喜玩家通关成功，请问您选择回到现实世界，还是回到大厅？

检测到玩家欺诈者的愿望为活下去，主动推出折扣道具：健康生命。

道具：健康生命

品质：F

属性：可暂时改变细胞状态

道具介绍：暂时改变细胞，是可以让你活蹦乱跳的那种健康生命哦。如果你不听劝，一定要作死的话，买了跟没买也没区别啦！价格虽然小贵，但积分诚可贵，生命价更高！

价格：1000积分／天。

言晃笑了笑，语气轻快地说道："好久没有体验过健康的生活了。"说完，花费了15000点积分兑换了"健康生命"，只留下了2334点积分。

身为一个脑癌患者，能活一天是一天，没有什么比健康和生命更重要！

副本世界的反馈 1

一阵意识混沌后，言晃睁开眼睛，映入眼帘的是一片洁白的屋顶。他眨眨眼，觉得这里有些眼熟，不等他想起，耳边就传来一道悦耳又有些熟悉的声音："也不知道那个患者怎么想的，就算是脑癌也不能放弃治疗啊，万一有奇迹发生呢？竟然就这么偷偷摸摸跑掉了！现在的患者真是不让人省心！"

护士正生着气，一转头，正跟言晃对视上了。

看见这张突然出现在视野里的俊秀脸庞，以及脸上露出的温文尔雅的笑容，护士明显被吓了一跳，但职业素养让她很快回神，皱眉问道："你是谁？是这位患者的家属吗？"

见言晃摇头，护士小姐自顾自地叹气，又开始吐槽："唉，我还以为你是他家属呢。他现在是脑癌中期，结果失踪了两天，连个人影都没看见。你说现在的病人怎么那么奇怪，我们医生护士都没放弃，他倒是先放弃了，万一真的有奇迹出现，这岂不是错过了？"她手上动作麻利地整理输液瓶，嘴巴也不停，"不过也是，治疗癌症的确花费不少。现在国家虽然福利好，但这些药成本确实高，对一个家庭几乎是毁灭性的打击……总有一些人会为了家庭，放弃自己生还的可能……"

言晃看着她，忍不住地笑。这位护士是他住院后一直照顾他的，刚大学毕业，身上一股子正气，小嘴也挺能说，经常会跟言晃说一些鼓励的话，是一个很有意思的人。

护士察觉到他的目光，忍不住伸手摸了摸自己的脸："我脸上有什么吗？"

言晃摇摇头："没有，我只是觉得护士小姐是个很温柔、很可爱的孩子。"

言晃大她三岁，叫她孩子也不为过。

护士小姐倒是因为他的话有些脸红。因为在医院工作，她也看过形形色色的男人，还是第二次见到气质这么特别的，比起上一个，面前的人更加温润自然，等等！

"你怎么看着那么眼熟？"

言晃浅笑一声："因为我就是那个不省心的患者啊！"

护士小姐的脸上肉眼可见地出现了震惊。她仔仔细细地打量着面前人，脑子里似乎将言晃和那位"不省心的患者"做了一个重叠。现在的他皮肤更好，脸色红润，看着无比健康，最重要的是——怎么连头发都长回来了？

"你这是假发？哪儿买的，这么逼真！"护士小姐惊讶又好奇，甚至想要上手摸摸。

言晃哭笑不得："不是假发，是真的。"

护士惊恐万分。什么？难道是她忙了好几周给忙晕了？病人做化疗的时候头发明明全都掉光了啊！这不科学！

"不是，等下，你——"

言晃直接打断了她的话："好了，漂亮的护士小姐，情况就是你现在看见的这样，但说来话长，再这么说下去可真没完没了了。能带我去办理一下出院手续吗？"

护士坚决反对："不行！既然现在回来了，不管发生什么都别乱跑了。你现在气色那么好,又有头发了,不要放弃治疗,好吗?"

言晃实在是无奈:"如果我说我已经没问题了,你会信吗?"

"不会,你就别跟我开玩笑了!"护士努力地将目光从他乌黑茂密的头发上移开,认真地说道。

"那做个全身检查可以吗?"

护士点点头:"这倒是可以。"

护士搀扶着言晃去做全身检查。即便言晃多次表示自己不用搀扶,但护士小姐依旧尽职尽责,让言晃属实有些无奈,只能加快脚步。

言晃的主治医师在第一时间收到了检查结果,看过之后,直接在办公室里大喊了一声,瞬间化身百米赛跑冠军,抓着结果就冲出了门,迫不及待的样子那叫一个喜人。

主治医师很快就看到了在走廊座椅上和护士小姐聊天的言晃,于是赶紧冲了过去,将体检报告单送到了言晃手里,激动万分地说道:"言先生,您简直就是奇迹中的奇迹!经过这么多天的积极配合,您的癌细胞竟然离奇地处于一种假死状态,这种状态不仅让癌细胞停止了扩散和生长,甚至让您的身体素质和细胞活性都得到了增强!您这样的情况我简直是平生首见。我活了几十年,当了二十多年的医生,还是第一次遇到这种情况。这简直就是奇迹,没准会成为攻克癌症的一大进步!"他继续着,"如果您不介意的话,能不能陪我去一趟医学研究院?您的这个情况或许会让癌症攻克有个新的方向。当然,我们是正规医学人员,肯定不会拿您做研究的!"

他说得无比激动,丝毫没发现言晃已经拿着报告单离开了,还是护士小姐戳了戳他,忍着笑说道:"言先生已经走了。"

医生瞪大了眼睛:"什么时候走的?啊啊——怎么就把他放走了呢?!"

言晃踏出医院的大门后,深深松了一口气,觉得这家医院真的很好,所有工作人员都很有责任心和上进心,如果刚刚自己继续留在那里,没准真会被抓去做研究,到最后可能还研究不出来。

他正打算打车离开，突然感觉手机震动了一下，拿出看了一眼，是一条重磅新闻的推送，看标题，似乎和十年前的帝都"状元"自杀案有关。

爆！十年前震惊全国的帝都状元自杀事件最新消息

父母双双悔过坚决扛起"尊重孩子，适当放松"的大旗在街上痛哭游行。

他们的宣言是：从今以后的半辈子，我们都将去用自己的行动宣扬，让同样的悲剧不再发生，让更多的孩子找到自我，以及对我的孩子说出那一句道歉——对不起。

十年前的那场自杀事件引起了巨大的轰动，直到今日言晃也还有些印象。

自杀的那孩子成绩一直名列前茅，常年霸榜本市第一，被视为本市铁打的状元，即便是高考前夕，也经常接受采访，知名度很高。但在那一年的6月1日儿童节，也就是他十八岁生日的当天，他却毫无征兆地自杀了。关键是他自杀前，曾用绘画颜料在自己的身上写了一些侮辱性极强的字。

后来经过调查发现，这位一直霸榜市第一的少年，从小家教严格，父母阻断了他的一切社交。高考前夕的一次摸底考试，他失手掉下神坛，成为第二名，距离第一名只差0.5分，因此他的父母大怒，冲进他房间和他起了争执，撕毁了他偷偷画的所有画。

但这只是传言，当天具体发生了什么事谁都不知道，而那一次的争执，就好像压死骆驼的最后一根稻草，这个少年自杀了，也是那一年，父母与孩子的矛盾被拉到了最大，引起无数人关注。但网络的记忆很浅，浅得这样的大事两个月不到，就好像什么都没发生过似的，一切都恢复了平静。

言晃叹息一声，或许是因为孵化之都的经历，他心里对这个自杀的少年产生了同情，忍不住点开了那篇推送，忽然眼神一怔，报道中提到的那个孩子的名字是"谢鑫"。下意识地，他开始在网上搜索谢鑫的照片。

看着手机屏幕里出现的那张熟悉又清秀的面孔，言晃抿了抿唇，垂下眼眸，只觉得有无数情绪扑面而来，心中更有种难以言喻的感觉。

谢鑫的鑫，就是唐鑫的鑫。

谢扶沐吞噬谢鑫的另一种含义——他吞噬了那个弱小的，却一心扑在梦想上并用命完成的自己。是吞噬，是成为，亦是放弃。

良久，言晃重新打开那条推送，认真看了起来。很快，言晃的视线便落到了下面的评论区。评论区的内容很多很杂，各式各样的，最显眼的一条是——

"除了谢鑫，世上还有许多孩子正跟他有着同样的遭遇。逝者已矣，无法挽回，或许于谢鑫本人而言，父母在十年后的今天终于悔悟，才是他真正想要的结果吧。"

言晃看着这条评论一愣，好像明白为什么副本在有人通关 TE 线之后，会彻底关闭该副本的通道了——因为副本，不仅仅只是副本。

言晃调整好自己的状态，去医院附近的花店买了一束包装好的雏菊和蒲公英，打车去了安灵大墓园——这个城市最大的墓园，安抚了成千上万的灵魂。

言晃在墓园里慢慢地寻找，在寻找过程中，他看到了一幅很有意思的画面。那应该是一对父女，父亲穿着西装，成熟稳重，怀中抱着一束花，女孩儿大概十五岁，穿着黑色的连衣裙，绑着一对双马尾，长得很漂亮，只是脸上没多少表情。

言晃听到男人用请求的语气对女孩说："小萝，麻烦了，和往年一样，给这几个孩子都送上一束花吧。"

被称作"小萝"的女孩点点头，伸手接过男人怀中的花束，一束一束地放在墓碑前。那男人却转过身，背对着墓碑。

言晃不知道他脸上是什么表情，有些好奇地盯着他看，那女孩却在这个时候抬头跟他对视了，眼神一瞬间变得凶凶的，仿佛在说：看什么看！

　　言晃忍俊不禁，旋即抱歉地双手合十，转身离开了。他并不知道，在他走后，女孩疑惑地盯着他的背影，然后跟身边的男人说道："爸爸，刚刚我看到一个男的好眼熟，有点像欺诈者。"

　　言晃离开那对父女后，很快就找到了谢鑫的墓碑，与其说是找到了，不如说是看见了一对熟悉的父母——谢父与谢母。他们蹲在墓碑前，诚恳地擦拭着自己孩子的墓碑。

　　"鑫鑫，都是我们的错，我们自以为是对你好，却根本没有考虑你需不需要这样的好。我们做了一场噩梦，那真的好可怕……原来我们给了你这么大的压力，原来我们一直都在强迫你做你根本不喜欢做的事，甚至连一句鼓励都没有给过你……你很乖，真的，你是我们最乖的孩子了……虽然我们知道现在说什么都为时已晚了，但是爸爸妈妈还是想说，对不起，真的对不起。你不用原谅爸爸跟妈妈……爸爸妈妈这辈子，对你做了太多错事，以后我们会想办法弥补……对不起，鑫鑫，真的对不起。"

　　言晃看着此情此景，一时也不知该说些什么，于是静静地站在原地，直到他们离开之后，才走到谢鑫的墓碑前。看着面前黑白色的乖巧笑容，他也忍不住跟着一起笑："小扶沐，言老师来看你了。看我带了什么？"

　　言晃将蒲公英放在墓碑前放满鲜花的地方，笑着说道："是雏菊和蒲公英哦！希望新生的你能像蒲公英一样，自由自在，去你想去的任何地方，做你想做的任何事。"

　　话落，正好有风吹过，蒲公英向着天空，向着太阳盘旋而去。言晃的目光追随着飘飞的蒲公英，看着它们飞向远方，在心里说道：去吧，去追寻你所向往的自由吧。

　　"言老师？"少年的声音干净澄澈，带着微微疑惑，轻声唤道。言晃瞳孔一震，迅速朝着那少年看去，果不其然，少年的脸与墓碑上黑白照片的脸一模一样。言晃不可置信地看着他，声音微微颤抖："谢……谢鑫？"

少年茫然地眨了眨眼，旋即看了一眼一旁的墓碑，了然地笑了笑："您把我认错了吧？我不是谢鑫，但我和这位谢鑫长得挺像，每次跟着爸爸妈妈来这边扫墓的时候，总会吓到别人，不好意思啊。"

言晃愕然，这才注意到少年的背后还跟着一对很有气质的男女。男人脸上挂着温和随性的笑容，长相上和少年有六分相似，不难看出是他的父亲，女人的脸上满是温柔，长发柔顺地披在脑后，右手牵着少年的手，是他的母亲。

父亲拍了拍少年的肩膀，温和地说道："你先和朋友聊天，我和你妈妈去那边等你。"

"好。"少年点点头，乖巧地笑了笑。

母亲细心地从自己的包里拿出两瓶水，递到了少年手中；叮嘱道："水拿好，口渴了喝点，记得给朋友也分享一瓶。"

"嗯，谢谢妈妈。"少年将水递给言晃。

言晃还保持着震惊，脑子里乱糟糟的，并没有意识到少年还一直保持着递水的动作。等言晃意识到后，也有些手忙脚乱，带着歉意地说道："不必了，我这边祭拜完朋友就走，谢谢。"

少年的手依旧固执地伸着："或许是缘分吧，我们恰好多买了一瓶，就当给我们减一减负重，如果不好意思的话，我跟你交换？"

言晃看着这张脸，是那么生动和幸福，实在是让人无法继续拒绝："那好吧，你想换什么？"其实他身上也没什么可以换的。

少年犹豫了些许，最终在言晃的身上扫了一圈，露出干净的笑容，真诚地说道："那麻烦言老师用一株蒲公英跟我交换好了。我觉得拿蒲公英祭拜，好像很有意思。"

少年的要求很简单，言晃自然不会拒绝，将手中买花束时店家赠送的一束单支装的蒲公英递给了少年："正好，最后一株蒲公英了，送给你，祝你好运。"随后将少年递过来的那瓶水收下。

两人随意聊了几句，言晃便道别离去，神色轻快地想，或许，这就是谢扶沐梦里的样子，家庭和睦，父亲母爱，不得不说，这真是一个很美的画面啊！

他拧开这瓶水，浅浅喝了一口，没有发现身后的少年与他的家人，一直都在看着他的背影，目送他离开。

少年一只手捏着那株蒲公英，另一只手抬起，对着言晃的背影左右挥动，速度慢悠悠的，却格外舒心。渐渐地，他身后的父母消失了，少年摇晃的手臂也慢慢停了下来，低头拆开蒲公英的包装，将它紧紧握在手中，闭上眼睛，浅笑着呢喃："再见了，言老师。"

清风吹过，吹散了蒲公英顶上的绒球，犹如和平鸽的绒羽，飞向高高的天空。此地，再无他人。

游戏大厅：初战医生

此后，言晃没有再去打扰谢鑫，也没进入副本，而是去了几个想去的地方，看了看不一样的风景。直到将自己健康的生命花费到了最后一天，言晃才选择进入副本。

当初第一个副本结束，系统就给了他两个选择，那时言晃只想能够活下去，所以用积分兑换了道具，回到了现实世界，如今他觉得倒是可以去游戏大厅看看。

想到在孵化之都闯关时，直播间的弹幕里透露出来的信息，不难猜出这些观众都是老玩家，估计心眼一个比一个多，都不是什么简单的人。言晃的嘴角勾起一抹习惯性的微笑，还是挺有挑战性的。

游戏大厅是一个充满了虚拟电子感的如金属舱一般的巨大房间，墙壁上有无数台虚拟电子屏，划分成了好几个区域，有的是直播观看区，正在播放玩家闯副本的画面，有的是副本挑选区，有的是玩家招募区。

言晃的身影随着一束光电流出现在游戏大厅的空地上，他下意识地扫了一眼，只觉得这里很大，人也挺多，画面也很超未来。不等他细细打量,一道广播就在游戏大厅中响起——

第一百期新人王候选人"欺诈者"已上线。

这提示音不仅让刚出现在游戏大厅的言晃一脸蒙,更是让在场的所有玩家都浑身一震。很快,讨论声便起来了,还有人大声喊叫着:"欺诈者上线了?我都半个月没见他了。人呢?人在哪儿啊?"

"欺诈者带带我!积分都给你用!"

言晃听着这些喊声,感觉自己更蒙了,甚至怀疑是不是自己的打开方式出错了。他很火吗?怎么这么大动静……

他微微皱眉,保持警惕地后退一步,试图降低自己的存在感。可就在这时,他背后顿然一凉——那是某样尖锐物抵在脊椎,中枢神经系统应激地对大脑皮层做出的反馈。与此同时,一只手搭在了他的肩膀上,耳旁传来一道慵懒至极的男人声音:"终于找到你了,欺诈者。"

言晃眯了眯眼,不言不语,满身防备。虽然不知道自己是如何惹上这人的,但看现在这情况,绝对是来者不善。

那人似是有些不满意言晃的态度,语气瞬间沉了下来:"怎么不说话?"话音落下的瞬间,气势陡然一变。

言晃瞳孔微缩,迅速弯下身子,手中召唤出"家庭和睦之刀",挡下了对方的进攻。对方的力量似乎过于变态,言晃能明显感觉到他孵化后强健的骨骼有些超负荷,虽不至于断掉,但还是让他心生危机。不过他从不是吃亏的人,在对方攻来的瞬间,利用中途的格挡,他右手微转,刀尖上挑,顺势划破了对方的手臂。

"家庭和睦之刀"所附带的诅咒效果,让对方的动作有了一瞬明显的停滞,言晃趁机后退两步,从困境之中脱离,冷眼看向面前这个对自己动手的男人。

对方长相帅气,脸上洋溢着灿烂的笑容,头发略有些蓬松,给人的感觉就像是一个讨喜的阳光大男孩,外面套着一件白大褂,是医院里最常见的那种,穿在他身上有些宽松。此刻他微微歪头,笑容不变地说道:"竟然躲过去了啊,欺诈者。"

明明脸上是灿烂的笑容,但是给人森森然的感觉,这让言晃很不舒服,直接道破了他的身份:"医生。"

听到这两个字,医生眉毛扬起,旋即笑得更加灿烂,愉快又玩味地说道:"哎呀,竟然这么快就把我认出来了,不错不错,还真有意思。"

言晃没有答话。这个人行为举止太过诡异,虽然他的身份是医生,但是只要不傻都可以看得出,他全身上下除了穿着的白大褂就没有和医生沾边的地方,但现在知道的有关他的信息还是太少,绝不能轻举妄动,即使他已经被"家庭和睦之刀"划伤。

医生发现自己的伤口越变越大,笑容戛然而止,而后抬起头,声音甜腻得让人心底发寒:"竟然能把我伤到,看来,我得重新评估一下你的竞争力了。"一边说着一边睁开了眼睛。

言晃在看到他双眼的刹那,全身都僵直住了,无法想象这样的一张脸上竟然会有这样一双诡异的眼睛,一只细长的、狐狸似的右眼闪着狡黠的光,左眼却凹陷下去,仿若黑洞,空荡荡的,什么都没有。

医生将另一只手放在自己受伤的地方,一瞬间伤口愈合,诅咒效果也被消除,他一边用仅剩的右眼打量言晃,一边嘲讽地说道:"不过,这样的伤害,对我不起作用。"

言晃不寒而栗,这个男人,很恐怖!

眼见对方一步一步朝着自己走来,言晃也只能一步一步后退,大脑开始迅速分析:根据刚刚的对峙,对方的力量数值起码达到了5以上,这是一个可怕的数字,自己的力量数值才3.5,差距太大,若是继续打下去,百害而无一利,必须尽快想出应对的办法。

医生似乎有些不耐烦他的后退,加快了步伐,言晃身后不远处就是围观的人群,他明白自己迟早退无可退,眼看着两人的距离越来越近了,他索性停下脚步,直接切入问题:"为什么找我?"

医生看起来很满意他的态度,微笑着伸出右手,说道:"没什么啊,我只是想跟你交个朋友。交朋友还需要什么理由吗?"

言晃看着对方伸过来的右手，不禁颦蹙，对方这行为有两个含义：一是就像他说的那样，交个朋友；二是表明自己没有武器。可刚刚从背部传来的锐利是真实的，那么可能性也只有两个，要么他把道具收回去了，要么他的身体本身就是武器。无论是哪种原因，言晃都不能轻易握手。

　　但不握恐怕也不行。言晃能感觉到这个医生对他很感兴趣，准确来说，是对他的身体感兴趣。如果他现在不握，恐怕后面会更不可控。

　　耳边传来其他玩家的说话声，言语间带着看好戏的意味。面前的医生似乎是因为自己迟迟没有动作，脸上的笑容逐渐消失，整个人带上了些许戾气。言晃脸上浮现出温和的笑意，伸手扶了扶眼镜，然后对着医生的手握了过去。

　　医生脸上的笑容瞬间恢复，眨眼间，手指化作骨刀刺穿了言晃的手，上身更是以一种可怕的敏捷速度朝着言晃扑来，一副胜券在握的表情。

　　"我知道你的面板。"言晃低声说。

　　医生先是疑惑，旋即瞳孔骤然一缩，身体开始飞速后撤，心里暗骂：忘了这家伙的天赋是言灵类！

　　可系统的判定不会因为距离而有所改变，在言晃话音落下的瞬间，系统提示音响起——

　　谎言判定为对立性事件，判定成功。

　　判定结果：由玩家医生给出面板。

　　下一秒，医生感觉自己不受控制地调出了个人属性面板。不过，展现在众人面前的面板一片模糊，应该是用什么道具隐藏住了，医生心里还没来得及放松，手上已经自动解除了隐藏，将自己的面板完完整整地呈现在了众人眼前。

玩家：医生——林七

天赋信息：您永远保持着除"神"以外最高优先级的清醒。您拥有神明的眼睛，拥有独一无二的视觉，能够看见常人无法发现的细节，您即为特殊生命，将拥有改造生命的力量。

天赋隐藏信息1：自身以外不可见。

天赋隐藏信息2：自身以外不可见。

力量：5.2

敏捷：4.9

智力：1.7

所属公会：塔罗

综合评价：优秀的人啊，您的力量如此强大，拥有改造生命能力的您可是当之无愧的医生呢。

看到面前这恐怖的数值，所有人脸色都变了，他们知道医生很强，作为本期新人王候选人之一，被副本最强公会塔罗当作下一任会长培养。如今看来，塔罗培养医生恐怕不仅是因为他足够强，更多的还在于医生天赋中所说的"改造生命的力量"。

医生在被迫曝光自己的面板后，身体重新掌握控制权，大怒道："你找死！！！"一瞬，他的手指再次化作骨刀，猛地朝着言晃刺去。

言晃知道自己需要躲开，可是他刚刚对医生施展天赋时，因为两人的数值相差太大，导致自身的精神力消耗极高，此刻根本无法移动，只能眼睁睁看着医生的骨刀向他刺来，避无可避。

就在这时，言晃发现脚下忽然出现奇特的动静。医生也意识到事情不对劲，瞬间加快动作，骨刀直劈而下。与此同时，言晃的身体也被一道数码光墙包围，消失在原地，医生挥下的骨刀还是慢了一步，落了空。

医生站在原地看着言晃消失的地方，突然哈哈大笑起来："有意思，真有意思，欺诈者……我记住了。"

还真是很久没有遇到能让他吃亏的对手了，竟然能把他隐藏了许久的面板给暴露出来。医生眼底透露着一种猎人发现猎物的兴奋：欺诈者，我可是很期待和你下次的见面哦，到时候你可就跑不掉了。

言晃也没想到自己竟然会被传送离开，不过心底一直紧绷着的那口气倒是吐了出来，刚刚那一刀太致命了，也不知道是谁在医生手下救了他。

就在他抬头的瞬间，听见面前响起一道清脆可爱的声音："能在那种情况下反将医生一军，你很不错嘛，不枉我救你一命。不过比起我来说，还是差了那么一点点啦。"

映入眼帘的是一个穿着紫色洛丽塔裙，扎着双马尾的姑娘，容貌精致可爱，宛如瓷娃娃一般，脸上带着小高傲，正咬着棒棒糖坐在银白色的单杠上。无论怎么看，都是一个十分灵气可爱的女孩，而且还有几分眼熟。

在她身旁站着一位穿着西装的男人，面色温和儒雅，周身都透着一股书卷气，没有什么坏脾气地轻训了一声："小萝，不准没礼貌。"

江萝双手抱在胸前，不服气地轻哼一声："本来就是我要厉害一点嘛。"

"抱歉，她被我宠坏了。"江毅将自己的手伸了出来，"我是江毅，这是我的养女江萝，实在是抱歉，也请见谅。初次见面，您好。"

言晃亦伸出手跟对方握了握，说道："言晃。多谢救命之恩。我们是不是在安灵墓园见过？"

江毅一愣，旋即不好意思地挠了挠脑袋："没想到之前在墓园见到的真的是您，实在是有缘。"

"我就说我不会看错吧！"江萝脸上露出喜悦的神情，然后看向言晃，有些傲娇地夸赞道，"你记性不错嘛。"

言晃浅笑点头。他也没想到之前在墓园见到的人竟然也是副本玩家，想想这世界可真小。不过，一面之缘应该不能够成为他们救他的理由，但是这两人看起来也没有要动手的意思，所以应该是有所求。

"两位救我，是有什么需要我的地方吗？"

江萝对言晃的感观更好了："爽快！我就喜欢你这样的爽快人，看起来文文弱弱的，比我爸爽快多了。"

这话丝毫没有在意老父亲的心情，惹得一旁的江毅幽怨地看了自家女儿一眼，眼神中赤裸裸地写着"请不要踩一捧一"。江萝笑嘻嘻地对他做了个鬼脸。

江毅无奈地叹了口气，不好意思地对言晃说道："是这样的，我们有看过您孵化之都的直播，觉得您很强，想邀请您和我们一起组队参加一个3人副本。"

因为刚刚的救命之恩，言晃目前对这两人还是抱有好感的，但是跟人组队进入副本，死亡率太高，遇到好队友大家还可以互相配合，但要是遇到心怀不轨的，那可就永远留在副本里面了。他不想死，所以必须小心慎重。

"我想请问一下，你们想要组队的3人副本是哪一个？"

"我传给您副本信息。"

江毅说完，言晃就看见自己面前跳出来一个面板。

副本名称：标签社会

副本级别：E-

副本人数：3人

副本类型：3人副本

副本介绍：这是一个没有秘密的社会，每个人从出生起便被植入芯片，你的人生是可供人观看的一段直播，任何观看你人生超过30分钟的人，都有权利为你打上所有人可见的标签。完美的人受人追捧，地位尊贵；糟糕的人受人唾骂，堕入地狱。那么你是人上人，还是标下魂？

副本完成期限：5天。

言晃看着这副本介绍，微笑道："看起来还不错。"

江毅脸上浮现出惊喜："那么您的意见是……"

"组队的话，你们两人，我一人……从某种程度上来说，这可能对我不利。"言晃这话没有明说，但大家都是聪明人，自然能马上听懂。

江萝不乐意了，居高临下地瞪着言晃道："你这话什么意思，不信任我们吗？我刚刚可是花了一个 5000 积分的空间转移卷轴救了你！"

"好了小萝，他愿意考虑我们就已经很好了。"江毅的表现很收敛，甚至有些自卑，"对不起啊，小萝，都是因为我，才没人愿意和我们组队，是我拖累你了。"

江萝有些生气地看着他："那是我看不上那些人，才不是没人愿意跟我们组队，而且你才没有拖累我，你再说我就不理你了！"

言晃心中讶异，为什么会没人愿意和他们组队？难道他们在副本里被人排挤了？副本里的人跟现实里的人认知有所不同，只有两类人会被排挤，第一类是阴险小人，第二类是弱者。

在这个适者生存的死亡游戏里，弱本原罪，但能通关新人副本又活下来并且挑选 E- 级副本的人，又能有多弱呢？言晃不得不留个心眼。

气氛一时沉默下来，江毅低着头，言晃不说话，江萝鼓着小脸恶狠狠地瞪着他，最后还是江毅开口道："这样吧，我们把自己的面板给您看，这是目前我们能够给您的最保险的方案了。"说完，便将自己的面板展示出来。

玩家：指导师——江毅

天赋信息：乐于助人，心怀教书育人之德，您将拥有传授他人知识的才能。

天赋隐藏信息 1：自身以外不可见。

天赋隐藏信息 2：自身以外不可见。

力量：2.1

敏捷：1.7

智力：1.5

所属公会：无

综合评价：副本里的老好人，经常帮助新人，却总被误以为是图谋不轨之人，遭受排挤，好可怜哦！

言晃看着江毅面板上的评价觉得还挺有意思的，看描述有点像是一个大冤种，不过的确也是，毕竟江毅给的是在副本中最重要的，关乎自身性命的面板。

副本的自动直播功能，会将一个人的做事风格体现得淋漓尽致，其他玩家便能够借此判断出这个人的思维逻辑。但隐藏了个人面板之后，谁也不知道这个人的真实属性到底是什么，所以不好进行针对性操作。可若将自己的面板给出去，就意味着自己的阶段性数值被曝光，如果这个人在副本中有招惹到其他玩家，或者是太过张扬，一旦数值曝光，那必然会引来一些人的报复，很可能导致死亡。

这也是医生为何在被迫曝光面板后，直接撕破脸皮，连"交朋友"的态度都装不下去。

能把面板给出去，那绝对是把自己的生命交给了对方，可见对方还挺有诚意。何况系统的综合评价也表示出这江毅是个老好人，虽然副本系统嘴挺碎，但骗人这事儿到目前为止也没干过，所以言晃是愿意去相信的。

此时，江毅抬头看了一眼江萝。江萝撇撇嘴，小声嘟囔着："知道了知道了，真是麻烦。"不情不愿地把自己的面板展示出来。

玩家：计算师——江萝

天赋信息：作为一名天才学生，每天都要被迫接受无数人崇拜的目光，可那又能怎么办呢？谁让您那么优秀！您对运用电子产品拥有天生的直觉力，或者……您就是最强的计算机。

天赋隐藏信息1：自身以外不可见。

天赋隐藏信息2：自身以外不可见。

力量：1.5

敏捷：2.2

智力：1.9

所属公会：无

综合评价：第九十九期新人王竞选候补，最终获得第二，就算属性一般又如何呢？咱作为一名天才学生，厉害着呢！当然，如果改掉毒舌这个习惯的话会更好哦。

"扑哧"，言晃忍不住笑出声来。天才学生？突然间他明白了她为什么在展开面板时脸色通红了。

江萝立马就炸了毛："笑什么笑！闭嘴吧你！"

言晃捂着嘴，眉眼间皆是笑意："不好意思，实在忍不住。"

江萝咬紧牙关，晃了晃自己的小拳头，一脸奶凶的样子威胁道："再笑把你嘴打歪！"

她刚说完便被自家父亲给捂住了嘴："要有礼貌。"

江萝被迫闭麦，只能恨恨地向着言晃丢了一个白眼。

这是一个轻松的过程，言晃也对两人放下了许多警惕心，将自己的面板展示了出来。

三人互相确认面板之后，言晃还剩一个问题："医生为什么要对我下手？我又不认识他。"

江萝咬碎了嘴里的棒棒糖，一脸坏笑道："为什么对你下手？那当然是因为你对他第一百期新人王有威胁啦。"

"新人王？"言晃一愣，这已经是第四次听到或者看到这个词了，"那是什么？"

"既然你诚心诚意地发问了，那我这个第九十九期的第二就大发慈悲地告诉你。"江萝摇着小脑袋，马尾一甩一甩的，"副本每三个月都会进行一期新人王评定，当期之内的新人，在单个副本最终结算积分奖励超过 3000 的人便能成为新人王候选。单期截止时,根据每个新人王候选的前三个表现最好的副本进行综合评定,谁的综合评定高,谁就是新人王。每一期新人王都会得到一个固定奖励,即能够提高力量与敏捷属性的道具'王之基因',还有一件满足个人需求的 E 级道具。"

江萝吃着棒棒糖继续说:"因为每一期新人王都算是一个小小的时代标志,只要不陨落,未来都会成为副本里的佼佼者,所以每一期的新人王评选结果都格外受人关注。医生跟你是同一期,能力很强,又有副本最强势力'塔罗'的重点培养,所以想杀你这个新人王候补,不过分吧?毕竟这一期的新人王候补,除去加入'塔罗'和被其他势力保护的三人,只有你这个新冒头的还活着了。"

言晃通过江萝的解释,终于明白了新人王在副本中是个什么样的存在。难怪他上线还有提示音,原来是这样啊……

江萝从单杠上跳了下来,和言晃面对面站着时才发现自己在他面前有点矮……不过她还是小孩儿,以后一定会长高的!江萝暗自给自己打气,声音傲娇又带着狠意地说道:"你接下来还有什么问题的话,问我爸就好,他的天赋能让你最快地了解副本。哼,我爸这天赋帮了不少人,结果到最后还不是一群白眼狼!你浪费了我一个 5000 分的道具,要是敢做白眼狼,我饶不了你!"

江萝的声音听起来毫无杀伤力,软软的,甚至让人想逗一逗。言晃微笑着看她,很给面子地点点头。这个小姑娘一看就是被爸爸保护得很好,在爱里长大的孩子,虽然性格傲娇了些,但并不蛮横。

言晃看向江毅,说道:"有劳了。"

江毅不好意思地笑了笑,然后伸出手,手指轻轻地触碰到言晃的额头。

一瞬间,言晃只觉得无数知识涌入,脑海之中多了许多关于副本的信息,包括如何隐藏自己的面板。

作为副本新人,在第一个副本中,他的面板都是最基础的数值,没有什么好隐藏的,但是随着参与副本的次数增多,隐藏自己的面板信息也就变得至关重要。

他立马学以致用,隐藏自己的面板,对着江毅诚恳地说道:"多谢。"

江毅摆摆手,倒是显得并不在意:"举手之劳。"

到了如今,三人都心知肚明,他们之间的组队关系已经可以达成了。

江萝搓了搓手,着急地说道:"行了行了,磨磨蹭蹭的,走走走,开副本去!"边说边往大厅的方向走去。

路上,言晃正整理着思绪,一旁的江毅忽然凑过来低声对着言晃说道:"言先生,我有一件东西想交给您。"

言晃闻言身形一顿,停下脚步看向江毅,面带疑惑。

江毅从自己的背包中取出一颗宝石,递到了言晃手中:"这个您拿着。"

言晃下意识地抓住了这宝石,看了一眼属性。

道具:背弃之人的眼泪

品质:F

属性:可在副本进行时脱离副本,回到游戏大厅。

道具介绍:背弃之人将之信仰背弃后,因为悔恨所产生的眼泪。当眼泪闪耀之时,背弃之人的力量将会落于你身,得到一次从副本中脱离的机会。不过众所周知,人生只有前进一条路,没有后退的可能,选择的机会只有一次,当你选择背弃之时,也将永远失去该副本的进入资格。

"我知道您实力很强,所以我将这个东西交给您,是让您能够完全相信我们。我只求您一件事,很简单的一件小事。"

言晃抿着唇,他不得不承认这东西的确是个好宝贝,能让身处囹圄的玩家们拥有第三个选择。

"你说。"

江毅道："请您保护好小萝。"

听到这个请求，言晁面上带出了显而易见的诧异。在他看来，这其实不算是请求，毕竟他可不会觉得江萝是什么简单人物，十五六岁的年纪，能成为一期新人王候补的第二名，这已经说明了江萝的实力不容小觑，很大可能是在他自己和江毅之上的。让他来保护江萝……与其说是请求，不如说是一位父亲对自己孩子的关爱罢了。

"你这么信任我？"言晁挑眉看向他，却只得到了江毅一个浅浅温和的微笑。

三人刚刚到达大厅，言晁就注意到江萝下意识地往后退了两步，与江毅站在了同一条线上。他没有多说什么，只是打量了一下大厅，发现现在的人数比他刚刚被传送离开时多了不少。

周围的人第一时间便看到了言晁。大家本以为欺诈者刚刚被传送离开是因为怕了医生，所以选择逃跑，没想到他竟然还敢回来，而且面色如常，完全没有他们想象中的胆怯。看来欺诈者的手段不容小觑啊！

可接下来，他们便看到他是和江萝二人同行，一瞬间，气氛炸了。

"欺诈者他竟然跟指导师一起？！指导师又来坑蒙拐骗新人了吗？"

"之前跟指导师下过副本的新人，几乎都死了。不会真的有人以为指导师是好人吧？"

"欺诈者被骗了啊，没死在医生手上，估计要死在指导师手上了。"

这些话就像是一盆盆冰凉的冷水，刺得江毅心中作痛，但他还是默不作声地低着头继续往前走。江萝则是握紧了自己的拳头，努力克制着怒火。

他们已经习惯了这样的状态，唯一的担心是，欺诈者会不会在这种时候改变想法，毕竟那些人说的，并不完全是假的。

三人沉默着来到了副本挑选处。

还没开始选择副本，言晁就感觉自己的肩膀被人拍了拍。

"兄弟，你要想组队的话，我带你啊！别怪我没提醒你，跟这对父女走在一起，会变得不幸的。他们最爱的就是骗刚通关新手副本的人跟他们组队。大家一开始也以为他们是老好人，结果后来好几个都死在了副本里。我之前也差点被他们骗了，还好有人提醒我。"

江萝听到这话，终于忍不住骂道："我记得你！我爸爸好心教你副本攻略，让你少走弯路，还给了道具帮助你，这就是你的报答？！呸，真是恩将仇报、狼心狗肺的典型代表！"

那男人却不为所动地冷哼一声："我这是迷途知返，好心好意提醒要受害的人！"

江萝眼睛一眯，漂亮的纯黑色瞳孔出现一串代码……但被言晃打断了。

言晃依旧笑得如春风一般温柔和煦："人各有志。吃人嘴软，拿人手短，做人，还是要有点底线在身上才是。"

那男人上一秒刚被江萝揭穿受过他们恩惠，下一秒就被言晃这么说——表面上是表明信任，但是大家都不是傻子，言晃这是拐着弯骂这男的吃了饭砸碗。

男人听着周围人将矛头指向自己，指着言晃骂道："我劝你你不信，你别后悔！"说完快步离开。

众人也没再多管闲事，三三两两地散去了，江萝这才用自己的手肘顶了一下言晃："还挺有义气！你放心，我会保护你的，我一定要让他们这群白眼狼好好看看，我爸才不是他们说的那种人！"

江毅只是笑了笑，弯下身子，帮她整理好胸前的小领带，然后拍拍她的小脑袋，语气带着些轻快与开心："好啦，你言叔叔在呢，别那么调皮。"

言……言叔叔？言晃有些哭笑不得："还是叫哥哥吧。"

"想得倒是美。"江萝一个白眼就翻过去了，"我叫你小弟，这个副本，我罩着你！"

言晃也懒得计较，直接顺着她的话说道："行，你罩着我。"

三人经过这个小插曲后，迅速选择了他们看好的副本，接着面前出现弹窗——

玩家"欺诈者——言晃""计算师——江萝""指导师——江毅"是否确定组队,共同进入副本"标签社会"?

言晃将手按在了弹窗下边的"是"上,面板显示出新的内容——恭喜三位组队成功!

随后他们周围便被一道神奇的光芒包裹住,耳畔传来系统加载的声音。

——副本加载中……

副本名称:标签社会

副本级别:E-

副本人数:3人

副本类型:3人副本

副本介绍:这是一个没有秘密的社会,每个人从出生起便被植入芯片,你的人生是可供人观看的一段直播,任何观看你人生超过30分钟的人,都有权利为你打上所有人可见的标签。完美的人受人追捧,地位尊贵;糟糕的人受人唾骂,堕入地狱。那么你是人上人,还是标下魂?

副本完成期限:5天。

——副本加载完毕。

——直播开始!

走自己的路，让别人说去吧。

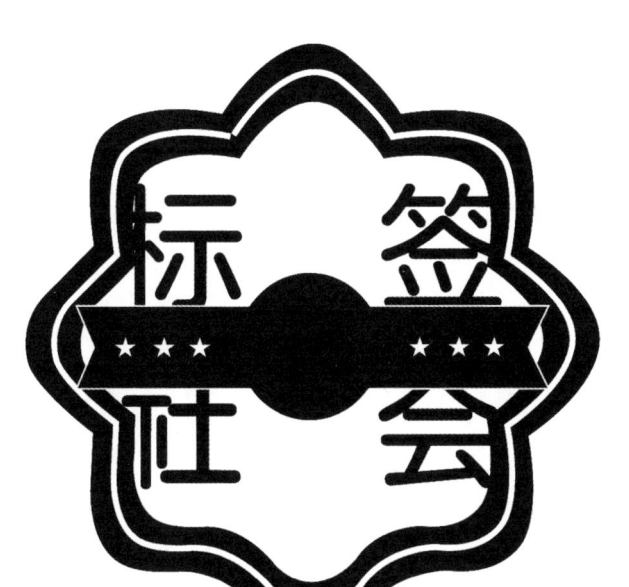

标签社会

副本二

▶ 第五章
人生直播

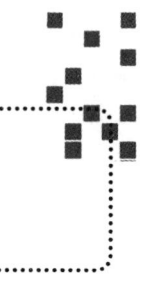

被植入芯片后，自己的人生就变成了一场直播……

一阵强烈的眩晕感与困倦感袭来，言晃觉得天旋地转，还好此时他正躺在温暖而又舒适的大床上，否则真可能直接摔下去。

——直播在线人数：17人。

"欺诈者竟然打的这个副本，他的身份好像是贵族？"
"这下可有的看了！"

有弹幕出现，看来，他已经成功进入副本了，也不知道现在是什么情况。就在言晃思索之际，耳边忽然传来一阵闹铃声，接着便是一阵干哑的声音，仿佛是一个人口腔里完全没有任何水分子时，仅通过气息流动发出的声音："尊敬的言先生，您已经睡满了9小时，请起床洗漱！"
"尊敬的言先生，您已经睡满了9小时，请起床洗漱！"
"尊敬的言……"
还没等第3次叫声传来，言晃便伸手按在了那"闹钟"上面。在没有睁眼的情况下,只能通过触觉感受到一阵十分怪异、恶心的触感。

言晃猛地睁开眼睛,第一眼看到的却不是闹钟,而是一个跪坐在床边的人。

她一半脸美若天仙,另一半脸却布满疤痕,长发散在脑后,穿着经典的黑白女仆装。在看到言晃睁眼之后,面无表情的脸上露出了一个恭维的笑容,在这张极端相反的脸上,显得格外惊悚。

若不是有上个副本的经验,提前做好了心理准备,言晃的脸色绝对不会像现在这样平静。

"言先生,既然醒了,请让蒋秀为您洗漱。"

言晃心里一动,目前他对这个副本的唯一了解便是系统给予的副本介绍,其他的事则是一概不知,掌握的信息太少太少,所以不能轻举妄动,只能以不变应万变。于是他面上不露声色地"嗯"了一声,坐起身来,却看到她的头上有一道虚拟光屏,上面显示着一行文字,以及一个数字——

标签:十佳好女仆,十项全能美少女,古板、凶恶

标签分:68分

这就是标签?言晃看着上面的评价有些疑惑。虽说他审美并不高级,但也算不上特立独行,"美少女"这三个字难道是对半张脸的赞美吗?还是说,"美少女"指的是这一整张脸。

就在他思考之际,蒋秀已经拧干了洗脸帕,慢慢朝着言晃的脸袭来。

言晃看见那张洗脸帕材质十分特殊,粗糙的表面在被拧干之后还带着些微猩红,心里有些嫌弃,帕子逐渐接近,一股刺鼻的腥臭味扑面而来,想要呕吐的欲望越发强烈。他再也顾不得体面,摆摆手说道:"行了,你下去吧,洗脸刷牙这种事,今天我想自己来。"

蒋秀的动作停了下来,面部的微笑在此刻尽数消失,取而代之的是没有任何表情的凝视,嘴唇一开一合,用一种十分奇怪的语气说道:

"言先生，我觉得您需要我。"

言晃心一沉，大脑迅速运转：按照身份设定，在我拒绝之后，蒋秀就应该听从命令离开，如今她却在反驳我，难道在这个副本里，不可以对任何人提出拒绝？不，不对，如果这样的话，那身份设定就没有意义了……

言晃最终决定赌一把，赌在这个副本里，身居高位者的命令，不容反驳。

言晃眼里满是蔑视，语带不屑地说道："你在质疑我的决定？同样的要求，不要让我说第二次。否则，你知道会是什么结果。"

蒋秀脸上露出了尴尬的笑："好的，那麻烦主人您自己来，我去干活。如果有需求的话，请尽情吩咐我。"说完，她匆匆向门外走去，生怕慢了半秒让言晃不开心。

"不愧是欺诈者，反应就是快，这里要是搞错，那标签分就该掉了，完美开局可就没了。"

言晃注意到弹幕的同时，也看见蒋秀头顶的标签掉了 1 分，变成了 67 分，而标签中的"十佳好女仆"称号，也正在慢慢散去。

言晃突然想起副本介绍里的一句话——你的人生是可供人观看的一场直播，任何观看你人生超过 30 分钟的人，都有权利为你打上所有人可见的标签。

蒋秀的情况说明她的人生正在被人观看。那么，身为高位者的他呢？

言晃眼前忽地出现两行字——

标签：人中精英，完美的艺术家，霸道

标签分：95 分

下一秒，他的标签分也发生了变动，从 95 分变到了 96 分，但标签并没有发生改变。

言晃看着属于自己的这三个标签，心里有了初步判断：所谓的标签分，确实与标签有关，但并不是单纯的每个标签值多少分，毕竟他标签没变，分值却提高了。但具体分值的判断标准，目前还不清楚，或许可以在看过别人的人生直播后进行推断。

言晃摸了摸自己的后颈，发现那里有一块轻微的凸起，如果没猜错，那就是芯片。被植入芯片后，自己的人生就变成了一场直播，可以被其他人观看。那如果想看别人的人生，是不是也可以……

就在此时，突如其来的打斗声，伴随着熟悉的声音从外面传来。言晃一愣，旋即下床，走出房间。

刚开门便听见江萝愤怒的声音："我真是给了你十足的面子了！你让我去打扫厕所就算了，现在还要求我给你擦鞋？你以为你是谁？！"

江萝穿着一身与女仆蒋秀同样款式的黑白色女仆装，双马尾在脑后微微晃动，手中握着一把与她身形十分不搭的蓝黑色巨剑，剑尖向前对准了蒋秀。

蒋秀却丝毫不惧，面上带着高分者对低分者的不屑一顾，声音冷酷地说道："你不过是一个 32 分的不合格女仆，不服从命令的话，小心会死掉。"

言晃定睛一看，江萝的头上果真是 32 分——

标签：嘴贱，叛逆，女仆

标签分：32 分

蒋秀说完后，将一只手放在了江萝那把巨剑上，瞬间，江萝手中的巨剑化作数据链消失了。

言晃震惊于眼前这一幕，他猛然间意识到，这个副本的危险性比他想象的还要高得多。

江萝的脸上也露出惊愕之色，呆愣愣地看着自己的右手，明显没想到自己的武器就这么没了。尚未回神，蒋秀又迅速伸手握紧了她的脖颈，稍微用力一抬，便把她彻底举了起来。

言晃面色一变，依照刚刚的经验，直接上前几步，带着高位者的威严，对蒋秀怒斥道："把她放下。"

蒋秀带着阴狠的笑容看向言晃，并没有把他的话放在心上："言先生，这低分之人违抗我的命令，按照规则，我有权自行处理她。"言语间似乎已经断定了言晃不会对她造成威胁。

言晃面色瞬间沉了下去，为什么现在蒋秀正大光明地违抗他的命令却没有掉分？规则？什么规则？难道……正在此时，脑海中传来了江萝的声音。

几秒后，言晃脸上重新挂起温柔的浅笑，温声说道："这是你的事情，我自然不会约束你。"

蒋秀得到了自己满意的结果，脸上的笑更加放肆。虽然言晃不知好歹让她丢了1分，但是现在能在遵守规则的前提下让言晃心中不快，她可是相当开心。

像言晃这些高分之人，在这个社会上，那就是最顶端的一群人，不过坐的位置高了，顾虑自然也就多了，所以他们绝对不会出手去救一个低分之人，毕竟他们的一举一动，都被人窥视着，即便连窥视之人是谁都不知道。但那不重要，重要的是如果他们做出不符合标签的举动，会落得什么结果……他们本人肯定是十分清楚的。

蒋秀认为自己已经牢牢把握住了这个"复仇"的机会，逐渐加大了手中的力度。

——直播在线人数：1586人。

"计算师还不打算反击？"

"欺诈者不愧是欺诈者，就这么把计算师给骗了。"

"不救她？难道欺诈者已经知道标签社会的基本玩法了？"

所有观看直播的玩家都觉得欺诈者不会救计算师,甚至连蒋秀本人也觉得言晃不会管江萝的死活,笑容越发张狂,所以当脖颈处传来钻心的疼痛时,她脸上的笑意还未停止,就已经闭上了眼睛,缓缓倒在了地上。

言晃垂眸看向她,语气悲悯:"好好休息,别再制造噪音了,女仆小姐。"

直播间的众人一愣,完全没想到会迎来这样的反转。屏幕里,言晃在做完一切后,和一旁的江萝对视一眼,言语间透露的信息更是让众人不寒而栗。

江萝摸着自己受伤的脖颈,轻哼一声:"配合不错。我的天赋神奇吧?"

言晃并不吝啬自己的赞美:"很神奇。"

他差不多已经清楚了江萝两个隐藏天赋中的一个——数据化。那把蓝黑色巨剑就是数据化的体现,而让他能够确定那是"天赋"而不是"道具"的,是他脑内突然传来的江萝的声音——他的大脑内部在那一瞬间仿佛被改造成了数据空间,让两人能够不说话就顺畅交流。

江萝告诉他女仆在他这个主子面前还敢如此嚣张,一定是事出异常,务必小心行事。而言晃确定江萝没事之后,也放下心来,迅速想出了应对办法。

"我还真以为欺诈者要放弃计算师了呢。"

"哈哈哈,就算欺诈者没在,计算师也不可能这么容易死掉,能拿新人王第二名的,岂会是等闲之辈?"

"看高手直播是真的有意思啊!前一秒紧张兮兮,后一秒松一口气,就是不知道什么时候还会紧张起来。"

直播间的弹幕因为言晃和江萝出人意料的精彩表现达到了高潮,整个屏幕密密麻麻全是字,说什么的都有。

江萝皱着眉，用自己的天赋在脑海中与言晃交流："在副本直播里，我们的一举一动都不是秘密，所以我会一直保持天赋在线，我们在脑内沟通就好，现实中说多错多。"

江萝作为上一期新人王第二名，能力自然不低，但再厉害，也还是个孩子，言晃还是下意识用一种慈爱的目光看着她："好。"

江萝并没有察觉到言晃的目光，而是在言晃应下之后又立马道："现在我有一个问题，为什么我在标签社会里是女仆，而你是高位之人，这是针对我吗？"

言晃无奈笑笑，调侃道："可能……人品不太好？"

然后他就收到了一个白眼。

江萝双手叉腰，一脸骄傲："哼，看在你刚刚和我配合得那么好的份儿上，我才懒得跟你计较。不过，这个副本的基础玩法，我大概知道了。"

言晃的眼神变得认真起来："说说看。"

江萝说："刚刚的情况你应该看到了，那柄剑是我用天赋转化出来的，但那个女仆只是碰了一下，我的剑就直接变回数据链，彻底消失了……我想这标签社会中，肯定有一个无法打破的规则——"

"高分者对低分者有绝对的控制力，来自规则的控制。"两人异口同声。

江萝有些意外，看向言晃的眼神越发惊喜："不错嘛，思考得这么快！"

言晃被一个比自己小的女孩夸奖，难得有些不好意思，揉了揉自己的鼻尖："还好，毕竟在此之前，我也经历了一些小问题，有点经验了。"

蒋秀虽为"十佳好女仆"，但行为举止与"女仆"这个身份有所出入，对他的命令也并非自愿遵守，更像是无法反抗，再结合刚刚发生之事，以及蒋秀嘴里的"低分之人""按照规则"等，不难猜出这个副本的规则。不过……

"既然高分者对低分者有着绝对的控制力,为什么她刚刚要杀我的时候,不仅不听从你的命令放下我,甚至还一脸得意地威胁你?"江萝有些不解。

言晃垂着眸子思索片刻:"你问的这个问题我也没想明白,应该还有我们未曾发现的信息。不过,我倒是有个法子能确定,高分者对低分者是否具有绝对性控制力。"

江萝双眸明亮,一脸期待地盯着言晃,好奇地问道:"什么办法?快说给我听听!"

下一秒,她不期待了。

言晃直接开口道:"江萝,拿好你的扫把,乖乖把房间打扫干净,我的房间必须一尘不染! 10分钟之后我会检查,要是让我发现屋子里有一点灰尘,你就完了。"

江萝大怒:"你……"然而,还没等她继续吐槽下去,脸色顿然变了。

状态:尊贵之人的命令。

状态介绍:来自标签社会中96分尊贵之人言晃先生的命令,作为一个32分的低分之人,请尽快完成言晃先生的命令。

命令内容:打扫房间,保证一尘不染。

时限:10分钟。

违背惩罚:死亡。

这一次命令,竟然直接升级成了一个副本任务! 看来这个副本不简单啊! 但目前唯一能确定的是——标签分越高越好。

江萝气得咬牙:"这就是你的办法? 说得很好,以后不要再说了!"话音刚落,她头上突然多了一个"粗鄙"标签,标签分也从原来的32分变成了31分。

"可别骂了,你分数又往下掉了。"言晃静默一瞬,见江萝还想继续骂，赶紧捂住了她的嘴，低声说道，见江萝还是十分不服气地瞪着眼睛，又赶紧安抚道，"行了，我来帮你。"刚说完，便见自己的"霸道"标签暗了几分，标签分也掉到了95分。

江萝"扑哧"一声笑了出来，言晃十分无奈，板着脸冲江萝呵斥道："还不快去，是我对你太仁慈了？"

江萝怒视言晃："你还敢踢我？"

"你能拿我怎么办？"言晃挑眉，微笑道，不等江萝回话，又看了看表，好心提醒道，"你只剩下9分钟了。"

江萝被言晃气得不行，但还是拿起扫把开始打扫卫生，将倒在地上的蒋秀搬回了自己的房间后，顺手将房间门锁上，然后拎起垃圾袋走出房门。

言晃看着她这一系列的操作，突然觉得有点熟悉。

"计算师这锁门的动作，我看着怎么那么眼熟？"

"上个副本里，欺诈者不就这么干过？"

看着弹幕里的内容，言晃有些不自在地摸了摸鼻子，开始思索刚刚的问题。为什么他对江萝下的命令能够直接变成副本任务，对蒋秀却不行？难道是因为蒋秀的标签分比江萝的高？

等等——

他突然反应过来，他跟江萝身为玩家，与副本中的生物拥有同样的标签与标签分，如此说来，那他们算不算副本里的"怪物"？想到这里，言晃立马召唤出"唐鑫的新书"。

果不其然，"唐鑫的新书"中的内容多了一项。

标签社会——网民

力量：1.5

敏捷：1.5

智力：1.2

天赋：评价，命令

评价：网民观看你的人生直播超过 30 分钟后，拥有对你的绝对评价权，评价结果将会影响你的标签分。

命令：物竞天择，适者生存。为了维护社会秩序，最好乖乖听话。

介绍：这是一个严格按照"三六九等"划分的社会。这里没有法律的约束，只有网民的监督。只要你被社会所承认，那便能享尽荣华富贵。

言晃看完介绍后，终于明白了之前疑惑的点，立刻通过精神桥梁，将"唐鑫的新书"中的内容一五一十地告诉了江萝。

江萝面色一变："你的意思是，这个社会根据标签分，将人划分为三六九等？标签分越高，人在这里的地位也就越高？"

这小丫头果然聪明，一点就通。言晃心里赞叹："对。如果我没猜错的话，三六九等采用的极有可能是 1—33，34—66，67—99 的三等分法。同阶级下，低位只是需要遵从高位，而跨阶级的命令，则是强制性的。这是高位者为独占、保护自我权益而设下的限制。"

"我的标签分是 95 分，此前可以命令 68 分的蒋秀，但无法对她直接施加状态，而面对 32 分的你，我却可以直接强制性命令，这就足以证明这点。"

言晃分析得极为透彻，也相当有道理，江萝认同地点点头。

但是言晃的分析依旧没有停下："不过，67 分的蒋秀依旧选择忤逆我，也就是说，当时她认为我不会对她动手。她为什么会有这种肯定呢？挑战上位者的权威，可是需要很大的勇气的，唯独能够威胁到我们的，只有一个——"

江萝接过话："标签分！"

言晃赞许地点点头："她很笃定我不会出手帮你的原因，就是因为标签分。我曾想过是不是因为这个社会对低分之人很排斥，所以帮助低分之人的人会导致分数降低。在我救下你之后，却没有扣分。这说明什么？"

"这说明标签与标签分没有任何关系，是我们用我们的认知先入为主地理解了标签社会。这其实就是个没有法律约束的社会。"言晃越是往下深挖，越是兴奋，他环视四周，嘴角上扬，"小萝，你有没有发现这个房间有什么不对劲？"

江萝疑惑地打量四周，这时她才发现，这个房间的装饰物有种说不出的诡异：骨刺的烛台和书桌，雕刻着各种诡异花纹的皮质地毯，挂在置物柜上方的巨型鹿角……

如果江萝不认识这房子的主人，肯定会觉得房子的主人是一个有着十足恶趣味的人，可她知道，这房间的主人是一个标签分高达95分的"完美的艺术家"。

艺术家……

这三个字在这样的环境下顿时让江萝不自觉地打了一个冷战，她突然间明白了，标签分根本没有评判标准，一切的标准皆来源于——

她刚想说什么，却被外边的"轰隆"声惊到了，立马看向言晃。言晃摇摇头，示意她不要说话。

"来了来了，贵族开局的精彩剧情要来了！"
"随时准备截图，那画面好久没看过了。"

门并未打开，屋里人却能清晰地听见女人撕心裂肺的哭喊声。
"不要……求求你不要把我交给他……我会死的！我不想死，我不想死啊！我真的不是那种人！我和你结婚那么久，你为什么就不信任我？我没有做不该做的事情！你可以查我的人生记录，我绝对没有背叛你！"

那声音是那么的绝望，仿佛她要来到的不是一个人的家，而是她的坟墓。

旋即,便听见响亮的"啪"的一声,接着是一个粗犷的声音带着嘲讽传入耳中:"一个21分的坏女人也敢在我面前大吼大叫?我没有把你送到火刑架上而是送到言先生这里,已经是对你最大的仁慈!"

下一秒,雕刻着无数尖叫嘴脸的大门被踹开,一个女人被丢了进来,一道黑影挡住了外面的光,浓重的阴影打在女人的身上。

女人瞳孔骤缩,整个人越发歇斯底里:"我没有背叛你,我真的没有背叛你!我们在一起那么久,你为什么不愿意相信我?难道就因为这该死的标签?这是他们在故意污蔑我!我没有跟任何人做对不起你的事情!你难道真的就要为了那一点标签分,把我害死吗?你到底还是不是人!"

标签:坏女人,背叛者

标签分:21分

"放过你?你做了对不起我的事,我为什么要放过你?"男人的声音里充满了浓浓的厌恶与恶意,"现在竟然还敢辱骂无辜的网友们,你简直是在自寻死路!"

男人终于走进了屋内,言晃和江萝也看清了他的样貌。

那是一个头顶"地中海"、顶着"啤酒肚"的男人,穿着一身不太合体的西装,脸上带着讥讽的笑,仿佛自己正在做一件天大的好事。

标签:好丈夫,大义凛然

标签分:91分

而此刻,他的标签分还在不断上涨。那三个标签也在被无数暗地里关注着的网民们一点点提亮,表达着他们对这种"表演"的喜爱——有趣又刺激。

平日里,他们虽能进行评价,可都是不痛不痒的挠骚,无中生有的评价是不能被世人认可的，所以，他们总是等待着这样的机会——一个将人拉入深渊的机会。

只要有任何高分之人出现纰漏，他们便会给出最"客观"的评价，将他们从高位拉下，以此满足他们骄傲的自尊。

92分！

93分！

94分！

标签分攀升的速度如此恐怖，让男人脸上的笑容更加灿烂。他十分有礼貌地对着周围所有方向都鞠了一躬，因为他知道，此刻他的一举一动都有无数双眼睛盯着，这是他等了无数个日日夜夜，终于等到的一个能够一飞冲天的机会，绝对不能有半点差池。

"多谢各位网友的支持，我刘彰绝对不负所托。但毕竟夫妻一场，太过绝情总是不好，所以我将请我的邻居言先生，为她设计一个最好的结局。"他一边笑着，一边将阴恻恻的目光落到言晃身上，"言先生，希望我能有机会欣赏一下您的艺术。"

一字一句，皆是期待。

与其说是期待"艺术"，不如说是抱着既有目的，期待言晃会令网友们失望，然后跌落神坛。

言晃看着面前的男人，面无表情的脸上重新挂起笑容。这一场意外，让他更加确定了一件事——标签社会的评分标准，绝对不能用现实世界的道德和规则去衡量。

而所谓的标签——溯其本源，也不过是"人"给出的评价。

我们常说，人的心里住着一只恶魔，隐藏在黑暗的角落中，肆意贪婪，释放欲望。而网络则扩大了这种黑暗，因为隐藏在网络的背后觉得无人知晓，所以他们变得无所畏惧，既不会去管真相是什么，也不会在乎他人的感受，只会遵循自己本心的恶念，用短短的30分钟，对他人舔皮论骨，让一个个不堪的标签，去否认一个人的一生。

念及此处，言晃脸上的笑容越来越深。一位标签分即将超过他的邻居,在这种情况下找上他,目的绝不简单。

此刻,他只有两个选择。一是为了保全自我,否认自己的道德,欺骗自己在副本中的所作所为都只是为了完成任务活下去,不会对现实的人造成伤害,然后按照这位邻居的要求,将女人做成"艺术品";二是坚定自己的道德与底线,拒绝随波逐流,为女人的清白去奋斗,然后坏了"看客"们的兴致,任由他们为他打上不堪的新标签,成为下一位沦落者。

不得不说,"网民"这个怪物名,还真是意外得贴切。

言晃心里暗讽,面上却不露声色,宛如一位风度翩翩的绅士,对面前的刘彰缓缓鞠躬:"言晃愿意为您效劳,我尊敬的客人。"

听到他的话,直播间瞬间炸了,有人开启了嘲讽模式,有人还在等待反转。

"欺诈者就这么答应了刘彰的请求?他进入副本之前不是还教育别人,做人要留一丝底线吗?"

"作为从孵化之都跟过来的粉丝,我劝楼上不要那么早下结论,你以为'欺诈者'这个称呼是开玩笑的吗?"

"对待欺诈者,最好的办法就是什么话都不要说,说多错多。"

"如果是其他副本,可能会有反转,但这可是标签社会,每时每刻都被网民们看着,绝对没有任何机会。"

而此时,江萝也在脑海中接收到了言晃的消息,有些难以置信地看了一眼言晃,心中忍不住惊叹,在这么短时间内想到如此对策,欺诈者果然不一般,还好没与他为敌!

江萝深吸一口气,完美地扮演起"女仆"的角色。只见她眨巴眨巴眼睛,脸上挂着可爱笑容,天真而又恭敬地问道:"言先生,这一次的作品,需要我做什么呢?"

"麻烦小萝帮我准备一个画框。"

"好的。"江萝乖巧应下,旋即便走到房间里,按照言晃的计划,用积分在商城买了一个画框，打转片刻才从房内出来。

"言先生，准备好了。"

言晃"嗯"了一声，揉了揉江萝的头发："接下来好好配合我。"

江萝顺从地点头："是。"

言晃转身看向刘彰，一言一行都完美得毫无破绽："尊贵的客人，请问您对作品有什么特殊的需求吗？艺术诚然可贵，可艺术的终点，是服务人类。"

刘彰那放肆的笑容越发难以掩饰。事实上，他觊觎这位常年身居高位的邻居很久了，他的房、他的财、他的作品、他的一切！只不过此前他的分数略低于言晃，只能表现得唯唯诺诺，但现在他与言晃同分，甚至很快就会超过他，那就无须再装模作样了。

"言先生，我只需要你好好惩罚一下这个不守妇道的女人。"他的眼底涌现出贪婪与狂妄，声音更是带着不可一世的嚣张，"如果不能交出一份令我满意的答卷的话，我想，各位观众也很难满意。"

言晃点点头，说道："好的，我明白了。请放心，我言晃，一定会交给刘先生您和各位观众一份最满意的答卷！"

刘彰挑挑眉，心里并不相信言晃真能做到，因为他此前的表演已经让观众们的情绪达到了高潮，拉高了观众们的阈值，所以无论言晃怎么做，都不会超越他，到时候，那"完美的艺术家"标签也绝对会变成"失败者"标签——谁让人们可以接受无数次的成功，却无法容忍万分之一的失败呢。

言晃似乎并未察觉到刘彰心里的恶意，只是从江萝手中接过画框，大方展示着："这是一个神奇的画框，名为《背叛者的牢笼》，被封存在其中的生命会永远保持静止状态，非生非死，生命永恒。接下来，我会将这个背叛了您的女人封存在画框之中，让她成为独属于您一人的艺术品。不过它需要被背叛者的血液才能开启。"

说着，他就将画框缓缓递到了刘彰面前："只需要刘先生将一滴中指指尖血，滴到画框中央，画框就会将背叛您的人，拉入其中。"

"欺诈者这一波操作也太恶毒了吧？"

"哈哈哈哈，刚刚还期待反转的人去哪儿了？你们看看他现在在干什么。新手副本还是比较容易的，但标签社会可是正式副本。"

"这种人怎么好意思告诉别人，做人要留底线在身上？这就是他的底线？也不过如此嘛。我还以为他能为了底线连命都不要，到头来也不过是站在道德的制高点去审判别人！"

江萝看着直播间的弹幕，那些毫无掩饰的恶意嘲讽扑面而来，让她心里愤怒、压抑又委屈，想要不管不顾地将那些口出恶言的人一一怼回去，可是不行，她现在必须忍耐，她不能破坏言晃的计划。

言晃也看到了弹幕，但是并未放在心上。自小在孤儿院长大的他，过早地步入社会，看尽了世态炎凉，尝遍了人间冷暖，对人心也看得更加透彻。

人们总是乐于看见比自己更加优秀的人堕落，然后将他狠狠地踩入泥土里，永世不得翻身，心里也从未觉得这有何不妥。这些自以为转换了角度就能成为道德持有者的人，目不转睛地盯着一个人的只言片语，狩猎着里面透露出来的"罪恶"，准备着将他人放逐深渊，就像以噱头为食的猎人。可他们从未想过，从未有人赋予他们居高临下审判他人的权力，他们的理直气壮仅仅来自一句话："大家都这么做，为何我不可以？"

言晃心中嗤笑：这真是悲哀，也是生物本身难以改掉的劣根性。

女人并不知道言晃此时的所思所想，只是在听到他的话后，就一直面色惊恐地看着他。这太恐怖了，她不要被吸入画框之中！

女人知道决定自己生死的是刘彰，而不是那个残忍的言晃，所以对着刘彰苦苦哀求道："放过我，求求你放过我吧！我真的是被冤枉的！我是清白的。我可以把我的人生记录放出来，我可以……"她顺势去摸自己后颈的芯片。

芯片投影出一个虚拟光屏，画面中衣衫华贵的女人慵懒地坐在沙发上，白皙的右手轻轻揉着额头，双眼微合，妆容精致的脸上满是疲惫，完全看不出面前狼狈不堪之人与她有任何关系，也难以想象她究竟是经历了什么，才在如此短暂的时间内，变成现在这样。

下一秒，房间里突然出现了一个男人，女人十分意外，但因为那个男人分值比她稍高一些，她也不敢表现出任何不耐，而就在这时……

"啊——"一道惨叫震耳欲聋，紧接着剧烈的电流声响起，画面被迫中断。

言晃定睛一看，原来是刘彰将女人后颈的芯片硬生生拔了出来。

刘彰目光凶恶冷漠："你还想让我再亲眼看一次你的背叛现场吗？！"

失去了芯片的女人满脸绝望地躺在地上，透明的泪珠慢慢变得猩红，扩散至整个眼眶，而后顺着眼窝滑落。

事到如今，她全都懂了。她所遭遇的一切，不过是自己的枕边人为自己设下的一个局，一个能够踩着自己，让他迅速得到热度，然后一步登天的局，而如今，他快得偿所愿了。

标签：正义之士，大义凛然

标签分：96分

此时，刘彰因为刚刚的表现，已高出言晃1分。

刘彰的脸色因为兴奋而变得通红，5分！整整5分！只是这样一场简单的表演，竟然涨了整整5分！

是的，在他眼中，这一切都只是一场表演，一场为了一群看不到的，标签分比他或高或低的，藏在暗地里的"观众"准备的表演。

"刘先生，"言晃举着画框，声音带上了恭敬，"请问您要不要将她封印到画框之中，成为独属于您一人的艺术品呢？"

作为在场标签分最高的人，刘彰的神色越发傲然："可以。"

江萝上前，将早已经准备好的小刀毕恭毕敬地递到了刘彰面前："刘先生，请。"

刘彰接过小刀,高高在上地看着言晃,语气中却是满满的不屑:"言先生,这可真是我见过的最无聊的一场艺术表演。"说完,左手中指的指尖血缓缓落到了画框中央。

言晃唇角勾起,并没有在意他的恶意贬低;江萝眼中冷光一闪而过;女人万念俱灰地闭上了眼睛,等待着属于自己的最终宿命。

仿佛过了很久又仿佛只过了片刻,女人突然听到了一声熟悉的惊呼声,猛地睁开了眼睛,不敢置信地看着面前这一幕。

那个把自己芯片拔出来的男人,此刻正面色煞白地坐在地上,右手捂着心脏,身上还缠绕着丝丝缕缕的红色丝线,顺着那些线,女人看到了飘浮在半空中的画框——那些线,竟然是从画框中延伸出来的!

"这是什么东西?我的心脏好疼!"刘彰惊恐地喊叫,"你对我做了什么?!"

门外投射进来的光亮将站在门口的两人的影子无限拉长,缓缓覆盖在刘彰的身上。江萝脸上是毫不遮掩的嘲笑,言晃推了推眼镜,压低了声音,宛如恶魔低语般:"这个画框名为《背叛者的牢笼》,自然是,将背叛者吸入笼中。"

江萝接上他的话,满脸鄙夷地看着刘彰,说道:"现在看来,背叛了家庭的并不是你的妻子,而是你本人呢。"

道具:背叛者的牢笼

性质:E

属性:无

道具介绍:被背叛的人渴望背叛者得到惩罚,所以创造了艺术的牢笼,将他囚禁其中,供人观赏。当然,这个在平时只是一个普通的画框,需要用中指指尖血将其唤醒,才会变成牢笼。

"你骗我!你竟然敢骗我!"刘彰凶恶地看着言晃,可是很快,红色的丝线遮挡住了他的视线,将他整个人紧紧包裹住,接着他感觉自己在慢慢上升，然后彻底失去了意识。

看着空白的画框中逐渐出现的红色图案，江萝终于长长呼出了一口气，赞叹地看向言晃："你可真厉害，这么困难的一件事轻轻松松就被你解决了，甚至连分数都提高了。"

标签：罪恶审判者，人中精英，登峰造极的艺术家

标签分：99分

当然，江萝的收获也不小。

标签：完美小助手，傲娇

标签分：76分

言晃摇摇头："还没结束。"说完，就看向躺在地上默默流泪的女人。

江萝有些不解，顺着女人的目光看去，发现了地上被踩碎的芯片。刹那间，江萝明白了言晃话里的意思。

"我可以把芯片修复好。"江萝突然开口说道。

言晃惊讶地看向江萝："你可以修复？"

江萝点点头，眉目间带着属于年轻人的张扬与傲气："你可别忘了我的身份，我可是上一期新人王第二名，大名鼎鼎的天才计算师。"

江萝上前两步，小心翼翼地将地上破碎的芯片拾起，捧在手心之中，紧接着，她的手上出现了数条长方形的数据链，他们像是有生命般，将芯片团团围住，缓缓升到了江萝的面前。江萝看着变成球形的数据链，眼中闪过无数代码。

言晃扶起地上的女人，看女人猩红的双眼一眨不眨地盯着被无数数据链包围的江萝，忍不住出声安抚道："别担心，既然她说可以修复，那就一定没问题的。"

女人双唇紧抿,没有出声,但是言晃明显看到她的眼中带上了几分希冀。

片刻后,数据链消失,完好无损的芯片出现在了江萝的手中。

江萝松了口气,将手中的芯片递到了女人面前:"我想,最后的真相,还是应该由你本人来亲自掀开。"

女人呆滞地看着面前的芯片,终于忍不住捂着嘴哭出声来。可是很快,她便停止了哭泣,将手下意识地在裤子上擦了擦,然后才颤颤巍巍地拿起了江萝手中的芯片,将刚刚被迫打断的视频重新播放。

当光幕记录的"人生"展现在众人眼前时,悲哀的事实像利剑一样,迅速刺穿了所有由谎言编织的网络。

那不知名的男人忽然朝着女人强吻过来,女人根本来不及闪躲,任其推拉踹动,那男人也无动于衷。而命运就仿佛是有人刻意安排,刘彰带着喜悦的笑容推开大门,第一眼见到的就是这个画面。

那一瞬间,所有的爱都化作了讥笑,讥笑她的愚昧,讥笑她的可怜。

87分的高分女人,在眨眼之间被打上了"坏女人""背叛者"的标签。她深知自己会面临怎样的结果,惊恐地拉住自己所依赖的男人的袖子,想要解释真相。男人却甩开了她的手,堵上了她的嘴,一拳一拳地砸在她的身上,任凭她哭泣求饶也无动于衷。

"他怎么能这样对待自己的妻子!"江萝看着视频里的场景,双手紧握,精致的小脸上满是愤怒,"什么绝世大渣男,简直是太恶毒了!"

"已经不重要了,"女人摇摇头,脸上带着释然的笑意,语气真挚,充满感激地说道,"至少有人知道了,我所遭遇的一切不过是一场有预谋的陷害。谢谢你们还了我清白,只不过如今的我,却没什么能够报答你们的。"说到最后,带上了些许涩然。

言晃摇摇头,说道:"我们所做的一切都是出自本心,并不需要你的报答。"

女人向着言晃和江萝深深地鞠了一躬:"无论如何,我还是要谢谢你们。"

言晃重新挂起温柔的笑容："这个社会虽然充满恶意，但我相信已经浴火重生的你不会再惧怕这个社会，所以接下来，请好好生活吧，迎接属于你的新人生。"

女人迎着阳光，右手轻轻摸了摸后颈刚刚止血的伤口，缓缓闭上了自己的眼睛，点了点头，一滴眼泪从眼角滑过，没有落地，而是飘到了言晃下意识伸出的手掌心上，漂浮着。

副本限时道具：叛逆之人的眼泪
品质：F
效果：能够抵消一次标签社会的任意规则
道具介绍：我们活在标签社会，我们享受这个社会，我们也在标签社会备受迫害。我是屈服者，但我仍在心中期盼，有人打破这个社会的规则。

言晃目送着女人离开，直到看不到她的身影后才收回了目光，而后将手中的"叛逆之人的眼泪"收好，伸手摸了摸江萝的脑袋。

江萝捂住头顶，不乐意地撇撇嘴："不要总是摸我的头，我会长不高的。"

"好好好。"言晃满脸无奈地敷衍道，接着话音一转，"按照刚刚的情况来看，这个社会相当危险，网民们简直是无处不在。"

江萝抿抿唇，迟疑片刻还是在脑海中问道："言晃，你说刘彰的分数那么高，绝对会有很多人观看他的人生直播，难道就没人发现真相吗？"

言晃看着江萝，认真道："或许有吧。但是对网民们而言，只要不是发生在自己身上的，那就是别人的事，所以他们可以肆无忌惮地评价，只看自己想看到的。至于真相，不过是可有可无的存在罢了。"

"若真相是真，他们就会继续对犯错者侮辱、谩骂，以此来彰显自己的聪明伟大；若真相是假，他们也不会对受害者道歉，而是将错误怪罪在施害者身上，为自己找借口。"

"难道就没有好人了吗？"

"有的，只不过他们的力量太过渺小，缺少以一敌万的勇气和力量，无法对抗，所以最后他们或者是被同化，变成了人云亦云的存在；或者是保持沉默，渐渐消失。"

看着江萝神情越发低落，言晃笑着拍了拍她的肩膀："好了，打起精神来，现在想想怎么找到你爸，毕竟咱们现在关于你爸的线索是一点都没有啊！"

"他现在可比任何人都要安全。"江萝脸上浮现出小得意，刚刚的郁闷一扫而光，"他在'神的领域'。"

"神的领域？"言晃疑惑。

江萝点点头："是的。在标签社会，只要成为百分之人，就可以进入神的领域，不信你可以搜索我爸的人生直播，你搜不到的。"

言晃有些诧异："你就这么笃定？"

江萝投给他一个故弄玄虚的笑："你猜。"仿佛她身上有什么秘密。

"虽然指导师和计算师人品不行，但是我不得不承认，计算师还是很厉害的。"

"我听说，计算师的天赋可是很多人梦寐以求的。"

言晃挑挑眉，通过刚刚的相处和弹幕中透露出来的只言片语，他心里已经对江萝有了更全面的评价。这丫头能拿到上一期新人王第二名的成绩，还真不是虚的。除了有时候有些小任性，她的意识与反应力都很强，但光凭这些肯定是拿不到这个成绩的，估计跟她的天赋也有很大关系。

况且江萝对她爸爸的看重他是知道的，既然江萝自己都不担心，那说明江毅现在绝对安全。

江萝目光炯炯地盯着言晃，语气调侃地说道："不过，言先生，您真的不考虑赶紧达成百分之人成就，然后进入神的领域吗？没准我们可就通关了。"

言晃看着她，似笑非笑地说道："这话，你自己信吗？"

"如果进入神的领域就能通关，那我们不是早该通关了吗？毕竟某人前一秒才说她爸爸现在身处神的领域。"

听到这个回复，江萝轻哼一声："就你聪明！话说回来，你看过人生直播吗？"

言晃摇头道："你这问题是问到点子上了，我还真没有看过。"毕竟他从进入副本开始就忙得不行，根本没有时间去看标签社会中最大的特色，也是了解这个副本背景的最快途径——人生直播。

"正好我也还没有看过呢，趁现在看看？"江萝满脸兴奋。

"好。"

两人一起调出了直播界面，一个巨大的光幕凭空出现在他们的眼前，在现实世界中根本不可能会看到的形形色色的表演充斥在光幕之上。

"没想到他们的人生直播竟然是这样的。"

"对这个社会而言，这一切竟然是正常的。"言晃嘲讽道，"没工夫感慨了，现在最重要的是找一找我们所不知道的，还隐藏着的规则。"

江萝深吸一口气，重新调整好自己的状态："我明白。"

言晃看着认真观察的江萝，脸上露出欣慰的笑容，江萝从来都不是柔弱敏感的女孩子，她强大而又聪慧，即便年龄尚小，也是可以托付后背的队友。

经过一个多小时的观察，言晃终于搞明白了标签社会的社会规则——在这样一个没有法律约束的社会里，"好评"就是唯一准则。

在直播的评分系统里只有两个选项：好和差。只有点击10次"好"，标签分才能升高1分，但点击1次"差"，标签分就会立刻下降1分。只有在观看者给予被观看者评价之后，才能为其打上标签，吸引更多的人来观看直播。若是某个标签被观看者打得最多，那就会变成

"此人最热门标签"，出现在其头顶的虚拟光屏上。

芯片直接连接到神经，每个人都可以直接用意识调控芯片所具备的功能，而不需要任何辅助工具。

可就是因为所有操作都无比便捷，人们渐渐习惯了肆意挥洒情绪。淡漠、嘲讽、谩骂……满天情绪在网络世界飞舞，落在陌生人的身上，为他们打上标签。

是网络"摧毁"了这个社会吗？还是人本身让世界变得灰暗起来呢？

除评分选项，还有一个总标签分排行榜。

这个排行榜记录着人生直播的所有人的标签分。目前排名位于第一的便是言晃，标签分高达 99 分。

言晃见自己的头像上有一个金黄色的感叹号，便伸手点了一下，接着光幕上出现两行提示——

慈爱的神明创造这个名为"网络"的世界时，便制定了一个十分亲民的标准——只要能够达到百分，成为一个百分之百的好人，便能进入神的领域，与神共享极致之乐。

尊敬的标签分榜一，您只差 1 分就能够进入神的领域！请再接再厉，为这个美好的世界做出更多贡献。

言晃看着光幕上的提示，忍不住冷笑一声，在神的领域与神共享极致之乐？不得不说，这诱惑是真的大啊！怪不得刘彰宁可踩着自己的妻子也要成为百分之人。

信息搜集得差不多了，言晃关闭了人生直播，有些疲乏地揉了揉额头。

江萝看他脸色不太好有些担心："你还好吗？"

"我没事。"言晃打起精神，开始认真和江萝分析，"现在这个社会的规则已经清楚了。通关的条件不在这里，看来我们需要去神的领域走一趟了。"

江萝问道:"你打算怎么做?"

如果去神的领域,那肯定是言晃去。她积分太少,没必要浪费时间在这上面,而且随着她对言晃的了解加深,她的计算便越不会出错,哪怕只是言晃一个人,他也完全可以顺利应对一切。

言晃站起身,活动了一下脖子,神色轻松地说道:"收拾一下,跟我一起出去。"

江萝有些发蒙:"啊?出去干什么?"

言晃走在她面前,侧过头看她。逆光之下,他的黑框眼镜与脸部轮廓被阴影化,隐隐约约能够看到几分令人毛骨悚然的笑意。

"当然是去寻找我们的猎物了。"他说道,"作为高分之人,我所生活的小区,自然会有不少有意思的猎物。"

听到这话,江萝醍醐灌顶。对啊,想要利用人们的心理创造更高分,最快捷的条件是什么?当然是让高分者从云端跌落,让人们产生更多"拉下他一个,我地位就会高一点"的兴奋情绪。

"看来,你已经确定好目标了。"江萝说道。

言晃点头,他的目标正是标签分榜二,拥有"逆袭者"标签的乞丐。毕竟这个乞丐的故事很有意思,有意思到让人作呕。

他原先是生活在标签社会的一个普普通通的小乞丐。在标签社会中,乞丐同现实社会一样,是社会结构层次中最低层次的一个阶级,这些人的标签分多为2—10分,只能仰仗着其他人的鼻息生存。

标签社会作为一个巨大的社会,也曾出现过许多良善之人。只是,在这些人接二连三不得善终之后,没人敢再成为好人,而在"逆袭者"乞丐和那个女孩的故事发生之后,标签社会中仅存的善意也消失不见了。

那是一个由99分高位者生下的,从出生开始便拥有"公主"标签的女孩。她天真善良,乐善好施,有着极强的共情能力,经常去帮助很多人,对谁都会保持着善意的微笑、保持着平等的态度,以真诚友善的性格带给无数人喜悦的情绪,是标签社会中的一股清流。

这样的清流,在90分以上的高位者中,仅此一人。

后来,"公主"遇到了乞丐。乞丐哀求她,希望她能够给自己一些钱。当时"公主"的身上只有 55 元,可她还是将其中的 50 元交给了乞丐,自己仅留下 5 元。

可正是这留下的 5 元,给了网友们乘虚而入的机会。尤其是那位乞丐,借着这个机会,为女孩打上了"虚伪""伪善"的标签。

从此,女孩被拉下神坛,乞丐则成功踏着"公主"的脊梁,成为标签社会中少数的赢家。

现在,言晃便打算去会一会这位乞丐先生,借着他的"帮助",走进神的领域。

高分者为了追求最高级的生活资源,往往会向同一个区域聚集,所以言晃和江萝很轻松便找到了这位乞丐邻居。

只是,当他们走到这位邻居的门前,发现这位邻居似乎很享受脏乱的环境,分明是生活在最高档的生存区域,却把院子搞得又腥又臭,无论哪一个角落,看上去都格外脏。

"这也太邋遢了吧!"

"院子都这么脏,已经可以想象到屋子里会是什么样了。"

言晃跟江萝两人站在门前,言晃伸手敲了敲门,无人回应。

看来好像不在?江萝眼珠一转,坏笑一声,正打算用点其他手段开门时,面前的门突然被打开,江萝有些遗憾地收回手。

站在面前的男人跟周围脏乱差的环境截然不同,他抹着发胶,穿着一身名牌西装,打着领带,打扮得像是一个社会精英。

可就算披上了"社会精英"这一层完美的皮囊,也掩盖不了他浑身上下所透露出来的跟他标签一样的乞丐气息。

标签:逆袭者,乞丐,有恩必报

标签分:98 分

王淡看到言晃第一眼，脸上便露出谄媚的笑容，眼神闪过几分贪婪与忌惮，而后又马上消失："言先生，今天您怎么有空来我这儿了，是有什么事情吗？"

言晃微微一笑，似乎并没有看到刚刚王淡的眼神变化，只是默默推了一下江萝："没什么事，只是想着远亲不如近邻，咱们作为邻居，平日里交往不多，彼此都有些生分了，所以这次来是为了给王先生送一个小礼物，联络联络感情，希望王先生喜欢。"

江萝早就和言晃商量好，把自己假装成礼物送给对方，以此降低对方戒心。毕竟标签社会里的高分者防人防得那叫一个密不透风，只有投其所好，击其所爱，才能让其放下戒备。同时也能保证言晃的行为不会受人诟病，从而影响分数。

江萝乖巧地走上前，凭借着精致的小脸和灵动的大眼睛，以及软软糯糯的嗓音，迅速击中了王淡的内心。

王淡满意地看向言晃，热情地招呼道："言先生快请进。我们今天正好准备了一场表演，言先生来的时间刚刚好，能够与我们共赏表演。"

表演？

言晃和江萝的表情有了轻微的变化，他们可不认为这里的"表演"，会是什么普通的表演。

"那倒是赶巧了。"言晃微微一笑。

两人被领进屋子，正对着门的位置有一块巨大的横板，将客厅和玄关彻底隔开，让人无法窥见里面的情景。

面前的王淡忽然转身，彬彬有礼地朝着言晃鞠了一躬："尊敬的言先生，接下来请欣赏我们今天的表演。"话音落下的瞬间，面前的横板忽然朝着两边打开。

视野豁然开朗，然而言晃与江萝二人的面色在这一息之间变得铁青。

巨大的沙发上，一个蓬头垢面的少女仰躺在上面，双眸呆滞无神地看着上方，侧脸有着明显的红肿，整个人宛如一个毫无生机的破布娃娃。而在她的头顶上，曾经闪耀着熠熠生辉的"公主"标签，如今也变得暗淡发黑，配上现在的场景，实在是令人心悸。

标签：公主，虚伪，伪善

标签分：1分

一旁的王淡面带笑容，犹如等待好戏的主演降临般高高在上："尊敬的言先生，既然您亲自登门拜访，还准备了如此珍贵的礼物，那么，也请近距离欣赏我们的表演吧。"

"也不知道欺诈者会怎么应对这个场景，一不小心他可就会掉分啊！"
"上次让他翻身算他幸运，这次可就不一定了。"

言晃将自己的目光从"公主"身上移开，落到了面前的王淡身上，优雅从容地弯下腰，行了一个绅士礼，如同一位最尊贵的表演者向他的观众致意。

他的举动让王淡心底流露出紧张的情绪，有些狐疑地看着他："言先生，您这是……"

言晃直起身，面上的笑容格外耀眼："非常感谢王先生的邀请，不过，除了礼物，我还为王先生准备了一段表演，相信一定不会令您失望。"

王淡听到他的话，心中越发惶恐不安，可作为98分的高位之人，他不敢表现出半分不符合高位之人的恐惧，只能故作镇定地反问："言先生，您这是什么意思？在我的主场里展示您的表演，是不是太不把我这个主人放在眼里了？"

言晃没有回答他，而是将目光转向站在沙发附近的乞丐们："各位乞丐先生，殴打一个已经形如傀儡的1分'公主'有什么意思？难道你们就不想尝试一下反噬高位者的滋味儿？"言晃推了推眼镜，声音中带着蛊惑。

乞丐们面面相觑，而王淡听到这话已经惊呆了："言晃，你这是什么意思？"

言晃并未搭理王淡，而是将目光继续放在乞丐们身上，唇角的笑意加深："很简单的，只需要你们将对'公主'的所作所为回报给他就好。毕竟，你们的身上不也有一个'有恩必报'的标签吗？"

永远听命于最高分者，是低分之人必须遵守的规则。言晃话音刚落，"命令"直接生效，乞丐们的眼神也从言晃身上慢慢转移到了王淡的身上，有的乞丐甚至已经迈开了步子。

王淡再也没办法保持冷静了，他害怕地摔倒在地上，双手支撑着自己的身体不断往后挪动，大声怒吼着："不，不，停下，你们不要过来！我命令你们不要过来！你们这群肮脏的家伙，快滚开！"

可他的"命令"已经不再管用，因为有一个99分男人"命令"的优先级高于他。

1分！仅仅相差1分！他心下暗恨。他想过对方来者不善，却因为对方一个"送礼"的举动放下了戒心，引狼入室。他败在自己的大意，败在长久以来身居高位，虽有防人之心但仅有少量的防人之心。

在言晃到达99分之前，他一直占据着标签分榜单第一的位置，为最优先对象，因为有这样的优先权，他让曾与自己一样的乞丐们成为自己的保护伞，在面对他人的不轨之心，试图将他拉下高分的宝座时，他便会率先利用这些乞丐们反控制住对方。可谁能想到，他所培养出来的手下，现在竟然成为毁掉自己的"工具"！

那些乞丐们一边在嘴里说着不要怪他们，一边挥着拳头蜂拥而上。

王淡惨叫着承受如暴雨一般的拳打脚踢，心里还在不断祈祷着网友们能够在这种时候可怜可怜他，让他高1分，又或者能够看在这么多年的"情分"上救他一命，给言晃降1分。

可对网友们而言，高位者的陨落正是他们最爱看的戏码，没有人会去可怜他。

输家，只配沦落深渊。

"我刚刚通过入侵芯片系统,发现他经常利用这些乞丐去给其他人刷低分,以此来保证自己的高分地位。"江萝不屑一顾地看着缩在墙角里不停哀号的人。

"作恶之人必遭反噬。他曾经无数次的'有恩必报'行为,反噬到了他自己身上。好与坏、生与死……无论结果如何,都需要他自己去承受。"说完,言晃转身向沙发上那位如木偶般无神也无任何动静的"公主"走去。

直到言晃来到沙发旁边,"公主"的眼珠才微微转动了一下,目光直直地落在了言晃身上,嘴唇干裂无力地上下动弹,微弱的气息夹杂着嘶哑的声音传来:"你也是他们的人吗?"

这几个字从她嘴里说出来,就像是一把无形的利刃,狠狠地扎在了言晃与江萝的胸口,让他们感觉沉闷又酸涩。

江萝本想说些什么,却在无意中瞥见了旁边言晃的动作,她微微一怔,往后退了两步。她虽然是女孩子,可是性子大大咧咧,没有言晃温柔细腻,所以还是让言晃来安慰更合适。

言晃的手中不知何时多了一张干净的湿帕子,冒着微热的气,他慢慢弯下腰,用一种微风般和煦的态度,绅士地为"公主"轻轻擦去了脸上的污垢,没有出声安慰,也没有表露出过激情绪。

"公主"疑惑不解地看着面前这个陌生的男人。男人长相俊秀,肤色白皙,头发茂盛而浓密,但是被打理得整整齐齐,不显杂乱,脸上戴着一个黑框眼镜,笑容温柔。

下一秒,她听到了男人的声音:"我们是来救你的。"

这简简单单的一句话,轻而易举地击碎了她多日里安慰自己所筑起的高墙,一直压抑的委屈和害怕瞬间淹没了她,让她不顾一切地伸出手环抱住言晃的脖颈,趴在他的身上啜泣起来。

她不想去思考这个男人说的是真是假,也不想去思考这个男人到底是好是坏。她只知道,在经历过这么多的暴行后,还有人愿意来救她。

"为什么……为什么我要承受这些……我做错了什么……我只是,

想让大家都能更加开心一点……"

她抱着单纯的心态，去尽其所能地帮助别人。

可从遇到乞丐的那天起，一切都变了。

她莫名其妙地被打上"伪善"的标签，一瞬间从天堂落入地狱。她也曾大哭大闹着求网友们放过自己，换来的却是一次又一次的差评，其中甚至包括一些受过她恩惠之人。

她不明白，也无数次地询问为什么，得到的结果却是更加恶意的评价，后来她再也不问了。

她只觉得这个世界和她想的不一样，这个世界在排斥着她。

少女的哭声越来越大。

言晃没有说什么，只是轻轻地拍着她后背，任由她将情绪发泄出来。

站在原地的江萝神情复杂，心里也是十分难受：到底人们觉得什么是对？什么又是错？为什么只是做了一件好事，就会被贬低成异类？

待少女发泄结束之后，言晃才轻柔地为她擦去眼泪："现在心情好一点了吗？"

"公主"轻轻点头，不好意思地看着言晃的衣服，怯生生地说道："对不起，我把你的衣服弄脏了。"

"没有关系。我想我能回答你刚刚的问题。"言晃笑了笑，温柔地摸了摸她的头，凑到她耳边，放低了声音，用只有两个人听得见的声音回答她，"你没有错，你只是在一片漆黑之中，坚守了自己的白。"

"公主"瞳孔一缩，连指尖都跟着一起发颤。

她没有错……在被这个社会抛弃之后，有个人告诉她，她没有错……

"公主"的眼泪又开始在眼眶里打转。

言晃无奈地叹了口气："不许再哭了，女孩子哭起来可不好看，要多笑笑。公主无论遇到什么样的险境，都永远是公主。"

"谢谢你。""公主"认真地点了点头，而后将目光移到言晃的头顶，轻声问道，"哥哥，你想去见神吗？"

言晁点点头。

"公主"直视着言晁的眼睛，唇角勾起一个浅淡的弧度："那么，就请你杀了我吧。如今我是全世界最讨厌的人，杀了我，能够让你突破最后的界限，成为百分之人。"

言晁看着面前的少女，下意识地咬了咬牙，副本里的孩子怎么都一心求死？为什么不想着报复那些伤害他们的人而选择放弃自己？他不理解，但是他也不会选择放任一个无辜的、没有做错任何事的女孩随意结束自己的生命。

"你要好好活着，哥哥有办法成为百分之人。"言晁摸了摸"公主"的头，轻声安抚道，"而且，谁说你是全世界最讨厌的人？"

在"公主"疑惑的眼神中，言晁点开了自己的光屏，上面显示的正是"公主"的人生直播："温舒……你的名字很好听。"

温舒瞪大了眼睛，双手猛然握住了言晁想要点下好评的右手，带着些祈求地说道："不要……只要给我点好评，你就会被其他人讨厌，分数就会降低。"

"不用担心。"他轻声安抚道，继而看向一旁的江萝，"小萝，我们一起给这位善良的小公主打个分吧。"

江萝点点头，笑意盈盈地说道："好啊！"

两个人在温舒紧张地注视下，手指缓缓地点在了她的人生直播中的"好"的按钮上。下一秒，从"好"字按钮旁边接连闪过两个"+1"的提醒——

标签：公主，虚伪，伪善

标签分：1分

一瞬间，温舒眼眶发红，泪水在眼眶里面不断打转，她再也无法控制自己的情绪，放声大哭起来。

这样的一个结果，比任何语言、任何行为，都要让她满足。她感觉自己千疮百孔的心脏开始被两个素不相识的陌生人修复，她的胸口也被一种不知名的情绪填满——一种自她出生以来就不曾拥有过的情绪。

"谢谢你,真的谢谢你,是你将我拉出了深渊。可是……"她看着言晃,脸上带着灿烂的笑容,"这样的社会已经不值得我留恋了。"下一秒,温舒的右手已经划过了自己的脖颈。

言晃和江萝面色大变,可是温舒的动作又快又狠,他们根本来不及救她。

"明明已经脱离苦海了,为什么不努力活下去呢?"江萝不理解,言晃也不理解。

片刻后,言晃召唤出"家庭和睦之刀",毫不犹豫地刺向了公主的后颈,将她后颈之中那个使她痛苦万分的芯片挑出,握在自己的手心之中。

"无论她的选择如何,至少现在,她得到了真正的自由。"

——恭喜玩家欺诈者获得隐藏限时道具:公主的芯片。

道具:公主的芯片

品质:E

属性:无

道具介绍:我自出生开始,就知道这个世界并非我所喜爱的那般,但作为这个世界的居民,我同样深爱着养育我的这片土地。我有一个小小的愿望,希望每个人遇到我都能比遇到我之前更加快乐一点。可现在的我,变得不快乐了。

直播间观众们看着言晃手中的隐藏限时道具,瞬间炸了。

"又是隐藏限时道具!这个副本的 TE 线该不会也要让他打通了吧?"

"你们才发现啊!刚刚他走到乞丐家的大门前面的时候,标签社会的副本入口就已经封锁了。"

"这TE线剧情竟然藏得这么深？！"

看着面前的道具介绍，言晁的心情格外复杂，温舒的愿望是那样的简单真挚，她希望世人开心，最后却被他们伤得遍体鳞伤，何其讽刺。

一旁的江萝叹了一口气："看看这隐藏的通关线索是什么吧。"

言晁打开了"公主的芯片"——这个记录着她悲惨一生的芯片，可在他打开之后才发现，芯片里的人生记录只有"公主"刚刚出生时，被植入芯片的那一小段。

画面中人影晃动，他们的头上没有标签、没有分数，每个人都有条不紊地做着自己的事，直到一阵婴儿的啼哭声传来，他们才凑到一起。

身段窈窕的女人接过哭闹的婴儿，抱在怀中温柔地哄着，很快，婴儿停止了哭声，安静地闭上了眼睛。

领头的人说道："夫人，您女儿的芯片已经植入完毕，恭喜。"

夫人满意地点点头，然后在"公主"的额头上落下一个吻，轻声说道："我的小公主呀，你要记得，一定要做一个好人，成为百分之人，然后见到神。这样，你才能永远生活得无忧无虑。"

视频到这里便结束了，江萝和言晁看完之后，对视一眼，皆有些茫然，只感觉这个视频好像什么都说了，又好像什么都没说。

不过，神的领域，一定是必去之地。

言晁看向蜷缩在角落里已经神志不清的王淡，神情冷漠地说道："盗窃而来的荣誉，也该物归原主了。"

下一秒，王淡的标签发生剧烈变化——

标签：真正的乞丐，忘恩负义

标签分：1分

与此同时，言晁周身泛起了蓝色光芒，标签分从99分变成了100分。

言晁扫了一眼面前出现的屏幕，目光一闪，扫了江萝一眼，却见江萝面色不变,仿佛什么都没看到。

言晃伸手点了一下,而后说道:"记得之前说好的,别忘了。"

江萝"嗯"了一声,看着面前属于言晃的人生直播,信誓旦旦地说道:"放心吧,不会忘的。"

直播间里的弹幕不淡定了。

"这到底是怎么回事?我怎么感觉自己完全没跟上欺诈者和计算师的节奏?"

"别纠结这个了,后边的大惊喜马上就要来了!"

第六章
极限追逐

只要让那个逃离规则之人坐上你们的惩戒之椅,你们将迎来真正的解脱!

言晃只感觉周围炙热无比,仿佛一切都要融化了,脚下也被热气烘烤着,却无法动弹,只能被迫感受熔岩般的温度。

他极力睁开眼睛,映入眼帘的是赤红如火的地板,抬起头才发现这个房间很大,但是空空荡荡的,什么家具都没有,只有三面纯白到极致的墙壁,剩下的一面不是墙而是一整个落地镜,映照出他现在的处境——整个人被禁锢在一把诡异的椅子之上,头顶空空如也。

这就是"网络"世界的人都向往的"神的领域"?言晃蹙了蹙眉,试图动一动双臂,却根本动弹不得。

落地镜旁边的暗红色铁门被打开,一个长相奇异的"恶魔"走了进来,那张怪脸上带着恶意和嘲弄的笑容:"我们的新客人终于醒来了,现在就让我们以最热烈的仪式,欢迎你来到惩戒之地!"

"当你进入这里的时候,你便成功脱离了'网民'的身份,人生直播系统将会关闭,标签和标签分也会消失。在这里,没有人能窥视你的人生,你获得了真正的自由!""恶魔"看着他,"按照规矩,现在,你可以向我提出一个问题。"

言晃认认真真地听完了他的话，目光一转，看向他的头顶："可以请你告诉我，你头上的是什么吗？"

在他头上，还存在着属于"网络"世界的标签——

标签：恶魔，罪恶惩戒者

标签分：1分

"恶魔"恶狠狠地看着言晃："你还真是位聪明的客人啊！不过，有一点我忘记告诉你了，对你们的问题，我可以选择回答或者不回答。"

言晃的嘴角微微上扬："看来你是拒绝回答我的问题了。"

"是的。"他的眼神蓦然一冷，长着锋利指甲的手缓缓靠近言晃，"现在，你已经问完了你的最后一个问题，按照规矩，你的惩罚可以开始了。"

"规矩？什么规矩？低分之人无法反抗高分之人的规矩吗？"言晃毫不在意距离自己越来越近的手，他唇角的笑意越发浓重，语气越发温和，"我建议你先看看我的头上是什么。"

"恶魔"不耐地向言晃头顶看去，顿然，瞳孔一缩——

标签：百分之人，登峰造极的艺术家，罪恶审判者

标签分：100分

"标……标签？！"尖锐声响回荡在房间内，带着抵触和不可置信，"你怎么还会有标签？！"

直播间的众人也相当惊讶，弹幕刷得飞快。

"这怎么做到的？！有没有人给解释一下？"

"是限时道具'叛逆之人的眼泪'的作用啊！"

"对对，这个道具可以抵消一次标签社会的副本规则。"

言晃静静地看着"恶魔"。

在看过人生直播后，他就对"神的领域"产生了怀疑。标签社会的

高分之人并不是什么良善之辈，他们迎合着网民的口味，做出了很多十恶不赦之事。他并不相信这样的人会得到神的认可，从而进入"神的领域"，与神共享极致之乐。

现在，他的怀疑得到了证实，所谓的"神的领域"，不过是一场彻头彻尾的骗局。而且通过"恶魔"头上的标签和标签分，以及限时道具"叛逆之人的眼泪"的使用，他更加确定了这里绝对没有脱离"网络"世界，或许只是"网络"世界中的另外一层结构。

这就意味着，他能够用"网络"世界的规则压制"恶魔"。

在"恶魔"越来越恐惧的眼神中，言晃终于开口："请你为我解除禁锢，并把你的鞋子拿给我。"

"恶魔"瞳孔骤然放大，他想要拒绝，可"网络"世界的规则是不可改变的，所以他只能咬牙切齿地瞪着言晃："你会为你此时背叛规则的行为而后悔！"

他一边威胁着，一边不情不愿地给言晃松开椅子上的禁锢。

言晃被松开之后，坐在椅子上活动了一下有些僵硬的手腕、脚腕，闻言也只是轻笑一声，双目一眨不眨地盯着"恶魔"的举动。

言晃在看，看面前的"恶魔"敢不敢把自己的鞋子脱下来。

果不其然，面前的"恶魔"充满红色血丝的眼睛里带着狠意，弯腰的动作却犹犹豫豫，甚至全身都在发颤。

"还请快一些。"言晃的声音温温柔柔，但是听在"恶魔"耳中，像是一道催命符。

"恶魔"的手开始冒汗，没有人比他更加清楚，失去这双鞋子意味着什么，这代表他将彻底失去在惩戒之地自由行动的能力。

在手碰到鞋子的刹那，他突然抬头看向言晃，眼神凶恶而阴鸷："你一定会为你现在的选择付出代价！"

"恶魔"在失去鞋子后，双脚直接着地，可怕的温度让他的脚底瞬间起泡，他克制不住地发出尖叫，在地板上来回跳动，试图借此避开那滚烫如熔岩般的温度，好让自己能获得一丝喘息。

言晃坐在椅子上，拎着手里的木屐，冷眼看着上蹿下跳的"恶魔"，他知道自己赌对了，这双鞋子果然可以阻隔地板的热气。

同时，他的耳边响起一道提示音——

恭喜玩家欺诈者获得道具：惩戒者的木屐。

道具：惩戒者的木屐

品质：F

属性：抗热+50%，抗寒+50%

道具介绍：惩戒者所拥有的一双木屐，能够轻松行走在惩戒之地的每个角落。

直播间的众人看到此情此景，心情十分复杂。

"原来还能用这种方式得到道具……"

"欺诈者这操作挺出其不意的。"

言晃穿上木屐后站起身，下一秒，"恶魔"便直接跳到了椅子上，恶狠狠地盯着言晃。

言晃温柔地看着他："我想你应该不会介意把钥匙也一起给我的。"

"恶魔"脸色发黑，完全没想到自己有朝一日会被"网络"世界的规则给压制，他再一次使用自己的能力，试图剔除掉属于言晃的标签，可结果依旧是失败。

这个男人到底是用什么方式解决的？他用力咬着牙，不停思考着，他似乎是想到了什么，缓缓放松下来，眼眸之中出现隐隐的讥讽，然后将腰间的钥匙朝着言晃丢了过去。

"尊敬的百分之人，希望你能够想清楚，就算你拥有标签和标签分，也没办法离开这个地方。只要你的分数不出现变动，那你就只能留在这里！"

他一边讥笑着言晃的单纯，一边期待着言晃走向绝望。

"你怎么知道我会永远留在这里呢?"言晃并没有因为他的话而大发雷霆,他优雅从容地将钥匙圈套入食指,转着钥匙向门口走去,在打开门的瞬间,他微微歪头,"再见了。"

言晃离开房间后,第一时间召唤出了"唐鑫的新书"。

标签社会——恶魔

力量:3.5

敏捷:2.0

智力:1.2

天赋:噩梦,剥夺权利

噩梦:在剥夺他人视野之后,我将召唤出他内心最为恐惧的梦魇,让他沉睡在噩梦之中。

剥夺权利:可召唤惩戒之椅,待"网民"坐上惩戒之椅后,与其芯片进行绑定,噩梦技能可以使其芯片失去基本功能,然后剥夺"标签"与"标签分"。若有其他未被绑定之人坐上惩戒之椅,则原绑定解除,与新人建立新的绑定。

介绍:我们是被"神"特意挑选出来的存在,"神"赐予我们罪恶惩戒之地,赋予了我们惩戒罪恶的能力。

言晃的目光落在了"剥夺权利"这一技能上面。

简单来说,当有人坐上惩戒之椅之后,芯片便会与椅子绑定,"恶魔"就能借这份绑定关系发动技能,消除那人的"标签"和"标签分",然后将芯片与惩戒之椅绑定,使其失去所有功能,但一旦有其他人坐上这把椅子,椅子便会解除之前的绑定关系,与新人建立关系。也就是说,只要惩戒之地有自由活动的人,就可以替换坐在惩戒之椅上的人,让他得到解脱。

等等!言晃的步伐蓦然停住,现在已经离开了惩戒之椅的自己,不就是新的未绑定者?!

他微微侧头，第一次感慨这个镜子的设计，从里面看是普通镜子，但是从外面看则变成了玻璃，将屋内的环境看得一清二楚。如今，他通过这面巨大单面镜看到了站在椅子上的"恶魔"。突然，"恶魔"抬起头，带着邪恶讥笑的眼神似乎透过这面单面镜和他对上了目光。

言晃心下一沉，同时，"恶魔"的声音响彻整个空间："各位被惩戒的罪人们啊，现在，你们的机会来了。只要让那个逃离规则之人坐上你们的惩戒之椅，你们将迎来真正的解脱！"

言晃面色瞬间冷了下来，毫不犹豫地加快了自己的速度，拼了命地向前冲。

那些绑在椅子上陷入噩梦之中的人们，被"恶魔"的声音所唤醒，束缚着他们的锁链已经脱落，囚困着他们的铁门开始一扇接一扇地打开，他们哭泣着、哀号着，不顾脚底的炙热灼伤，疯狂地向着房门奔去。

言晃神色越发冰冷，眼睛飞快地四下查看，试图寻找脱身之法。很快，他便看到了一线生机。

在这条通道的最前方，有一道打开的铁门，只要他能够躲到那大铁门之中，就能将这些人全都阻拦在门外。

可现在，他们距离他越来越近，两侧的铁门中更是时不时扑出一人，让他不得不在奔跑的同时躲避着两侧房间内的人，这对他的体力是极大的消耗，照这样下去，他一定会被抓住。

言晃咬着牙："言晃30秒内肉体不会产生疲倦感！"

——谎言判定为对立性事件，判定失败。
——判定结果：言晃30秒内会出现疲倦感。

就在判定出现的这一刻，言晃感觉自己双腿一酸，堪堪避过侧面扑来的人，再一次低声说道："言晃疲倦感消失且30秒内不产生疲倦感！"

——谎言判定为对立性事件……

一定要成！一定要成！

——判定成功。

这一瞬，言晃眼里燃起一抹亮色，全身完全进入一种奇妙的巅峰状态，他的速度也在这一瞬间爆发。

两边不时有人飞扑而来，试图抓住言晃，可都落了空，直接摔在了地上，绊倒后面无数人，哀号声不断响起。

言晃不敢放松，亦不敢回头，只是拼尽全力地奔跑着。

他只剩下 10 秒，可面前还有 20 道门，两边的门打开的速度已经开始略快于他，背后的人甚至只需要再往前两步就能抓到他！

在极限时速之下，言晃咬紧牙关，双眸被血丝覆盖，汗水顺着额头滑落到眼眶之中，刺激得他眼睛生疼，却完全不敢闭上。在这争分夺秒的时刻，眨眼间的变化，或许就是万劫不复的深渊！

还剩最后 3 秒，面前只剩下最后两道门，正在此时，那两道门开了，里面的人向他扑了过来。

言晃全身的血管因血液流速的变化而涨起，整个身子往下一倾倒，大半个身子贴着地板滑了过去，从下方避开了扑过来的两个人，同时利用惯性，顺利进入了面前的大门。

言晃顾不得刚刚地板对身体带来的炙热疼痛，直接翻身站起将大门合上，右手精确地将钥匙对准大门一插——锁住！

门外，无数人在拍打着大门，发出怒吼；门内，言晃双手撑着大门，大口喘息。

30 秒的极限运动开始反噬自身，言晃只觉得自己的双腿此时就像是面条一样绵软无力，他用手撑着大门，让自己不至于摔倒在地，第一时间打开了系统商城，从里面买下了治疗液。

将治疗液喝完之后，言晃能明显感觉到伤口和疲惫感全都消失了，他终于松了口气。

"恶魔"不知何时穿上了一双新的木屐，穿过人群来到了言晃面前，两人隔着一扇大门对峙着，言晃瞳孔一缩，旋即勾唇一笑："看来，还是我比较快。"

"你以为你逃得掉吗？""恶魔"气定神闲，"这里可是我的地盘。"

言晃凝视着面前的"恶魔"，一只手搭在自己的眼镜上轻轻一推："这里的确是你的地盘，但现在我有一个很重要的问题想问你。"

"恶魔"眯着眼睛，似乎觉得言晃已是囊中之物，变得有些随意和放纵："什么问题？"

"如果惩戒之椅采用的是绑定芯片的方式，作为同样拥有标签的你，应该也在能够绑定的范围之内吧？"

"恶魔"瞬间觉得毛骨悚然，他虽然是惩戒之地的掌控者，但是他的天赋只有在"网民"被惩戒之椅控制后才能施展。如今一次性放出了如此多的人，他根本无法控制他们，更不要提从他们手下逃脱。

他用骇人的声音大叫着："你在胡说什么！"

言晃笑着，用声音蛊惑着门另一边的人们："你们抓住他放上去试一试，不就知道我有没有在胡说了吗？要知道，折磨了你们这么久的人，可不是我啊！"

人们彼此看了看，距离"恶魔"最近的人颤抖着伸出了手，"恶魔"下意识地后退几步，却看到面前的人眼眸亮了几分，他浑身一抖，知道刚刚后退的举动代表了言晃话里的真实性。无数人围了上来，他退无可退，被强硬地架到了惩戒之椅上。

言晃透过玻璃，将一切看得清清楚楚——椅子解开了对人的绑定，人的标签回来了，但"恶魔"头上的标签并没有消失。

言晃目光沉了沉，该知道的他都已经知道了，现在最重要的是找到江毅。于是他不再继续看这场闹剧，直接转身离开。

——恭喜玩家完成成就"万人追逐",智力+0.1。

玩家:欺诈者——言晃

天赋信息:您言行一致,品德高尚,所有人都会对您保持信任。当您使用天赋时,说出的话将导致作用对象产生信任与不信任两种结果,两者皆为概率性事件。

天赋隐藏信息1:自身以外不可见。

天赋隐藏信息2:自身以外不可见。

力量:3.5

敏捷:3.5

智力:2.0

所属公会:无

综合评价:聪明的您接下来打算怎么做呢?

其实找到江毅对现在的言晃而言有些难度,虽然这里是"网络"世界的另一层空间结构,但是他并不知道这里的空间划分情况,幸好每一间房间都有一扇巨大的单面镜,让他可以轻而易举地看到房间里的场景。

言晃从大门处一直往里走,不知道过了多久,他再次看到前面不远处出现了一扇和刚刚同样材质的大门,他微微蹙眉,心里难得多了几分烦躁。

就在这个时候,意外再一次发生。

"我说过,你逃不掉的。"耳边,"恶魔"的低语又一次出现。

言晃瞳孔一缩,霍然转身,一个拿着斧头的"恶魔"完好无损地出现在自己面前,只见他捏住木柄轻轻拍打另一只手掌心,发出沉闷的声音。

"你是一个聪明人,可我说过,我最讨厌的就是你这样的聪明人。"

言晃眉间一冷,呵斥道:"离开我的身边!"他想借助规则让"恶魔"离开，可此时，"恶魔"却开始大笑。

"难道你以为同样一个坑，我还能跳两次吗？"

言晃猛然看向"恶魔"的头顶，却发现，他头上的标签已经消失了。言晃咬紧牙关，心里明白这次是真的进入危机状态了，而这危机，还是他自己造成的。

他万万没想到，恶魔坐上惩戒之椅后，竟然还可以剥夺自己的标签和标签分，如今他无法继续利用标签分牵制"恶魔"——他被利用了。

言晃眸光一冷，瞬间召唤出"家庭和睦之刀"，一个飞扑，狠狠地刺进了"恶魔"的脖颈。

看着倒地的"恶魔"，言晃刚想松一口气，却只觉得肩膀一重，耳边再次传来熟悉的嘲讽声："没用的，我说过了，这里是我的地盘。"

"恶魔"一边说着，一边加大抓住言晃肩膀的那只手的力度。

言晃听见了清脆的骨折声，随之而来的是一种极为恐怖的疼痛感，刺激着全身，让他发汗不止，也让他迅速冷静。

"恶魔"是不死的。

甚至他的复活地点也是由他自己掌握的，杀死他，代表着不稳定因素的增加。可如果砍下"恶魔"的手……不，不行，现在无法判断只对"恶魔"造成不致命伤害后会有什么后果。看来，目前最保险的办法只能是——

他将刀身一转，直接将自己的胳膊砍了下来。在这一瞬间，又爆发出惊人的速度冲了出去，迅速关上了大门。

在关上门后，他才松了口气，本想买一个"断肢重生"道具修复自己的左臂，可系统商场的物价实在让人咂舌，一个道具几乎要花费掉他所有积分，如果他买了，那便失去了后续的应急手段。

几番深思熟虑，他放弃了修复断肢的想法，直接购买了一瓶"止血药剂"。

正打算一口吞下药剂的言晃被"恶魔"突如其来的怒吼声吓了一跳，右手一颤，将药剂撒出了几滴。他顾不得擦拭，直接一口吞下，同时快速奔跑起来，四下寻找江毅的踪迹。

终于，他在这条通道的最后一间房内，看到了江毅的身影，他顾不得思考，直接开门跑了进去。

此时的江毅被禁锢在惩戒之椅上，似乎陷入了梦魇之中，原本平和的神情变得懦弱而又充满恐惧。他眉间紧蹙，眼泪不断从紧闭的双眸中涌出，就像是在忏悔着什么。

言晃来不及迟疑，直接用"家庭和睦之刀"砍断了禁锢着他的锁链。

"江叔，醒醒。"言晃低声唤道，可是江毅依旧双眸紧闭，一动不动。

言晃眉头微蹙，此时的江毅明显还禁锢在"恶魔"为他编织的噩梦之中无法苏醒，而"恶魔"估计很快就能追上来，到时候他带着江毅，根本躲不开"恶魔"的追击，该怎么办？

"怎么不继续跑了？""恶魔"戏谑的声音突然从背后传来。

可真是怕什么来什么。言晃看着面前的惩戒之椅，一咬牙，直接把江毅抬了起来，自己坐了上去。

惩戒之椅绑定对象切换，言晃被禁锢在上面，他没有第二滴"叛逆之人的眼泪"，无法再次抵制规则，所以在被绑定的一瞬间，头上的标签便消失了。但同时，江毅的头上出现了标签——

标签：百分之人，背弃之人，罪人

标签分：100分

言晃看到他的标签，眸中划过一抹深思。

"你这是在做无谓的挣扎。""恶魔"不理解地看着言晃的一举一动。

言晃轻笑道："无谓的挣扎？我觉得你可以先看看我的头顶。"

"恶魔"心里一紧，直觉告诉他不好，但还是没有克制住自己的目光，看了过去——

标签：百分之人，登峰造极的艺术家，罪恶审判者

标签分：100分

恶魔瞪大了眼睛，全然不敢相信："不，这不可能！你是怎么做到的？！"

"为了表示对'恶魔'先生回答我问题的感谢，我当然不会避讳这个问题。惩戒之椅绑定的是芯片，可是只要人生直播开启，那么芯片就无法被干预，自然也就无法失去基本功能。"

"网络"世界里之所以没有人知道神的领域是什么样子，是因为那些百分之人全部选择关闭人生直播。

是的，在他变成百分的那一瞬间，他的面前出现了一个只有自己可见的面板，上边写着——

恭喜您，尊敬的百分之人！您即将进入神的领域，现在可以选择是否关闭自己的人生直播。

温馨提示：如果不关闭，那么评分标准将会继续保留，您随时有可能重回"网络"世界。如果关闭，那您将可以永远留在神的领域，与神共享极致之乐。

温馨提示说得清楚明白，所以每个百分之人都选择了关闭人生直播。

言晃无比镇定，看向他的眼神中带上了几分怜悯："我还发现了一个秘密哦。在这里大家都没有标签，为什么你却有标签？这不是很奇怪吗？但是世间万事万物，存在就有道理，所以你的标签的存在，也一定是有原因的。"

言晃停顿了片刻，继续说道："我想，你的标签对你而言，不只是标签，更是神赋予你的力量。你所拥有的能力，并不是来自你本身，而是来自芯片吧？"

在言晃说完的一瞬间，"恶魔"的脸色已经难看到了极点。因为言晃说的全都是正确的！他的力量的确是来源于芯片，那是这个世界的神赐予他的独一无二的一块芯片。

可是他必须借助"网络"世界的规则才能使用芯片的能力，因此惩戒之地才会在"网络"世界建立。

"你很聪明,你刚刚的分析都是对的。可是,那又怎么样?"他死死盯着言晃,脸上扬起一个诡异的微笑,"你是无法逃离这里的。"

言晃又是一声轻笑,眼镜之中反射出一抹明光。

"恶魔"却在瞬间脸色大变,因为他看见,言晃的面前出现了一个光屏,上边播放着的,正是现在的场景。

"怎么可能?!"

"怎么不可能呢?"言晃露出一切尽在掌握中的笑容,然后将手移动到了江毅的人生直播中的"差"上,在"恶魔"惊恐的眼神中,缓缓按了下去。下一秒,江毅的分数从100变成了99,整个人都化作了数据链,消失在了原地。

言晃维持着面上的笑容,心里暗暗松了口气。早在他利用道具"叛逆之人的眼泪"时,他就在第一时间找到并打开了江毅的人生直播,本想以此和他会合,但是这里的房间布置得一模一样,江毅又一直昏睡不醒,根本无法为他提供有力的帮助,只能让他一间一间地找。

本以为找到江毅后可以唤醒他,没想到根本不行,按照江毅现在的情况,肯定会拖累他,所以最好的处理方法就是将江毅送离这里,而离开这里的办法,就是利用规则。

没想到"恶魔"却突然看着言晃大笑起来:"当你放走他后,你也失去了离开这里的唯一机会!"

"恶魔"一步一步靠近言晃:"我不得不承认,你不仅是一个聪明人,更是一个很有意思的人。我很庆幸,能在这无边寂寞的时光中遇到你。不过,你的人生也就到此为止了!"

"恶魔"已经来到了言晃的身边,高高举起了斧头:"再见了。"话音落下的瞬间,他手中的斧头也挥了下去。

言晃眸光一冷,脑袋一缩,整个人顺着椅子往下一滑,双腿发力,上半身直接躺在了椅子上。

"恶魔"用尽全力挥舞的斧头落了空,直接卡在了惩戒之椅的靠背上,"恶魔"一愣,而后伸出左手试图去抓言晃,但言晃早已抓住了先机,在"恶魔"怔愣间,直接腰部发力,从椅子上翻了出去。

当"恶魔"放开斧头打算转身抓人时,只觉得后颈一凉:"'恶魔'先生,看来现在的胜利是属于我的。"

"恶魔"脸上并无畏惧的神色:"是吗?可是我记得我告诉过你,我是不死的。"

言晃点点头:"你的确是不死的,但是,我也说过,你所拥有的能力,来源于你的芯片。如果芯片没了,那么,你会有一个什么样的结局呢?"

言晃的刀尖缓缓对准了"恶魔"后颈的芯片。

"恶魔"瞳孔一缩,浑身克制不住地发颤,他想要凭借自己更有优势的力量挣脱言晃,奈何言晃没有给他机会,直接用刀尖挑出了他后颈的芯片。

"啊——"伴随着"恶魔"的哀号,一块芯片从他的后颈飞向半空之中,言晃伸手接住了芯片,与此同时,"恶魔"的身体从脚开始,逐渐化为了沙砾。

"恶魔"凶恶地看向言晃,尖声叫喊着:"你永远也逃离不了这里!永远也见不到那位神!她不会见任何人!"

言晃并没有在意他最后的话,只是微微蹙眉,为什么"恶魔"会在失去芯片后化成沙砾?明明失去芯片并不会对身体造成伤害啊!

不等他继续深思,耳畔便传来了提示音——

恭喜玩家欺诈者获得隐藏限时道具:恶魔的芯片。

道具:恶魔的芯片

品质:E

属性:无

道具介绍:我也曾生而为人,可后来,我听到了这世间最恶毒的语言,也受到了这世间最残暴的对待,如果没有地方可以惩戒罪恶,那么我愿做这第一人。

此时直播间人数已经超过 7 万人。

"欺诈者这一系列操作看得我目不转睛啊！"

"'恶魔的芯片'竟然也是副本限时道具？！太不可思议了！"

"不知道为什么，我看着这个道具介绍，突然有点想哭。"

言晃看着这简单的两句话，突然想到了"公主"温舒，他们是多么的相似、多么的可怜，只不过一个选择用死换来解脱，一个选择忍受孤寂、惩戒罪恶。

言晃打开了"恶魔"的人生记录，里面只有一小段视频。看完之后，言晃沉默良久，最后叹了口气，将"恶魔的芯片"和"公主的芯片"放到一起，抬起头看向天空："江萝，该接我回去了。"

话音刚落，言晃头上的标签分便跌了 1 分，变成了 99 分，接着全身化作数据链消失在原地。

直播视角一直在言晃这边的观众们呆住了。

"发生什么事了？"

"他在和计算师说话？怎么做到的？"

第七章
背弃之人的忏悔

我以失去说谎能力为代价，换取了知道标签社会规则的权利。

99分的言晃重新回到了"网络"世界。

江萝一蹦一跳地迎了上来，脸上带着精明的笑："怎么样，我和你配合得……"

话未说完，破风声响起，江萝的小脸陡然一凝，迅速后退几步，愤怒地看向言晃："言晃，你干什么？！"

"言先生！"刚刚醒来的江毅第一眼就看到了这个场景，心下一惊，开口唤道。

言晃没搭理他，保持着温和的微笑看着江萝："江萝，我不介意成为第二个'背弃之人'。"

江萝精致的小脸蓦然沉了下去："言晃，你这是什么意思？"

"江毅头上的标签代表什么，我想不用我多说，你应该清楚。"言晃声音清冷，"大家都是聪明人，一直藏着掖着就没有意思了。"

标签社会的初始身份跟玩家本身都会沾点关系，在言晃替换江毅坐上惩戒之椅后，第一眼看到的就是江毅头上最醒目的"背弃之人"，再加上江毅曾经交给他一个名为"背弃之人的眼泪"的道具……这一切都证明，江毅可能并不像他表现得那么谦和文雅。

言晃想要知道什么，江萝心底是再清楚不过了。在副本这种危险系数极高的游戏中，每一个信息都至关重要，更何况是一起组队的队员信息，就算他们之前彼此看过面板，可是面板的信息也是可以伪装的。

"我们没有害过任何人。如果我们想害你的话，在我爸爸被救出之后我就可以选择放弃你。"江萝也是十分理智的，并没有乱了阵脚，"言晃，我承认我们是隐瞒了一些信息，但是我们绝对没有背叛你。"

言晃带着满身防备，看着江萝和江毅："所以我才给你们解释的机会。"

如果不是有"背弃之人的眼泪"这个逃命道具，以及江萝的配合，他现在也不会手下留情。

江萝深吸一口气，她不能哭，哭泣只会显得她很懦弱，如果她不够强大，以后谁来保护爸爸？而且她也没想到事情会发展到现在这个无法控制的地步，如果不解释清楚爸爸隐藏面板的原因，恐怕言晃和他们的这次合作就会到此为止了。

或许是感受到了女儿的焦虑，一旁躺在沙发上的江毅，终于开了口："小萝，帮我和言先生搭建只连接我们两个人的精神桥梁。"

他转而看向言晃："你想知道的一切，我都告诉你。"

江萝咬紧下唇，点了点头。

很快，言晃的脑内出现了属于江毅的声音。

"言先生，很抱歉欺骗了你，但我们对你没有恶意，准确来说，我们对任何人都没有恶意。我是'背弃之人'，我不会否认这点。但我的罪恶与副本无关，之前跟我们组队的人的确全都死在了副本里，但我发誓，我从未对他们做过任何伤天害理之事！至于我隐瞒一切的原因，很快，你就会知道了。现在，请相信我！请相信我！"

他一边与言晃在脑内沟通，一边颤抖着从沙发上站起来，向着言晃的位置跪了下去。

言晃一惊，下意识地想要上前，可还不等他有所动作，江萝已经扑了上去，声音发颤地问道："爸，你这是做什么？"

江毅摸了摸江萝的头，声音沙哑沧桑："小萝，你别管，听话。"

江萝抿着唇，红着眼，直接陪着江毅一起跪了下来："爸，我不管，但是你做什么，我都会陪着。"

江毅知道江萝的性格，忍不住叹了一口气，却也不再劝说，而是将目光重新落到言晃身上："言先生，接下来我会告诉你一个秘密，还请你暂时不要告诉小萝，如果她知道了，会难受的。"

言晃看着他们两人，面上的防备暂退："说吧。"

"谢谢。"江毅知道言晃这是同意了，面上露出感激的微笑，"我的觉醒天赋不是指导师而是背弃之人，我的天赋隐藏信息是，当放弃属于自我的某一事物，将会得到同等价值的回报。"

"我以失去说谎能力为代价，换取了知道标签社会规则的权利。"江毅继续道，"从进入副本的那一刻起，我便已经走入了我的坟墓。"江毅的笑容不断扩大，脸上的表情似痛苦似解脱，"标签社会，其实是我给自己准备的坟墓。"

言晃满眼震惊："你在开玩笑？！"

江毅笑着摇了摇头："言先生，我想告诉你的都在这了，至于你相不相信我，决定权在你手中。其余的，我不会多加干涉。你是聪明人，很清楚接下来我们无论做什么，都无法阻挡你走向成功。"

言晃看着面前的江毅，只感觉大脑一片混乱，他咬咬牙，直接利用自己的天赋，开口道："江毅，你现在所言，皆为谎言。"

——谎言判定为对立性事件，判定失败。

——结果：江毅所言皆为真实，已失去说谎能力。

言晃觉得有些可笑，一心求死的人，竟然会有耐心进入副本，给自己挑选坟墓。可他的天赋告诉他，江毅所言都是真的。

言晃沉默良久，最后还是放下戒心，选择相信江毅。他看向江萝，声音带着一贯的温和："江萝，还不赶紧扶起你爸爸。"

江萝一愣，猛地看向言晃，眼中的惊喜完全不加掩饰，小孩子的天性暴露出来，兴奋地问道："你愿意相信我们了？"

言晃点点头，笑道："赶紧的，咱们接下来要干正事了。"

"好好好！"江萝满脸兴奋地扶起江毅，接着小跑到言晃身边，用一双亮晶晶的大眼睛看着他，"我们接下来要做什么？你说，我绝对好好配合！"

她难得露出自己孩子气的一面，言晃觉得可爱，一只手放在她的脑袋上揉了一把："先建立咱们三个的精神桥梁。"

江萝点头，下一秒说道："好了。你快说说，需要我做什么！"

"很简单，我希望你利用我 99 分的权限，直接控制整个标签社会的电子信息设施，开始全地图直播。"

江萝愕然眨眼，她觉得自己好像没有听清楚言晃的话，下意识地又问了一遍："你说什么？"

言晃轻笑道："我让你利用我 99 分的权限，控制整个标签社会的电子信息设施，开始全地图直播。这件事对你应该不难吧？"

江萝点点头："的确不难，但你想做什么？"

如果没有足够的权限媒介，如此大面积的电子掌控对她而言几乎是不可能做到的事情。但如果权限足够，那她只需要把信息传递到每一个电子设备当中，这对她而言则是相当简单。

言晃默默拿出两块芯片——"公主的芯片"和"恶魔的芯片"。

"这两个芯片里的内容，你应该都看到了。"言晃说道。

江萝点点头，在言晃的人生直播中，她看到了"恶魔的芯片"里所播放的内容。

那是一段小小的视频。

一个小女孩儿抱着自己的脑袋，埋进自己的膝盖，蜷缩在黑暗处，发出啜泣声音。她的头上并没有标签，可即便没有标签，她也畏惧着外面不断传出的模糊的声讨。

在黑暗之中,她孤立无援。

一个"恶魔"在她后方出现,然后慢慢走出,站到了女孩身后。女孩似乎感知到了什么,茫然地抬起头,第一眼便看到了那个"恶魔"。同样的,那个"恶魔"的头上也没有标签。

"恶魔"的脸上带着憨憨的笑,向女孩伸出了手,好像在说"我会保护你"。

女孩歪了歪头,迟疑着,将手放到了"恶魔"的手中。

那一瞬间,周围的世界化作白色的囚笼,所有人都被围在了这里。而那个女孩,却是唯一自由的存在。

"既然百分之人所前往的是审判之地,那么,"言晃推了推眼镜,眸中冷光一闪而过,"零分之人会不会才能前往真正的神的领域?"

江萝瞬间明白了言晃的打算,着急地说道:"不行,我不能帮你!这一切都只是你的猜测,如果你猜错了该怎么办?你或许会死的!"

"虽然是我的猜测,但是一切都有迹可循。"言晃晃了晃手中的芯片,"你有没有注意到,无论是'公主的芯片'还是'恶魔的芯片',他们透露出来的信息一直缺少着标签社会的标志——"

江萝脱口而出:"标签!"

言晃赞许地点头:"还记得我们所处的世界叫什么吗?"

江萝仰起头看向言晃,目光直直地对上他,大脑一个空白,嘴唇微微颤动:"我们所处的世界是——网络世界!"

"只有回到拥有着与我们同样认知的现实世界,才是真正地走向神的领域。"

"在'公主的芯片'所展示的视频中,那些人的头上都没有标签,这说明他们并不是在网络世界,而是在现实世界,所以那位夫人所透露出的信息,应该对应的是现实世界的规则。"言晃道,"小萝,你还记不记得那位夫人说过的话?"

"那位夫人说,只有成为一个好人,一个百分之人,才能见到神。"

江萝道。

"是的。在这句话里，见到神要完成两个条件：第一是成为一个好人，第二是成为百分之人。也就是说，这两个条件是必须全部存在的。可在这里，人们说，只有成为百分之人，才能进入神的领域。"

江萝已经完全跟上了言晃的思路："少了一个重要条件，而且这里的百分之人也不是真正意义上的好人，他们进入的也是惩戒之地……既然百分之人不是好人，那么在这个世界被评为0分的人，或许就是——好人！"

"没错！"言晃唇角勾起一抹微笑，"小萝，你有没有发现，在这里，标签分只有1—99分，因为100分和0分是两个特殊的存在，既然100分进入的是惩戒之地，那么0分，才能进入真正的神的领域。"

江萝感觉自己要激动得尖叫："所以你打算让我帮你控制整个标签社会的电子设施，进行人生直播……你打算在直播里说什么？"

言晃的目光落在了"公主的芯片"上："她已经告诉我们该说什么了。当善意被打上虚伪的标签时，这个社会必然会走向毁灭。"

江萝也大致猜到了："我明白了。你蹲下，我要利用你的芯片来接通这个网络世界的所有芯片和电子设备！"

言晃蹲下身，露出了后颈的芯片，江萝伸出右手放在了他的芯片之上。

一时间，信息流暴动。

作为标签社会中的最高分之人，言晃的芯片所附带的权限也是最大的，很快，江萝便入侵了所有人的芯片，也入侵了这个社会的所有电子设备。

一时之间，无论是大街小巷的广告牌还是每个亮着屏的电脑、手机，屏幕全都开始闪烁，紧接着出现了彩色条纹。

江萝呼出一口气，沉声问道："准备好了吗？"

言晃勾唇一笑："当然。"

江萝眼中闪过无数代码，接着右手一松，轻声说道："好了，接下来就交给你了。"

言晃点点头，站起身，整理了一下自己的衣服，微微弯腰鞠了一躬，然后正色道："各位生活在标签社会的网民们，你们好，我是标签分 99 分的言晃。我也没想到会和大家在这样的场景下见面，还请你们保持平常心，不要惊慌，也不要恐惧。作为这个社会的分值最高者，我看到了太多的腐朽与黑暗，所以我决定尽我所能地改变这个社会，为这个社会制定新的规则。"

"作为社会的居住者，我们理应共建美好家园，共同营造风清气正的网络空间，建设良好的网络环境，倡导以真善美为核心的价值观，共同维护社会和谐稳定。"言晃义正词严地说道，"作为网络世界现下最高分者，我言晃倡议，拒绝以猎奇、血腥、暴力为噱头吸引他人评价高分，禁止以恶为主流，应废除标签分的核心形式，打造一个属于我们自己的乌托邦！"

一瞬间，所有人都炸了。

"他在说什么？真是可笑的言论！"网民们内心嗤笑，对言晃的话不屑一顾。

"他是不是忘了，他的最高分是我们给予他的！"

而直播间的弹幕也是层出不穷。

"欺诈者竟然敢在这个社会说出这样的话？！"

"他这是想要凭借一己之力改变这个世界？"

言晃毫不在意自己的话引起了怎样的震动，依旧沉声说道："作为本次改革的发起者，为表决心，我将捐献我自身所有财产给所需之人！同时，我愿以我自身命运为代价，接纳本次改革的各种意见！赞同者，予我好评；反对者，予我差评。"

一旁的江萝与江毅二人同时上前，站在了言晃两侧："我二人亦愿！"

"请投票！"

一时间，暗流涌动。无数人隐藏在直播的背后，讥讽着三人的可笑。

　　规则是用来遵循与适应的，妄图改变规则之人，必将受到惩戒！生活在世界里的人，容不下世界以外的任何想法。

　　98 分。

　　88 分。

　　78 分。

　　观看直播的网民们冷笑着看着言晃的分数如倒坠的火箭一般飞速下落，心里嗤笑着言晃的选择：明明拥有巅峰的人生，却偏要挑战社会的规则，要知道，在这个社会中，所有人的力量之合是绝对的，所向之处皆为真理。

　　言晃三人的分数即将跌落谷底，但在他们的脸上，丝毫没有要被这个世界抛弃的遗憾与恐慌，有的只是一抹淡然从容的笑意。

　　言晃不知何时已经坐在了沙发上，十指交叉握紧，身体微微前倾，使双肘落于自己的膝盖处，声音温和道："看来，各位的意见还是十分统一的。既然不愿意迎来新世界，那么，再见了。"

　　他话音落下的一瞬间，三人头上的分数彻底清零，与此同时，他们头上的标签也彻底消失。

　　"网络"世界的环境在他们分数清零的瞬间发生了翻天覆地的变化，所有的电子屏幕都开始高频闪烁，伴随着"滋滋滋"的电流声，周围的事物开始化为虚无。人们变得惊慌失措，他们尖叫着、奔跑着，试图寻回原来的世界。可很快，他们便感觉到了后颈传来的灼热，紧接着，所有芯片同时发出白色光芒，将他们包裹在其中。

　　与此同时，他们的大脑响起了一个声音："沉睡的人们啊，欢迎回到现实世界。"

　　"言晃，我们的计划成功了！"江萝的话音还未落下，不知从哪里传来的尖锐声音瞬间响彻整个空间——

　　"警告！307 号世界出现一级漏洞，建议清除！"

　　江萝诧异地看向言晃："言晃，这怎么回事？！"

言晃也不清楚，只是沉着脸思考。按理说，他们的推测应该没错，更何况现在虚拟世界也正在崩塌中，正常情况下，应该是沉睡的人从现实世界中醒来，但现在竟然变成了清除……

这不符合常理，除非——

正在此时，身侧的江毅突然大笑起来。

言晃面色一寒，心里有了些不好的猜测，冷声道："江萝，建立我们三人的精神桥梁。"

江萝"嗯"了一声，顶着巨大的压力，开始搭建三人的精神桥梁。

在她搭建完成后，不等言晃询问，江毅就直接开口道："这的确是通往现实世界的路，只不过，在玩家们无数次使副本崩塌后，这个副本中'神'的心结仍未曾打开。如今她已经累了，不愿再见任何人，所以当世界崩塌之时，玩家也会被抹杀。这个副本从一开始，就只有死亡这一个结局。"

他看着面色大变的江萝和言晃，声音轻轻地说道："不过你们不用担心，我不会让你们有事的。"

江萝感觉到父亲的语气有些怪异，心中不安："爸爸……"

言晃则是想到了江毅所说的那一句"标签社会是我给自己准备的坟墓"，再结合现在的情况，他哪里还能不明白，这一切都在江毅的计划之中。

"你想做什么？"

江毅没有回答他，而是默默地说着自己的事情："快要结束了，我终于等到这一天了。这一天我等了太久太久！现在，我也该告诉你们一切了。"他的眼里似有泪光闪过。

说着，江毅的手摸上了自己的芯片，"人生记录"的画面被打开——那是江毅的人生。

戴着帽子的江毅站在大巴车前，看着家长们将孩子一一送上车。

"江老师，我家孩子就拜托您照顾了。"每一位家长在离开前都会对着江毅说上这么一句。

"放心，我一定会把他们全都安安全全地带回来。"

画面一转，便到了山林之中，依旧戴着帽子的江毅和助教小李老师正在对学生们讲解地上的植物。8个学生围着他，眼里满是新奇与赞叹。

"老师，大自然真神奇。"

"是的，自然界是一个极其值得我们探索的世界。"江毅笑着说。

这是江毅带着自然小组的成员进行的一次自然户外课，他们来到了漂亮的南市，近距离观看大自然的神奇。

又走了一段路后，有的学生突然停下了脚步："老师，我好像听到哭声了。"

"我也是。"

江毅示意同学们保持安静，自己认真去听，终于听到了一些细微的声响，他看着学生们说："我也听到了，我们去看看？"

"好啊好啊。"

江毅带着学生们，顺着哭声传来的方向寻求，走了大概七八分钟，终于看到了一个穿着半新不旧的衣服，长得瘦瘦小小的女孩。

江毅问她："你怎么一个人在这里？"

小女孩似乎有些害怕，可或许是那些大哥哥大姐姐们的笑容太真挚，也或许是江毅的声音太温柔，最后小女孩抽泣着说："我爸爸妈妈把我扔在路上了，他……他们不要……我了。"说完，她的肚子"咕噜"了一声。

有学生开始翻自己的背包，可是他们带的吃的东西都太少了，中午的时候已经吃得差不多了。

江毅把小女孩抱了起来，而后看向自己的学生："要不，我们今天的课外实践课就先到这儿吧，我们先带着她去吃饭好不好？"

学生们有些纠结，他们好不容易来到这样的"原始森林"，想要好好玩一玩，探探险。

"江老师,您先带着妹妹去吃吧,我们还想继续看看。"有学生开口说。

"不行,太危险了,你们不能自己在这里。"

"那我们在山脚下玩一会儿好不好?"

"江老师,拜托拜托。"

小李老师也说道:"没事的,江老师,我们都来这里三四次了,不会有问题的,而且还有我看着学生们呢。"

"可是……"江毅看了看天空,又看了看面前面露祈求之色的学生们,最后还是同意了,但还不忘叮嘱他们,"虽然天气预报说不会下雨,但是南市的天气一向多变,你们注意安全,我把孩子安置好后就回来接你们。"

"好!"

江毅把车开走了。从这里到村子开车大概 20 分钟,他在路上的时候就已经打电话报警了,遗弃孩子涉嫌构成违法犯罪。

江毅到达村子的时候,警方的人也已经赶到了。两方交接时,那孩子紧紧抓住江毅的衣角,不肯松开,劝了好一会儿才作罢。

刚目送孩子离开,暴雨突然从天空砸了下来。江毅心中突升一股不好的预感,他不顾众人的阻拦,立刻开车离开,可是在距离大山还有一半路程的时候,道路就被拦截了。

江毅想要弃车冲过去,可是被人拦下。

"孩子们,孩子们还在里面!你们放我进……去……咳咳!"雨水灌进嘴里,江毅拼命想要和工作人员说明情况。

"前面的路被冲了,过不去的!人在哪里?我们会尽快派人赶去救援!"

雨丝毫没有减小的征兆,仿佛整个世界都被水填满了。江毅挣扎许久,最终还是没了力气,脱力地跪在地上,不知如何是好。

他眼中只看得见前方那条路,那条被倾盆大雨冲刷到看不清轮廓的路。渐渐地,他周围多了很多人,有收到消息赶来的家长,有被堵在路上的货车司机和游客,有蜂拥而至的媒体……

最终,这场暴雨引发了泥石流,疏通被堵的路花费了很久的时间,救援队找到孩子们的时候,已经来不及了。

后来,家长把这件事告诉了媒体,一夜之间,报社抨击他、网民谩骂他、媒体谴责他……无数人在江毅的身上插上了标签——"背弃之人"。

是啊,是自己抛弃了孩子们,是自己没有兑现当初的承诺,平平安安地把他们带回来!这是自己应得的!

网友们的口诛笔伐,家长们痛诉时的眼泪,社会和他自己的质问,让他喘不过气来。

——请让我,逃离现实。

然后,副本找到了他,告诉他,只要和它签订契约,就能够实现他所有的愿望。于是,他逃进了副本。

"我以为和副本签订契约之后,我的人生会变好,"江毅苦涩道,"可当我看到副本判定出我的天赋是'背弃之人'后,我便失去了勇气,将'背弃之人'换成了'指导家',然后,利用我的懦弱和胆小,走到了今天。我想在副本里重新开始我的生活,成为一个热心的指导家,以此来减轻我的压力,但或许人一旦犯错就会万劫不复,一旦逃避便会遭到永无止境的诅咒。跟我组队的每一个人,最终都会在各式各样的意外情况下死去。我在副本之中,也被打上了'背弃之人'的标签。"

他一边坦然地说着自己所遭遇的不公,一边又笑着:"你看,无论我怎么做,最后都会变成所有人眼中的'背弃之人'。我到底是因为什么才继续活了十年呢?"他用慈爱的眼神看着江萝,"或许是因为有个孩子,需要我去照顾吧。"

后来,他曾偷偷去南市的公安局打听那个女孩的消息,知道了她的父母遗弃她后在回程的路上发生车祸,当场去世,也知道了她现在跟着她叔叔生活。

　　他一直以为她会过得很好，直到他和副本签订契约后，不知道自己什么时候就会死在副本里，于是他想在死前去看看这个女孩。

　　他偷偷来到她叔叔家附近，观察着这个女孩的生活，却发现这个女孩过得很不好。她住在狭小的房间里，每天天不亮就起床准备一家人的饭，然后开始一天的劳动，晚上也是最后一个睡觉。

　　他很心疼她，却不知道该怎么帮助她。

　　直到有一天早上，她出现在他的面前，苍白的小脸上带上祈求："叔叔，你可以带我走吗？"

　　那一瞬间，他仿佛看到了他的学生们在祈求他。如果能有这个机会，他万死不辞。

　　"好！"

　　"不过，现在的小萝也已经上初中了，是个大孩子了。"

　　江萝再也克制不住泪水，那一瞬间，她选择抛弃她的坚强，扑到江毅的怀里，双手紧紧抱住他的腰，沉闷地带着抽泣的声音从江毅怀中响起："我不准你做傻事！你没错的……是那些人不了解你……我还没到十八岁，我不能离开你……我还没有实现对你的诺言，好好保护你……"

　　她自己都不知道自己在说些什么，脑子里唯一的想法就是她要将父亲留下，留在自己身边。

　　他还没看到她长大，她还没好好保护他。

　　江毅只是轻笑一声，伸出手摸了摸江萝的小脑袋，宠溺地为她顺好头发，温柔中带着安慰道："小萝不是一直都在保护爸爸吗？"

　　"没有，我还没能让大家好好地跟你道个歉，不算！"

　　江毅叹了口气，语气还是那么温柔："那看来爸爸要失约了，对不起，爸爸太累了……"

　　那些情绪一层层地包裹着他、侵蚀着他，让他疲惫不堪。他的每一次入梦，都是更深的愧疚。

江萝听到这一句，完全控制不住自己的情绪尖叫了一声，抬起头，用泪蒙蒙的眼睛直视着江毅，双手不甘地抓紧他的衣服，捏得褶皱层层叠叠："我不许你抛弃我！爸爸，我只有你……从小到大，我只有你！"

"对不起啊，小萝。"江毅脸上带着几分苦涩的笑意，他似乎什么都做不好，只会道歉。

"江叔……"言晃震惊地看着他，语气里带着难掩的失态。

江萝也发现江毅的身体从脚开始，一点一点碎片化，而她和言晃的身体，却依旧好好的。

江萝语气有些崩溃："你又交换了什么？"

"以后，要好好听话。"江毅笑着为江萝擦去眼角的泪水，然后对言晃说，"言先生，能在墓地遇见你，是缘分，我知道你是一个很厉害、很勇敢、很温柔的人，比起我，你更能保护好别人。我知道，这个请求对你而言有些为难，但我还是要麻烦你，希望你以后能替我好好照顾小萝。她是个很懂事的孩子，能力也很强，不会拖你后腿。作为回报，在我死后，我的所有道具都将归你所有，这是我目前唯一能够支付起的报酬了。"

言晃看着他，心中已经明白，从他们找上自己组队开始，一切都是江毅有预谋的算计，无论副本是什么走向，一旦他们成功找到通往"现实"世界的道路，江毅便一定会使用自己的天赋，用一条命换取两条命。

"你就不怕我在你死后不管江萝？"

江毅摇摇头："你不会的。"

能让副本里的"神"都舍不得的男人，从遇见的那一刻起，就已经成为他为自己设计的葬礼中的一环。

言晃不再开口。

标签之人，选择终于标签社会。这是江毅自己的选择。

面前的江萝咬着牙听着他们的对话，最后忍无可忍地爆发了，撕心裂肺地叫着喊着："江毅！你怎么可以这样！你怎么可以这么自私、胆小、懦弱！我都说了我会保护你！我会让你享福……你怎么就是不愿意等我长大！我不要言晃！我不要！我就要你！"

"爸爸，你不要抛弃我好不好？你不要抛弃我……"她的声音越来越小，最后变成了祈求，"我会乖乖听话的，我不会任性了……爸爸，你不要抛弃我好不好？"

江毅没有回答她的话，而是抬手，最后一次为江萝拭去眼泪，脸上露出笑容，带着愉悦，带着解脱："乖，要好好听话，以后言叔叔可不惯着你了。"

江萝哭泣着向前扑去，试图抓住江毅破碎的身体，可惜还没等她触碰住，那些碎片就彻底消失在了空间之中。

江毅在最后选择打开了自己的属性面板，去除所有隐藏，将属于自己的面板真真正正地展现在言晃和江萝面前，展现在所有观看直播的人的面前。

"我终于，可以接受自己了。"

而在这时，一道响亮的声音传入耳中——

恭喜"背弃之人"找回自我，天赋更改！

即刻，在所有人的见证下，"背弃之人"的天赋以肉眼可见的速度转化着。

玩家：指导师——江毅

天赋信息：勤勤恳恳教学生，认认真真教自己，将以一生来完成属于自己的一节课——接受自我。

天赋隐藏信息1：自身以外不可见。

天赋隐藏信息2：自身以外不可见。

力量：2.1

敏捷：1.7

智力：1.5

所属公会：无

综合评价：毫无疑问，您是一名优秀的人民教师！

当最后的评价出现之时，这一切宛如一个奇迹，在江毅不完美的生命之中，画上了一个完美的句号。

江毅瞳孔震动，在他走向为自己准备的坟墓时，在彻底消散的最后一刻，他得到了肯定，得到了救赎，他闭上双眼，落下了一滴泪——

一滴感恩的泪水。

江萝咬着牙，全身都在颤抖，她强迫着自己把眼泪憋回去——不许哭！

"江萝，你不许哭！！！"

她告诉自己，以后要更加坚强才行，没有人会再无条件地宠爱她，她要快快长大。

言晃看着江萝，忍不住叹了一口气，伸手将她抱住，听着怀里骤然变大的哭声，心里也是酸涩不已。不过是个十几岁的孩子，却被迫接受生离死别，被迫长大，用那瘦弱的肩膀背负起太多不属于她的责任，明明这个年纪，就应该无忧无虑、快快乐乐地生活啊！

直播间的众人沉默地听着屏幕里传来的女孩的哭泣声。好久之后，才有人发出第一条评论——

"原来，他是用余生去忏悔。"

"我们都欠他一句道歉。"

"有太多的意外在他身上重叠爆发，如果他没有答应家长们，如果他没有遇到江萝，如果他一直陪着他们，如果……算了，没有如果。"

"指导师……的确是指导师，给我们上了很棒的一课。"

指导师配得上最后系统给他的评语吗？没有人能给出一个确定的

答案。

一千个读者眼中有一千个哈姆雷特,一千双眼睛中有一千种景色,一千句评价中有一千个观点。

换作其他人处在这种情况之中,谁又能保证比他做得更好呢?

第八章
创造新世界

善恶有度，法律至上；法律之下，众生平等。

"网络"世界随着江毅的消逝彻底崩塌，接着言晃只感觉到一阵天旋地转，等到意识回笼之后，他发现自己是躺着的，身旁传来"嘀嘀嘀"的声响。

言晃缓缓睁开眼，目之所及，皆是白色，等他起身的时候他才发现整个空间都是如此，白得让人心里发慌。

远处有一座白色的城堡，地上是一排排带着蓝白色条纹的床，每一张床上都平躺着一个人，他们的脸上带着欢愉的神情，每个人的头上都干干净净，没有标签也没有标签分，唯有右手的手腕处被一条长长的线连接着，宛如病人一般，而连接的最终方向是一个奇怪的仪器。

仪器上显示着一个画面，言晃仔细看过后，发现上边显示的正是"网络"世界崩塌时的画面。

看来这里就是现实世界了，而这个仪器所播放的，正是他所在的"网络"世界的场景。言晃松了口气，四下扫过，发现一张床上有个蜷缩着的小小身体在微微抖动。

他拔下连接在自己手上的线，赤脚下床一步一步走了过去，语气中带着几分调侃道:"小萝姐,还在哭啊?"

江萝听到这声音,立马伸手抹去自己的眼泪,翻身坐起,一双漂亮的大眼睛被血丝包裹了大半,莹润的液体覆盖在上面,反射出薄薄的一层光:"你再开我玩笑,我真的要生气了!"

她其实很感激,感激言晃在这种时候,会用开玩笑的方式转移她的注意力。

言晃坐在她的床边,笑了笑:"生气就生气吧,你这个年纪的确该多生气,才显得娇气。"

江萝已经不知道自己是该哭还是该笑了,这个世界上怎么会有这种人啊!

"你怎么这么喜欢多管闲事啊?"

"有吗?"言晃歪歪头,目露不解。

"有。"江萝很肯定地点头。她心里其实很明白,在被副本所有玩家孤立的情况下,无论开出多大的筹码,也没有人会愿意管她这个烂摊子。

言晃想了想,也是,自己怎么这么多管闲事呢?或许是因为将死之人都是这么多愁善感,怕死、怕痛苦,怕到最后没人记得自己。

"可能我运气比较好,每次做好事都会有不错的回报。"

江萝瘪着嘴:"我才不信。"

言晃拍了拍她小脑袋:"爱信不信。"

江萝没有再开口,言晃也没多说,只是静静地坐在江萝的床边,等她自己一个人缓解情绪。

没过多久,一双小手便从后面轻轻抱住了他,耳畔传来的声音带着颤抖,眼泪沾湿了他后背的衣服。

"言晃,我能相信你吗?我真的不想继续被抛弃了……"

言晃长叹一口气,整个人转了过来,面对面地看着江萝,眼睛里带着郑重,开口道:"我做饭不好吃,你那么娇气吃得惯吗?"

江萝破涕为笑,然后紧紧地抱住言晃,开心地说道:"可以点外卖,我不嫌弃!"

言晃哭笑不得。没想到自己的羁绊又多了一条,虽然有些意外,他却很开心,看来以后能多活一天就要多活一天,可不能把小姑娘一人留在世上。生离死别,一生经历一次就足够了。

两人整理好情绪之后,目光便落在了远处的高大城堡上。

江萝牵着言晃的衣角,断定道:"她就在里面。"

"嗯。"

言晃拉过江萝的手,两人慢慢地走着,穿过无数人,来到了城堡的外围。只见城堡的大门向外敞开着,似乎在说"欢迎来客。"

"怕不怕?"言晃站在大门处,停住脚步低头看向江萝。

江萝摇头,面上带着初见时的张扬和傲气:"不怕!"

言晃点点头,眉眼含笑:"小萝姐不愧是小萝姐!走,咱们进去。"

这是一座普通的城堡,但是在踏进大门后,言晃和江萝便发现,在大路的两边,是连成一排的囚牢。

江萝猛地攥紧了言晃的手,言晃拍了拍她的头,以示安抚,然后抬脚向右侧的囚牢走去。他刚刚注意到,每一个囚牢上方,都有一个数字,而这个囚牢上方的数字,是"1"。

"您好。"言晃看着里面坐着的白发老者,轻声唤道。

白发老者睁开眼睛,在看到他们后面露诧异,声音带着几分感慨与沧桑,说道:"都已经多少年了,竟然又有人来了?回去吧,回去吧,她不会见任何人的。"

言晃问:"她为什么不见人?"

老者苦笑一声:"因为她太害怕了……"

言晃疑惑:"她在害怕什么?"

"你,我,他。"老者不假思索道,说完之后,又垂头轻叹,"她害怕芸芸众生,所以谁都不见。"

言晃又问:"如果我们一定要去见她,有什么办法吗?"

老者抿了抿唇："你们应该看到了我房间外面的数字'1'了吧？知道这是什么意思吗？"

言晃虽然心里有所猜测，但无法肯定，所以摇摇头："还请解惑。"

老者说道："我们都是从她创造的'网络'世界中被筛选出来的，拥有见到她资格的人。"

"她拥有数码编辑的能力，创造出了无数个世界，然后隐在暗处观察着人们的一举一动，观察着每一个世界的发展。可那些世界最终都变成了'以恶为上，以罪为荣'的世界，这让她对人们更加畏惧。"

"是的，她畏惧着人类。"老者的声音带上了嘲讽，"人们永远都不会知道，他们向往的'神'，恐惧的'神'，竟然也在畏惧着他们，畏惧到封闭自我，畏惧到只会去面对每个世界脱颖而出的极少部分人。"

老者一边说着，一边又是苦笑："这个'1'，指的是她创造的第一个世界。我是这个世界脱颖而出的人，那时的她会与我对话，而不是像现在这样，完全封闭了自我。只是，我们从来都不纯粹，每个人都心存杂念，她害怕我们心中一直压抑的恶念会伤害到她。"

"当她发现她所筛选出来的人竟全都心存恶念时，她更加不敢面对，最后，她拒绝见任何人。她认为充满恶意的世界无法诞生出纯善之人，便将所创造的世界多加了一个限制。"老者继续道，"当一个世界中出现能够见到她资格的人，那么，这个世界将会重启，脱颖而出之人便会被她收集起来，放到这里，成为她建立理想世界的储备模板。"

"她会一点点地将我们的标签模板与个人信息灌入新的世界，试图以此引领人心向善。"说着，老者便一手指向旁边的墙壁。墙壁上，若隐若现出一道变化的光影——那是一个从无到有的世界。

"可惜，无论她怎么做，都无法改变结局。"

言晃和江萝沉默地看着，看着那个世界中的人们开始慢慢苏醒，然后被植入芯片，开始进入"神"的选拔赛，所有人的脑海中出现一个铁律：只有真正的百分之人才能见到"神"，与"神"共享极乐。

"开始的时候确实是人心向善，彼此互帮互助，不计个人得失，可是他们发现，从好人成为百分之人这个过程太长了，也太难了。"

光影开始飞速继续变化，一代又一代的人死去，却没有一个人能够成为百分之人，见到"神"。

"后来，有人发现，那条印在脑海中的铁律从来没有说过只有善良的百分之人才能见她。于是，他们抓住这个漏洞，选择抛弃良善，放大心中的恶念，一个、两个、三个……当少数变成多数，世界也会开始改变。渐渐地，良善之人被打上了恶劣的标签，社会风气慢慢走向堕落。有恶必然有所惩戒。当堕落的社会迎来百分之人时，他们便会进入惩戒之地。"

那浮动的光影当中，出现了一个言晃所熟悉的红白色空间。

"她虽然向往着一个被爱被善意包裹的世界，但是也从来不会干预世界的一切走向。惩戒之地的存在，是她留给自己的底线——她要让充满恶念的百分之人受到惩罚。如果有人能真正变成她想要的百分之人，那么，他就会见到'神'，而他所在的世界也会彻底崩塌。"

"可是，即便通过了筛选，我们的心中仍旧存在恶念。这让她渐渐失去了信心，觉得世上不存在真正的良善之人，所以在第一百个世界之后，她彻底死心，只要是通过筛选之人，就会伴随着世界的崩塌一起消失。"老者说完之后，墙上的光影瞬间七零八碎，"从此，没有人能够见到'神'。"

"但是，新的世界还是形成了，周而复始，直到出现一个她真正想要的世界。"老者叹了口气，"可惜最终的结果总是事与愿违。"

世界重新组装在了一起，人们重新苏醒，又重新被植入芯片，然后崩塌，继续组装……

言晃与江萝被面前的画面震撼到，原来他们经历了那么多，在"神"的眼中也不过是一刹那。

言晃听着老者的话，心里充满了对她的同情，无数次的等待，结果却是无数次的失败，即便是她，也会失望。

"她只是看着，还是，她也参与其中？"言晃问道。

"她不舍得错过见证她所期望的世界诞生的第一刻,"老者说道,"她一直都在。"

言晃笑了笑:"我明白了,还有什么需要告诉我们的吗?"

老者顿了顿,似乎没想到这两人知道了一切之后还想要靠近她,但看着他们,老者眼中还是带上了几分希冀:"请帮助她找到她所期待的世界吧。"

"多谢,我知道该怎么做了。"

言晃牵着江萝的手,两人经过一个又一个的囚牢,向着道路尽头的城堡大门走去。

一路上,言晃发现每一个囚牢里都关押着人,有一个的,也有几个的,他们有的神情麻木,有的面露悲苦,也有人开口劝阻他们不要继续往下走。

但言晃和江萝都没有理会。

他们很清楚,这些人被"神"抛弃的原因是诞生出了恶念,但他们似乎都没有意识到自己是如何产生恶念的。如果问他们是否心生恶念,那他们的回答绝对是否定的。

言晃与江萝虽是局中人,但同时也是标签社会的旁观者。旁观者清,他们很清楚地知道一件事——只要是人,就不可能只有单纯的善或者恶,必然是矛盾的集合体,只不过要看哪一方面会表现得更为突出罢了。

所以,并不存在"诞生"恶念一说。

只是当他们见到"神"的那一刻,一直以来被压制的恶念,被"神"看穿了。而敏感又胆小的"神",见多了充满罪恶的标签社会,也渐渐变得懦弱,不敢面对残酷的现实,害怕受到伤害。

一步一步,言晃和江萝经过漫长的道路,终于到了城堡的大门前。

言晃看着面前的大门,心里明白,这扇门后,便是"神"的所在地,这个恐惧着人类的"神",把自己固守在城堡之中,试图借用坚实的墙壁阻拦一切恶意。

言晃本想推门而入，可江萝却忽然抓紧了他的衣角。

"不要进去……"江萝那双漂亮的大眼睛正闪过无数代码，鲜血也开始从她的七窍流出，"不要进去，会死的，你会死的。"

言晃被满脸是血的江萝吓到了："江萝，你……"

江萝咬着牙，搭建精神桥梁告诉言晃："还记得我说我爸在惩戒之地吗？是我的天赋……我能够利用所有的已知条件在我的脑海中搭建全新的模型，然后控制我的意识对不同的选择进行推算，也就是根据已知条件推演未来。就在刚刚，我推算了上百次……如果现在我们进去，下场只有一个——死！"

"相信我，别进去，不能进去……"

江萝将自己的天赋信息与推演结果完全告诉了言晃，但她没说的是，她这个天赋的副作用——当她每一次进行推算未来的时候，如果被造成伤害，她自己的本体也会遭到百分之百的精神痛感反噬！

也就是说，她现在的精神痛感反噬，已经足以让她死上百次了，尤其是脑袋，感觉快要炸裂了。如果不是因为智力属性足够高，她完全有可能因此导致精神崩溃而死在这里。

而在她上百次推算中，他们甚至还没能见到副本中"神"的真容，在推开门的那一瞬间，就被屋内席卷而来的强大能量杀死了。

她不能让言晃去冒险！

"言晃，我爸不是给了你'背弃之人的眼泪'吗？用了吧。这个副本，过不去的。"她加大了手上的力度，从未像现在这般冷静，语气甚至有些绝望，"这个副本，已经是个死本了。"

言晃明白"死本"是什么意思。

玩家进入副本是通过强烈的欲望进入的，而副本本身，同样是"神"通过一些强烈的愿望形成的。但当一个副本里的"神"开始动摇自己的"愿望"之时，副本也会被影响，随之发生改变。这种改变是不可控的，很多情况下都会让一个副本变为死本——无法正常通关的副本。

通常情况下，玩家很难知道哪个本是死本，但也有些特殊的天赋能够探测出来，比如江萝的推算——在她几乎掌握了这个副本的所有信息量之后，她能够推算出来。

现在江萝在经过大量的推算之后，彻底失去了继续战斗的能力，整个人也因为副作用浑身无力，只能瘫坐在地上，用尽自己最后的力气抓住言晃："走啊！快走啊！这个副本根本过不了！"

她也不甘心，为了通关这个副本，她的爸爸死了，他们都已经走到最后一步了，却发现这个副本是一个死本！

但不甘心又能如何？死本就是死本，他们只能当作自己从来没有来过这个副本……

江萝咬着牙，本就堆积起来的情绪，此时更加控制不住："言晃，你一定要离开这里！"如果可以让言晃活下去，她愿意用自己的死换他生，反正她唯一的亲人也永远地留在了这里，她若是也留下，正好可以继续陪伴爸爸。

言晃看着面前的江萝，在她的注视之下，拿出了"背弃之人的眼泪"。

江萝终于放下心来。或许这就是最好的结果了，她的生命在十年前就该终止，能活到现在，她已经很感激了。

然而，下一秒，言晃在商城买了一条项链，将"背弃之人的眼泪"镶嵌其中，然后为江萝戴上。

江萝愕然，想要抵抗，可因为副作用，如今的她根本毫无力气。

"你疯了？！"她近乎失声。

言晃轻笑："这东西我不要，留给你做纪念品就好。别忘了，你爸可是把他所有的道具都赠送给我了，等我通关之后就能拿到，不缺。"

江萝实在是不能理解，这人明明那么贪生怕死，怎么在这种关键时刻如此执拗。

"我都说了这是死本！死本！是没办法正常通关的，你听得懂吗？！"江萝嘶吼道。

言晃的内心毫无波动，笑容灿烂地看着她："你知道'欺诈者'的含义是什么吗？"

江萝没有回应。

言晃道："是化腐朽为神奇。"

最不可能发生的事情，才是欺诈者要去让它发生的事情。

"都走到这一步了，怎么能轻易退出？"

江萝双眼水雾蒙眬地盯着言晃："我推算了上百次，都是同样的结果……"

言晃直接打断她，脸上带着从容不迫的笑容："可每一个判断和动作，都是一次全新的概率，在成千上万的可能性中，一百次算什么？"

江萝一愣，言晃站起身，缓缓走向大门，然后，将双手放在大门上。

江萝用尽全身力气地尖叫："你不准进去！你死了……我怎么办？没有人会陪着我了，言晃……我只有一个人了……"

"相信我，江萝。"言晃回头看她，"我不会死。"

江萝根本不相信，精神桥梁都开始混乱："你一定要进去那就先听我把这一百种可能性全都给你说出来，你先避开这一百种死亡可能！"

可言晃并没有给她这个机会，只留下一句："不必了，无知者无畏。"说完，便直接双手用力推开了大门。

狂暴的黑色能量如锋利的刀刃一般乱舞，朝着言晃的正面袭击而来。

"言晃！"

江萝撕心裂肺，却什么都做不了，只能待在原地眼睁睁地看着言晃即将被这恐怖的黑色能量吞噬。

然而就在这危急关头，意想不到的事情发生了。

蒲公英的飞絮在言晃的后背舞起，如同天使展翼一般，猛然爆发出白色的光芒将他整个人包裹在里面，庇护在其中。

男孩双眸紧闭，半透明的身子张开双臂，飘浮在半空中拥抱着言晃，那绝美的虚影宛如梦幻，却轻而易举地将言晃面前的能量乱流抵御。

——玩家欺诈者触动被动道具"谢扶沐的守护",免疫致命伤。

言晃在完全漆黑的世界中,成为那道唯一的光芒。

这个画面让江萝目光呆滞,双唇微张,瞳孔颤动——这是她没有推测出的新的可能。

言晃借助"谢扶沐的守护",穿梭在能量乱流之中,终于找到了这个副本的"神"——一个坐在角落之中,拥抱自我的小姑娘。

她穿着一件简简单单的小白裙,双脚赤裸,身上缠绕着无数标签,依偎在角落之中,蜷曲着身子发颤。

似乎是察觉到了有人靠近,小姑娘抬起头,用通红的双眼看着言晃,带着惶惶不安与绝望:"我记得你……你说,你是来救我的……"

言晃听到少女的话后,再结合所看到的那两段视频,瞬间就明白了一切——为什么温舒选择自杀而不是报复,为什么"恶魔"在失去芯片后化为沙砾。

因为,"公主"与"恶魔"都是她的化身。温舒是没有一丝恶念的、纯粹的善,"恶魔"则是从"神"的身体中分离出去的,他必须借用芯片维持身体,然后帮助"神"惩戒着充满恶念的百分之人。

所以言晃手中的这两块芯片,都是属于她的,只不过,一个是备受迫害仍保留着纯善的她,一个是惩戒罪恶反抗恶念的她。

言晃拿着芯片走到她的面前蹲下,温和又友善地说道:"是的,我来履行承诺,来救你了,顺便归还你遗落的东西。"

少女的身体微微一颤,不敢置信地紧紧盯着言晃。

言晃依旧带着温和的笑容:"我先帮你把遗落的东西放好,好吗?"

少女下意识地点头,言晃笑容加深了一瞬,轻声哄道:"乖孩子。"说完,便将"公主的芯片"放到了少女的后颈,轻轻一贴。

属于她的纯善之心,物归原主。

少女浑身的气质霎时间柔和许多,那种浸入骨子里的绝望的孤独感也开始慢慢消退。

言晃继续将"恶魔的芯片"放在了她的后颈。

她的反抗意识、她的底线,也在这一刻回归。

言晃看着她,这位看似胆小的神明,其实一直都是一个大胆的人。她无数次以弱小的身躯进入自己创造的世界,不断经历残酷的人生,变得伤痕累累。可每当新的世界开始,她还是会义无反顾地再次进入。

一直深陷绝望,但也一直怀抱希望。

当迷失在世界里的两份情感回归之时,周围的一切能量乱流也全都平息下来,缠绕在少女身上的枷锁也开始破碎。

"唐鑫的新书"在此刻更新。

标签之神 —— 温舒

力量: 未知

敏捷: 未知

智力: 未知

介绍: 我曾受到伤害,也曾舔舐伤口,可只要恶意还在,伤害便源源不断。于是,我创造了成千上万个世界,可是最后都走向了灭亡……我只是想要一个人人纯善、天下大同的世界,可是,我该怎么做?

"对不起……我只是想要找到一个没有伤害、没有痛苦的永恒世界而已。"温舒低着头,眼泪不断从眼眶中滑落,"我以为人们只要互相督促,拥有标签,便会趋利避害,却没想到,无论多少次演变,无论有多少种过程,结果都是一样的。或许,我所追求的世界根本不存在……"

言晃耐心地听她说完,然后蹲下身,温柔地同她说道:"是人,都会有恶念的。"

温舒紧咬着下唇,她不甘心,可是她能明显感觉到,自己的愿望开始动摇。

"可你有没有想过,只要保留住一丝底线,坏事便不会发生得那么彻底。"

温舒疑惑且懵懂:"底线?"

言晃笑着:"是的,底线。无论是善良还是邪恶,都要保留属于自己的底线,譬如惩戒之地的形成便是让极恶之人受到了管控,那么在标签社会中就不会堆积极恶之人。若你提高这层底线到一个平衡的地步呢?"

说着,言晃站起身来,拉着温舒的手,走到房间的另一端,那里是控制着新世界的诞生与规则的一面墙。

这面墙,只有温舒能够操作。

言晃拉着温舒的手放在墙上:"现在,让我们进行一次大胆的尝试。我会让你看见,你所追求的世界,真的存在。"

言晃握着温舒的手,在她创建新的世界后,引导着她改变新世界的规则。

他抹去了"百分之人可见神"的规则,写下了一道全新的铁律——

善恶有度,法律至上;法律之下,众生平等。

旋即,新世界的规则形成。

在这个全新的标签社会之中,人们根据铁律创造了法律,而法律正是由新世界的所有人一起制定的,是每个人为世界提供的准则和底线。

温舒认真地看着,她发现仅仅是最低的道德标准,也让她见到了一个从未见到过的景象。

在这个世界中,人人守责,和睦共处,即便心中并不纯善,但所表现出来的一举一动,却完美地达到了她心中想要的样子。

人们不敢再肆意评价,甚至害怕肆意评价会带来反噬,从而拒绝使用"人生直播",因为在人们的道德底线之中,始终有一条是——胡言乱语、作奸犯科之辈,必受惩戒。

"原来,让'网络'世界得到安定的,是底线、是法律。"

她万万没想到,最终的突破口竟然如此简单。

"人们都是会趋利避害的,但前提是要让他们意识到危机。"言晃摸了摸少女的头,"所以最好的方式不是给予能够给人带来愉悦心情的权力，而是让人们学会三思而后行，被彼此的底线所牵制。"

"谢谢你告诉我答案。"温舒点点头，开心地抚摸着这方小世界，她精致的小脸上带着满足而又感激的笑容，"标签社会，将会终止于此。"

她的目光落在言晃那残缺的手上，然后又看了一眼门外倒地不起的江萝："我会为你们献上我最后一份谢礼。"

她话音落下的瞬间，周围的世界轰然破碎，纯白的空间内，只剩下言晃和江萝二人。

——恭喜玩家"欺诈者——言晃""计算师——江萝"成功创造"新世界"，通关标签社会TE线！

——直播关闭，现在进行结算！

——直播总人数：114792人；最高在线人数：83143人；直播总留存：73%；直播好评率：95%。

——副本难度：E；副本探索度：95%；副本完成度：100%；副本表现力：S；综合评价：SS。

——奖励：积分×50000，E+级道具"幻象模拟器"，肉体强化"神之左手"，称号"标签破碎者"。

——剩余总积分：127380分。

道具：幻象模拟器

品质：D

属性：展开想象，编辑幻象！

道具介绍：标签社会的"神"曾无数次地想要创造出一个完美的世界，可惜年幼的她始终不能得偿所愿。当你成功编辑出她的完美世界时，她便决定将其赠送给你。

友情提醒：该道具使用次数过多，有迷失在幻象之中的风险。

道具：肉体强化——神之左手

品质：E+

属性：力量+1，灵巧度+1，幸运+1

道具介绍：为了表示对你的感谢和歉意，标签社会的"神"选择赠送你一只左手。

称号：标签破碎者

品质：E

属性：规则免疫+10%，智力+0.5

称号介绍：作为标签社会中第307支挑战队伍，你们成功运用了规则与智慧，打破了标签社会中的一切，创造出美好的新世界。你们的荣誉将永远被网络世界中的"网民"铭记！

——通关者"欺诈者——言晃""计算师——江萝"是否对标签社会题通关寄语？通关寄语将显示在标签社会副本挑选口，供其他玩家观看。

又到了熟悉的寄语环节。

言晃看着面前弹出的面板，脑海里忽然浮现出许多在标签社会中遭受荼毒之人——被丈夫出卖的女人、毫无底线给予善念的温舒，以及最终选择葬身于此、经受十年折磨的江毅。

言晃毫不犹豫地将那堵在心口的通关寄语写上。

游戏大厅之中，标签社会这存在许久的副本通道彻底封锁——

TE通关者：欺诈者——言晃、计算师——江萝

综合评价：SS

通关寄语：走自己的路，让别人说去吧。

在标签社会完全封锁之后，江毅的所有道具也都进入了言晃的背包之中。

——恭喜玩家成功通关，请问您是要回到现实，还是回到游戏大厅？

言晃并没有急着做出选择，而是看向一旁的江萝。此时的江萝已经被治愈，不过脸上还是有些血渍，但无伤大雅。

"回神了。"言晃凑到她耳边吓她。

江萝被吓得一激灵，瞬间回神，眨了眨眼睛，不敢置信地看着言晃说道："你……你是第一个打破我计算结果的人。"

言晃笑了笑："我说过，欺诈者，就是化腐朽为神奇的存在。"

江萝听着，也跟着一起笑了起来。

"好了，接下来，你是想回游戏大厅还是回家？"言晃似乎是不经意地说道。

江萝脸上的笑容一僵，又低下了头，言晃无奈，可是也没有催促她，只是静静站在她身侧。

"我……我想回去。"她咬咬唇，极为小声地说。

"行啊，那咱们就回家。"言晃说道。

江萝还是有些扭扭捏捏："言晃，回到现实之后，我能不能拜托你一件事？"

言晃开玩笑道："底线之上，都行。"

江萝磨磨唧唧的，两只小手在自己面前戳了戳，然后小心翼翼地问："言晃，你明天下午能不能来燕市实验学校接我？我……我才不是想要人接我回家！"

副本世界的反馈 2

周五下午,燕市实验中学。

江萝第一次上课没有认真听讲,而是看向窗外。

阴云密布,一层压着一层,空气中满是潮湿的味道,惹人烦躁。

江萝心中忐忑不安,又一次低头看向了桌上因为焦虑和紧张而写满了"会"与"不会"的本子。

从上幼儿园开始,就没有人会接送她上下学,她一直都是一个人,孤零零的,只能羡慕地看着别人都有亲人接送。

爸爸害怕他的身份给她造成不必要的麻烦,所以只敢偷偷跟在远处。她也曾想要任性地要求爸爸正大光明地接送她,可是每当看见爸爸憔悴又疲惫的脸庞时,那话怎么也说不出口。

现在爸爸已经……

她一直都知道爸爸活得很痛苦,这样的结局对他而言,更像是解脱。可是她心里还是无法克制地难受,似乎从小到大,她一直都是被抛弃的那一个……

老师似乎是发现了江萝的表情不对,又想到今早接到她的老同事江毅病逝的消息，心里也是堵得难受，想必江萝自己心里更不好受。

"江萝，是不是身体不舒服？需要我陪你去医务室吗？"老师目露担忧。

江萝犹豫片刻之后，还是点点头："是有些难受，但是我自己去就好，就不麻烦老师了。"

老师张张嘴，还想说什么些，但最终还是没有说出口。江萝性子要强，越是这种时候，越不能去安慰她，还是让她一个人静静吧。

江萝背上书包，但她没有离开校区，而是背着书包，静静地站在校门口。

她本来想用自己的天赋推算一下，看看她等的人会不会来。但想到言晃的那句"无知者无畏"，她便放弃了推算的想法，选择乖巧地等待。

忽然，冰凉的雨水打在了她的脸上，她下意识地低下头，不安的情绪越发浓烈：这样的天气很少有人愿意出门吧？言晃会不会不来？啊啊啊，早知道就不让他今天来了……

她越想越心慌，甚至开始在校门口来回踱步，直到，一道修长的身影出现在她面前，一把伞为她挡住了雨，然后熟悉的声音传来："怎么这么早就出来了？我还想给你一个惊喜，让你第一个被接走呢。"

江萝的身子抖了抖，突然蹲下，把头埋进膝盖里。

言晃有些意外，想要蹲下身去问她怎么了。

可还没等他蹲下，江萝便哭了出来，言晃一愣，便不再动作，只是将伞向她那边倾了倾，确保她整个人都在伞下。

江萝哭了一会儿后才抬起头看他，眼圈微红，双手慢慢给自己擦去眼泪，沙哑的嗓音里带着难以掩饰的开心："我还怕你不来了呢。我以为我又要一个人……一个人给爸爸寻找一个安身之所了……"

言晃看见她这反应，心里也放松了许多，伸手将她从地上拉起，然后拍了拍她的后背："走吧，我全都准备好了。"

江萝轻轻"嗯"了一声。

第二天天气晴朗，风和日丽，江萝与言晃来到了安灵大墓园。

江萝将自己书包里的盒子拿了出来，言晃捧着一大束鲜花，一共10朵。两人一起来到了那8个学生和一个年轻人的墓前。

江萝双手捧着盒子，言晃抱着花，每经过一个墓碑，江萝就会停下，言晃便从一大束鲜花里抽出一朵，将花在盒子上放一下，再放到他们的墓前，然后，江萝就会虔诚祭拜。

江萝说："爸爸活着的时候，一直都觉得自己无颜面对他们，所以每次送花都是让我替他送。但是我也很自私地想过，为什么爸爸要自责？如果当初他不救我，那死的就是所有人了。为什么我这个被抛弃的人就一定要死？现在我想明白了，人得往前看，我爸是个很懦弱的人，我不能懦弱，我得向前看。所有人都死了，我也不能作茧自缚，我不能浪费活下去的机会……我没有害死他们，但我身上承载着他们，我得活下去，活得比谁都好！"

直到，言晃手上只剩下最后一朵。

在那九个墓旁，有一块小小的空地。这是江萝要的，不立墓碑，不做标志，只要葬在这些孩子们的身边就好。

江萝轻轻吻了一下盒子，一滴眼泪落在上面："再见了爸爸，以后，我会保护好自己，言晃哥哥也会保护好我的。"说完，她便跪着，将盒子放在了空地的坑里，一点点地用土壤埋好，一边埋，一边哭。

当盒子彻底被土壤淹没，再也看不见半点边角之时，她重重地磕了三个头，然后，将所有的悲伤藏在眼底，挤出一个笑容："言晃，把花给我吧。"

言晃将花递给了她。

她小心翼翼地把花放在了墓地之上，那是10朵鲜花里最特殊的一朵花，也是她唯一的一点私心。

那是一株向日葵。

"以后，你要好好保护好他们啊！"

言晃带着江萝处理完江毅的事后,整个人轻松了不少,笑眯眯地看着江萝道:"咱们今天在外面吃?"

"好!"

"想吃什么?"言晃一边走,一边拿出手机。

"想吃……"江萝一时间还真想不出来,"你等我想想!"

"好,不着急,要不在手机上搜搜?"

"行。"江萝接过手机,突然看到手机上传来跳出一条新闻链接,她下意识扫了一眼标题,发现是关于网络的,于是好奇地点了进去。

突然,她眼睛一亮:"言晃,你看!"

有关部门收到热心市民言晃先生与江萝女士二人投来的网络暴力法案建议书,经国民大会多次审议,最终宣告《网络保护法》法案正式生效。《网络保护法》具体法案如下:

为建设良好的网络环境,请各位遵纪守法……网络暴力,性质等同或不亚于社会性人格欺凌,凡有严重触犯《网络保护法》者,必究责任!必受重罚!

言晃看着上面的内容,微微一愣,旋即一笑。

原来,愿望竟然有这么大的力量,他们果然被人铭记,只是这个方式有点出乎意料。

"我们真是太棒了!"江萝捧着手机,又细细看了起来。

言晃也不催促她,只是有些无聊地倚在墙上,眼睛半眯地看着上方。突然,一只漂亮的橙色斑点蝴蝶从他眼前飞过,言晃的视线不自觉地追随着它,看着它越飞越高,越飞越高,直到飞到一处二层小楼的楼顶,然后被一个穿着蓝白条纹衣的男人伸手抓住。

言晃心中遗憾,下意识扫了一眼抓住蝴蝶的男人,面色一凛,眉头微蹙。

那人低头看着手中的蝴蝶,似是察觉到了什么,低下头,和言晃的视线对上。

　　熟悉的面孔上蓦然扬起恶劣的微笑，完好的一只眼睛死死盯着言晃，露出毫不掩饰的恶意。他一只手握着蝴蝶的翅膀，朝着言晃的那边拱了拱，嘴角的弧度加深，如挑衅一般，将蝴蝶慢慢围困在双手之中，任凭蝴蝶惊慌失措地在手中乱撞，也不松开，放它自由。

　　言晃站直身子，目光一寒。

　　正在此时，江萝开心地举起手机："言晃，我想吃……"话未说完，江萝就敏锐地察觉到言晃的不对劲，顺势望去，江萝面色一凛，眉头紧皱，"医生……"

　　医生唇角笑意加深，嘴唇一张一合。

　　言晃懂唇语，加上当初在第一个副本进行"孵化"后，身体素质大幅度提升，感知器官被高度强化，所以即便是很长一段距离，他也能够看清医生在说什么。

　　"下一次，是你。"

　　被挑衅了啊！言晃挑眉："那你就试试看。"一旁的江萝攥紧手机，也用凶巴巴的眼神盯着医生。

　　直到一位护工出现在医生身后，喊道："零七，你怎么又跑这来了？该吃饭了！"这才打破几人间的对峙，医生带着几分无奈地耸了耸肩，旋即转身离开。

　　言晃这才收回目光，看向小楼大门处的牌子——燕市精神科重症医院。

　　"医生，本名林七，性格阴晴不定，是个相当恐怖的人。但他的恐怖并不是因为他的属性数值或者那未知全貌的能力有多强，而是他的行为逻辑。"江萝一边吃冰激凌一边对着言晃说道，"他的行为逻辑几乎打破了所有人的认知，所以很多人都无法理解医生的想法。"

　　言晃听着江萝的话，微微蹙眉。无法理解医生的想法，那很容易就会进入判断误区，更别提现在医生的各项属性数值都要比他高，如果贸然对上的话，他绝对是输的那一方，而输给医生，那下场恐怕会很惨很惨。

江萝吃掉最后一口冰激凌甜筒："言晃，你现在的处境很危险，医生对第一百期新人王是志在必得，除了被其他势力保护的三人，只有你是孤军奋战，偏偏你又是医生最强有力的竞争者，医生不会放过你的！不过，看在你让我吃了那么美味的一顿饭的面子上，我会帮你整理医生的相关资料，知己知彼，方能百战不殆。"

"行，谢谢啦。"

"小事，我待会儿直接发你手机上。"江萝傲娇地摆摆手。

言晃点了点头。

第二天吃过早饭后，言晃继续看医生林七的资料，突然想到什么，转头看向正在打游戏的江萝："小萝，我看资料的时候发现，医生通关的三个副本竟然全都是 TE 线。"

听到这话，江萝漂亮的小脸明显露出了不屑，连游戏都不打了："他能通过 TE 线，靠的是副本最强公会塔罗。"

"塔罗？"言晃回想了一下，"我记得你说过，医生好像是塔罗的重点培养对象。"

"没错。"江萝认真向言晃讲解起塔罗的由来和在副本中的地位。

副本的存在谁也无法解释，但是唯一知道的就是，副本的难度解锁是需要很多条件的。

一开始的副本只有 F 级的新手副本，而 F 级又被分成三个层次，分别是 F-、F 和 F+，只有全部通关后，才能解锁副本的新级别——E 级。

但是刚开始，必须从 F- 的副本开始，直到有人通关 F- 级的某一个副本之后，才能成功解锁全部 F 级，而通关 F 级某一个副本的 TE 线后，才能全部解锁 F+，然后慢慢地一层一层向上解锁。

"也就是说，只要一个层级中有一个副本被通关，那么下一个层级的副本就会被全部解锁。"言晃摸着下巴说道。

"对，这也算是副本中比较人性化的一点。"

言晃点头，要是一层一层全部打通才能解锁下一个级别，那不知道要等到什么时候去了："我明白了，你继续。"

在塔罗出现之前，因为 TE 线的特殊性，所以解锁新副本的进展十分缓慢。

直到公会塔罗的成立。

塔罗身为副本第一势力，一直都是打着"追溯本源"的宗旨，认为副本与"本源"有所关联，要不断解锁才能到达更高层级。

一般情况下，TE 线是要彻底完成单个副本中的"神"的心愿，让"神"消散，封锁副本之后才算，否则副本只会无数次重启。

但这种解锁方式实在是太慢了。

塔罗掌握着一种特殊的"道具"，能够直接通过"弑神"，或者给副本造成毁灭性打击的手段直接破坏副本，令副本无法重启，被迫封锁。这种方式虽然不会让"神"的心愿得到实现，但是会被副本承认为 TE 线。而塔罗便是利用这种力量，迅速解锁副本等级，让原本的副本最高等级 D，在短时间内直接冲向 A。

若不是 A 级副本实在是太过恐怖，就连塔罗的顶级战力都无法通过，恐怕早已解锁到 S 级。

而 S 级，被塔罗认为是"终极"。塔罗认为只要走入 S 级副本，便能得到他们想要的答案。

江萝说到这儿才喝了口水，认真道："塔罗之所以培养医生，恐怕就是觉得医生是最有希望闯过 A 级副本的。若是医生想要对付你，塔罗绝对会帮他，我们势单力薄，根本不是医生的对手。所以，我们必须转守为攻，主动出击！现在，医生的总积分是 8 万，我们必须拿下一个 E-级副本，你的积分才会和医生的持平。塔罗虽然在副本里强横，但是副本规则是绝对的公平，只要你的综合评定比他高，就绝对会成为新人王！"

言晃通过江萝的一席话已经明白了医生背后是一个什么样的存在："我明白了。"

言晃认认真真地连着看了两天，终于把医生的相关资料全部看完了。

"不得不说，医生这个人确实厉害。"言晃瘫坐在沙发上，"够疯！"

江萝认同地点头："要不是因为你，我是绝对绝对不会和这样的人打交道的。"

"我也不想和他打交道啊！"言晃叹了口气。

"自求多福吧。"江萝眼里带着同情。

两个人又聊了几句，正打算复盘一下医生的资料时，敲门声突然响起。江萝被吓了一跳，看向言晃。言晃摇摇头，站起身向门口走去——这种时候突然找他，会是谁？

言晃谨慎地从猫眼看了一眼，对方戴着一个黑色棒球帽，帽檐压得很低，遮住了大半张脸，只露出一个光洁的下巴。此人身着黑色T恤，胸口处有三个小字——慈善会。

慈善会？言晃有些纳闷。他不记得自己什么时候认识了慈善会的人，但是想到副本，他还是选择打开房门。

"你好。"

站在门口的女孩听见声音，微微抬头，看到言晃后绽放了灿烂的笑容："您好，言先生！恭喜您被选中成为我们'除了乞丐我们谁都帮'慈善会的赞助对象。这是我们会长给您的一封信，请签收！"

一看到女孩的面容，言晃瞬间就知道了来者何人，而在听到慈善会的名字后，更是有些哭笑不得，旋即伸手将信拿好，点点头道："多谢。"

面前的女孩迅速回应："好的，我的任务已经完成，感谢您的积极配合，希望您生活中的每天、每夜都能愉快！或许以后我们不会再见，所以我想对您说——早安、午安、晚安。很高兴为您服务！"

她急匆匆说完，不等言晃回应便迅速转身朝着楼梯跑去，速度之快，就像是怕自己被抓住一般。

直到跑到楼下，她才回望了一下楼道口，见没人追来，总算松了一口气，嘴角勾起一抹带着满足的弧度："以及，您要永远温柔下去。"

一阵清风吹过，扬起少女落在腰间的发丝，接着她的身影缓缓消失在楼下,仿佛从来没有存在过一般。

言晃看着女孩的背影,舒展了眉眼,嘴角翘起:"再见。"然后低下头拆开了手中的信封——

我将永远走我自己所坚定的路,也会加之底线限制我自己。我的底线就是——绝对不帮助坏乞丐!

稚嫩而又童真的一句话,其中却包含了许多故事,至于这世界上有没有"除了乞丐我谁都帮慈善会"这件事,谁知道呢?

不知何时走过来的江萝默默举手:"我知道啊,还真有呢。"说完,便拿出言晃给自己新买的手机,低头点了两下,然后递到言晃面前。

的确有这样的一个慈善会,成立于今日,会中只有一个人,一个名叫"舒温"的人。

言晃与江萝两人在现实中生活简单而又自在。

因为积分足够,自己也有足够的钱财,所以言晃并没有选择回到自己的工作岗位,而是请了个长假,提前给自己过起了养老生活。

其实也不怪他没有上进心,毕竟在副本里非生即死的,谁也不知道自己能不能看到明天的太阳,所以还是抓紧时间养老,让自己的人生尽量圆满一些。言晃甚至已经计划好等江萝放长假后,两个人出国游。

说实话,养江萝的好处还是挺多的。

首先就是让他拥有了一个可以信任的强力队友。副本中的单人副本极少,大多数副本都是两人起步,如果每一次都选择系统匹配,先不说匹配到的队友的实力如何,单单人品可能就无法保证。

其次就是江萝的数据分析能力的确厉害,原以为是因为天赋,后来偶然看到了江萝的成绩单,问了她才知道,原来十几岁的江萝竟然能去参加高中生的数学竞赛,甚至一些名校还对她抛出过橄榄枝。

优秀又有实力,说出去还有面子,言晃简直做梦都能笑醒。

游戏大厅：意外的队友

直到兑换的"健康生命"到了最后一天，言晃才和江萝进入副本。双脚刚刚踏在游戏大厅的地板上，一道广播再次在大厅中响起——第一百期新人王候选人"欺诈者"已上线。

熟悉的提示音，熟悉的万众瞩目，熟悉的被人们疯狂讨论。
言晃面色平静，只不过奔向副本挑选区的脚步快了几分。
"哎呀，你走那么快干啥？"江萝面色不解，却还是乖乖跟在言晃身后，只不过嘴里不停地嘟嘟嚷嚷，"想当初，这提示音我也有呢。等等，言晃你不会是害羞了吧？啧，不能吧？这多气派啊！"
言晃要笑不笑地扫了眼江萝："你快些，不出意外的话，医生应该快到了。"
因为江萝给的资料过于详细，所以言晃很轻易地便推断出医生是个十分张扬的人——他从不隐藏自己在副本中获得了什么道具，就连那些能够隐藏起来的结算道具，他也随意地展露出来，毫不掩饰。
也因此，言晃知道了他有一个名为"追查器"的道具，能够锁定某一人的实时信息。

比如现在,言晃感觉自己的后背突然传来一阵凉意,接着广播声再次响起——

万众瞩目!无限期待!第一百期新人王候选人"医生"已上线!

言晃微微侧身,直接躲过了医生林七的攻击,然后迅速后退几步,拉开了和医生的距离,心里忍不住再次感谢江萝给的资料。因为这些资料,让他在一定程度上已经摸清了医生的天赋信息和攻击方式。

医生的天赋似乎是和"改造"有关的,他不仅可以将自己的手指在攻击时变为锋利的骨刀,甚至可以直接改造生命。

当然,知道"改造生命"这一点是因为他们第一次对峙时,言晃暴露了医生的面板后发现的,江萝的资料中并没有相关记录。

医生唇角勾起,一个旋身又扑向言晃。言晃却没有继续后退,而是空手迎了上去,医生面露诧异,动作明显停了一瞬,也是在这一瞬间,言晃直接一滑,来到了医生身后,右手同时召出"家庭和睦之刀",刀尖直接对准了医生的脖颈。

医生动作瞬间停住,愕然地眨了眨眼,瞳孔下移,带着显而易见的意外:"在游戏大厅攻击我,你就不怕被系统惩罚吗?"

言晃笑道:"可是,你又没有受伤,怎么能算被攻击呢?"

医生沉默。确实,言晃的刀只是贴在他的脖颈处,并没有砍伤他,所以系统不会判定言晃违规,或者说,只要不是重大伤害,系统一般都不会判定违规。不过,他真没有想到,言晃竟然会用这样的方式来回应他。

"你很不错。"医生的语气带着几分欣赏,"我就知道,你会成为我最大的对手,因为我们本质上,是同一种人呢。"

言晃眼睛眯了起来,还未说话,一旁的江萝先怒了。

"胡说八道!言晃才不会和你是一类人!"

"是吗?"医生意味不明地说道。

言晃注意到医生的脖颈处开始发生变化，目光一寒，对着江萝喊道："小萝，离开！"同时直接出手划了一刀，然后飞速后退。

这个男人的肉体强化可谓到了一种境界，即便他经过"孵化"，身体有了改变，但还是比不上医生，就像现在，他用了八分力气，却只在医生的脖颈处留下了一道浅浅的伤痕。

周围的人只觉得气压都变低了，然后默不作声地往后退，让出了两人的位置，却都舍不得离开，偷偷打量着两人，心里恨不得他们赶紧打起来。

作为第一百期新人王候选的最强竞争者，他们的对决一定很精彩。

医生耸了耸肩，转了转脖子，然后转头看向言晃，突然问道："你今天是不是要下副本？"

言晃一愣，没有回答。

索性医生也不需要他的回答，继续说道："让我猜猜……你下一个会选择 E- 级的副本，对不对？"

直觉告诉他，医生说这话绝对是有目的的。

所以言晃没有再保持沉默，而是蹙眉道："你要做什么？"

医生看了一眼他身边的江萝，然后伸出手指指着自己："与其带孩子，不如带我吧！我很好带，从进入副本至今，我的胜率是百分之百，要不要试一试？"

言晃伸手压下炸毛的江萝，冷嗤一声："你的好意我心领了，不过，我不想跟你有太多关联。"

"太伤心了！"医生装模作样地叹了口气，"可是，就算你这么说，我也一定要跟你进入同一个副本哟。"

"你觉得我会给你这个机会吗？"

"明明我们可以成为好朋友的。"医生盯着他，眼里闪烁着莫名的光芒。

言晃觉得今天的医生可能不太正常，于是选择不理他，下意识地将手放在江萝脑袋上，准备带她去挑选副本。

结果落了空。

言晃扭头一看,发现江萝坐在不远处,双腿盘着,手里正捏着一根比她脸还大的棒棒糖吃着。

在收到言晃的目光后,江萝眨了眨眼,面色不解:"怎么了?"

言晃无奈道:"没事,咱们走吧。"

"哦。"她站起身,将棒棒糖收回背包,跟着言晃离开了众人的视野。

江萝的棒棒糖是道具,全称是"舔一口就会变幸福的棒棒糖",作用是恢复精神状态,只不过效果比较慢,但胜在味道不错,并且是永久不消耗道具。

她的天赋对精神消耗巨大,能有这么一个道具在身边确实是不错,没事儿就拿出来舔舔,恢复恢复精力。

医生虽然被拒绝,但也毫不在意,直接跟了上去,顺便拿出塔罗的专属通讯器,联系了一下自己的队友。

"林娜,陪我下副本啦。"

正在现实中拍戏的林娜因状态不错而开心到露出笑容,但在收到这个消息后,笑容顿时消失,一天的好心情就此结束。

"不去。"

"可是,你如果不来的话,欺诈者可就要抢走我的新人王了哦!"

林娜看到这个消息,烦躁地"啧"了一声,二话不说就从剧组请假离开。

林七这个疯子实在是太清楚怎么威胁人了。塔罗给她的任务是看好林七,另一层意思是让她辅助林七获得新人王,如果林七这次错失新人王,上层绝对会动怒,而承受怒火的对象,必然不会是他。

林娜很快就上线了。

林七开心地看着她:"今天的林娜也很美啊!"

林娜懒得理他:"废话少说,他们人呢?"

"真无情啊!"林七语气满是伤心,表情里却看不见半分,更多的还是那份戏谑,"他们已经过去5分钟了,估计已经选好副本了。"

林娜觉得好笑:"那你还在这傻等着?"

"因为我在等林娜啊!"林七笑得十分温柔,看着林娜,含情脉脉,他举起右手,用甜腻的语气说道,"想要林娜牵着我去。"

林娜丢了个白眼过去,忍不住搓了搓胳膊上的鸡皮疙瘩:"你能不能正常点?"说完,也不等他,直接扭头就向副本挑选区走去。

言晃与江萝两个人挑选副本还是比较认真的,不过,哪怕设定了副本限制两人,剩下的E-级的副本也有上万个,叫人目不暇接,看了好几分钟也难以抉择究竟要选哪个本。

"你想选哪个?"看得头昏眼花的言晃将选择的权利交到了江萝手中。

江萝用手摸着下巴,面露沉思,几秒后,江萝右手一指:"我选这个。"

言晃顺势看去,映入眼帘的是一道上半身是人类、下半身是鱼尾的美人鱼剪影,她坐在礁石上,海水在她身下翻涌。

"幻想博物馆?"言晃打开副本介绍。

副本:幻想博物馆

难度:E-

副本人数:2人

副本类型:挑战类副本

副本介绍1:当精神意识开始存在独立性时,生物便开始追求美,追求内涵,追求崇高的意志来满足自我的精神。剪下一块布,绘出一个世界。寸草寸木,皆为天地,人们称这种精神追求的表达为——艺术。

副本介绍2:世界知名的幻想博物馆拥有最神秘、最伟大的艺术展览,每年都会邀请两名客人进入其中。曾进入过幻想博物馆的人无不称奇,他们称那里是梦里才会存在的世界——充满一切幻想生物,与梦幻中才有的神奇艺术品。他们在那里看到了人鱼,看到了独角兽,看见了巨大的树……

　　副本目标1：探究博物馆内的真相。

　　副本目标2：存活。

　　副本完成期限：1天。

　　"竟然是挑战类副本。"江萝感慨了一声，然后向言晃解释什么是挑战类副本。

　　挑战类副本，其实就是不存在大量剧情堆砌的副本，更侧重于战斗与微解谜，有明确的通关目标。这类副本的通关要求通常情况下与"神"的关系不大，甚至有些是无神的。但即便如此，挑战类副本也会有TE、HE与BE三大线。

　　通关即为HE，失败即为BE，至于TE线，那就需要达成某种特殊条件了。

　　这类副本相对传统的剧情类副本，充满了不确定性，可能会一不小心落到坑里，让剧情发生不可逆转的结果；也有可能因为一个意外，导致整个副本变得格外顺利。

　　总的来说优劣并存。

　　而根据她刚刚收集到的数据，这个幻想博物馆正是属于无神副本。

　　"看来要做好准备了，"江萝看向言晃，"很有可能达不到TE线了。"

　　"没事，只要不是BE线，就没问题。"言晃安慰她。

　　江萝点点头。

　　接着两人眼前出现了是否确定组队的面板。

　　——玩家"欺诈者——言晃""计算师——江萝"，是否确定组队，共同进入副本幻想博物馆？

　　正当两人即将按下确定时，后面忽然传来医生林七的声音："你们怎么不等等我们啊？"

言晃和江萝对视一眼，毫不迟疑地点下"是"。

——恭喜两位组队成功！

言晃和江萝不约而同地松了口气。

林七眼中闪过几分失望："啊，竟然是双人副本，好失望哦。"他一边说着，一边低下头，似乎是快要哭出来了。

言晃跟江萝转过身，言晃浑身带着说不出的轻松，江萝更是兴高采烈地跟他挥手："不见。"

下一秒，林七猛地抬头，脸上带着诡异的笑意："……才怪。"

话音刚落，他和林娜两人的手中便分别多出一把钥匙。

江萝瞳孔一缩："他们有副本密匙！"一边迅速搭建与言晃的精神桥梁，将副本密匙的信息传给了言晃。

一次性道具：副本密匙
品质：F
属性：强制进入某一副本。（不可进入已封锁副本）
道具介绍：小兔子乖乖，把门开开，我要进来。

言晃蹙眉，看来医生是一定要和自己进入同一个副本了。

与此同时，林七与林娜二人同时转动"副本密匙"。

——已锁定欺诈者与计算师所选副本幻想博物馆。
——开启！

顿时，林七和林娜两人的身体也开始被白光包裹。

——警告！警告！副本异常！副本异常！

——挑战类副本人数超过上限，自动调整难度。

——副本难度：E- → E+

——副本加载中……

副本名称：幻想博物馆

副本级别：E+

副本人数：4人

副本类型：挑战类副本

副本介绍：能够见到一切神奇艺术的幻想博物馆每年都会依照惯例邀请两名有极高品味的艺术家进入博物馆中欣赏艺术，只不过进去之人，再也没能出来。有人说，他们沉浸在艺术的领域中难以自拔……

副本目标1：探究博物馆内的真相。

副本目标2：存活。

副本完成期限：1天。

——副本加载完毕。

——直播开始！

在失去意识的最后一秒，言晃只看到林娜与林七脸上露出的微笑，以及耳边那句"我们很快就会再见"。

此时，无数人蹲守在游戏大厅或者自己的手机面前，无比期待着这一次直播，因为这一次将会角逐出这第一百期新人王的最终胜者！

艺术或有谬误，
自然永不犯错。

幻想博物馆
副本三

第九章
黑夜危机

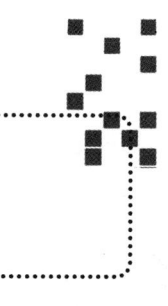

走夜路的时候总感觉有人躲在周围的树丛中看着你，那是树，还是人？

言晃睁开眼后，发现自己坐在沙发上，他没有着急，而是用在孵化之都购买的"夜视能力永久提升"道具，不动声色地打量着四周。

这似乎是一间客厅，装修简单却不失温馨，不远处的书架上还放着一张家庭合照。言晃仔细看了看，发现里面的小孩相貌和自己一样，看来那两位笑容灿烂的中年男女就是自己的爸爸妈妈了，这里应该是自己的家。

言晃站起身，带着几分戒备地在房间内转了转，把每一个房间都看了一遍后，才重新回到沙发上。家里只有自己一个人，也没有什么诡异的地方，只是不知道爸爸妈妈去做什么了，都快12点了，两个人却都不在家中。

也不知道江萝现在在哪里，安不安全。想到进来时的场景，言晃眉头微皱。医生做事随心所欲，不顾后果，明明是两个人的副本，偏偏也要跟进来，导致副本异常，难度增加。本来按照副本规则，进来的两个人分别拥有一张邀请函，如今人数增加，但邀请函还是只有两张。以自己现在的身份，并不像可以拥有邀请函的人，所以，邀请函应该在另外三人手中。

现在没办法得到其他三人的任何消息，但不能坐以待毙。言晃站起身，打算去外面看一看，能否找到一些关于幻想博物馆的线索。

打开门之后，言晃只觉得寒风凛冽，又返回家中重新穿上了羽绒服，这才走出房门。

离开家后，他才发现自家房子竟然位于一条道路尽头的正对面。这个位置让他有些担心，万一有人开着汽车横冲直撞过来怎么办？那他不就没房子住了？

想到这儿，言晃又觉得有些好笑。真是和江萝待久了，想法不仅越来越幼稚，还越来越天马行空，这里只是一个副本世界，可不是自己的家。

他静下心，重新观察起周围的环境，发现这里的道路竟然没有设置路灯，为数不多的光亮来自路边的房屋建筑，但是这些建筑并没有所谓的对称美或者是整齐美，而是不知用了什么方法，将各式各样的曲线组合在一起，怪异但是充满了艺术气息。

路两侧的树也不像日常生活中所见的那样自然、笔直，而是整个扭曲的，弧度有些生硬，像是被人硬生生掰弯的。

"这里的一切好像都是扭曲的，感觉有些像名画《星月夜》。"
"为什么我看着那些树，总觉得后背发凉？"

言晃也觉得后背发凉，而且不知道是不是自己的错觉，他总感觉背后有人在盯着他，可当他回头看去，却发现身后空空荡荡，什么都没有。

言晃蹙了蹙眉，裹紧了身上的羽绒服，这时，他突然发现，本该处处绵软的羽绒服，竟然每一处都存在异物感，而且，好像每处都在自主发热。

他迅速拉开拉链，想要脱下羽绒服，可还未等他成功脱掉，内衬处便传来了撕裂声。一根鸟喙突然探出，开始疯狂啄言晃，仿佛在痛斥言晃挤压羽绒服给它带来疼痛。

言晃动作加快，直接脱下衣服往地上一砸。

一瞬间，无数鸟喙将衣服啄了个稀烂，一只又一只被砍掉翅膀的鸟从衣服里跳了出来。黑夜中，这些鸟的眼睛散发着翠绿色的光芒，带着怒意朝着言晃快速奔跑过来，似要对他进行攻击。

羽绒服中不断有鸟钻出，一眼看去，那一堆衣料宛如一个盛放着无数断翅鸟儿的"聚宝盆"。

言晃快速判断了一下情况，直接转身加快脚步朝着远处奔跑，等拉开一定距离后，他停下来，从系统商城里买下喷罐和打火机，迅速朝着那些距离自己越来越近的鸟儿一喷——

火焰一瞬间迸发，将黑夜填满。火焰从第一只鸟慢慢燃烧到最后，直到将羽绒服彻底烧成灰后，言晃才放下心来。他擦了擦头上因为奔跑而产生的汗水，四下一扫，突然目光一顿，冷眼看向身前不远处的树。

要是他没看错，那棵树好像是动了一下！

他向前两步，打量着那棵树。那是一棵很普通的树，唯一不普通的，或许就是它的树干上有一个酷似人脸的图案。

言晃盯着它看了大概5分钟，可是它一动不动，就好像刚刚看到的一切都只是他的错觉。可言晃很确定，自己绝对没有看错！或许，连刚才那种被人从后背盯着的感觉也不是错觉！

言晃抿抿唇，取出"家庭和睦之刀"，双眸落在了那棵树的人脸图案上，正打算向那棵树的方向走去时，却突然听到身后传来一阵脚步声，在寂静的黑夜中显得格外恐怖。

言晃瞬间将抬起的脚放下，站在原地保持不动，后背紧绷，右手攥紧了刀，脚步声越来越近，接着眼前一亮。他毫不迟疑，一个旋身，右手挥刀而出，却在看清面前人的相貌时，硬生生将刀止在了来人脑袋的5厘米处。

"你是谁？"

来人是一位老者，身材矮小，后背佝偻着，右手提着一盏煤油灯，随着灯芯的燃烧散发出一种奇怪的味道。

"这位朋友，夜深了，要不要去我们的小酒馆坐坐？"他的声音十分沙哑，像是砂纸磨过桌面一样。

言晃打量他片刻，然后唇角缓缓上扬，勾起一抹温和的笑意："好。"

对一个初来乍到的人，酒馆、茶馆这些人来人往会聚了各色人物的地方，一直以来都是很好的信息来源地。这里存在着很多真真假假、各式各样的小道消息，至于能不能从中得到关键的消息，那就要看你够不够聪明了。

言晃跟在老者身后踏进了酒馆的大门。

酒馆不大，但是装修的和现实世界并没有什么不同，人挺多，不过并不杂乱，人们都在做着自己的事，或是三五成群，凑在一起小声说话，或是一人独酌，或是看着电视指指点点。

言晃注意到，电视里播放的广告和幻想博物馆有关——

"幻想博物馆一年一度开启日即将到来，最终的被邀请者究竟是谁？让我们拭目以待。"

人们坐在电视机前感叹："我也想进幻想博物馆里看看，听说那里好美的。可惜一年只有两个名额，由馆长直接邀请，其他人根本进不去。"

"我朋友进去过，他说在里面能看到人鱼，那可是只存在于幻想中的生物啊！"

"可别胡说了，你见过哪个人进去后还愿意出来的？"

言晃不着痕迹地凑近，然后沉默地听着众人的讨论，大脑飞速运转，分析着已知信息：幻想博物馆一年只会开启一次，每次只会邀请两人，进去的人不会再从博物馆离开……是不能离开还是不愿离开？看到人鱼？想到副本介绍里的"人鱼""独角兽"和"巨大的树"，言晃心里一沉，既然在这个世界，"人鱼"这种生物也是存在于幻想之中的，那么他们所看到的这些生物,会是真实的吗?

"哟,有新朋友来了啊,怎么称呼啊?"

怀揣着恶意的语气让沉思中的言晃瞬间回神,这时他才察觉到不知何时酒馆内所有客人的目光全都聚集在了自己的身上,但他依旧保持不卑不亢,脸上露出了自己的招牌微笑:"言晃,当地居民。"

"第一次来啊?"有个身材魁梧的光头大汉走了过来,上下打量了一下言晃,"知道我们这儿的规矩不?"

言晃道:"愿闻其详。"

大汉笑着,用挑剔又不屑的眼神上下打量着他:"新来的人必须同我们中的一人玩个游戏,只有胜利者,才能留在我们的酒馆中,反之,必须离开。"

言晃挑了挑眉:"什么游戏?"

"当然是有意思的游戏。"大汉坏笑一声,右手指向不远处放着的大型圆盘说道,"你抽到什么就玩什么。"

他一边说,其他人一边把酒馆的门锁了起来,有几个人甚至直接堵在了门口处。这行为简直是在不加掩饰地告诉言晃,必须玩游戏,否则就不能离开。

言晃淡淡扫了一眼,并没有放在心上,而是走到圆盘面前,低着头,认真观察着圆盘。

圆盘被均匀地划分成了32个格子,每个格子上都写了4个字,比如"水果拼盘",又比如"命运左轮",圆盘中心处有一个向下的指针。

"怎么样?决定好和谁玩了吗?"

言晃的目光从圆盘上移开,然后缓缓扫过酒馆里的人,最后看着大汉说道:"麻烦了。"

大汉见状,忍不住大笑出声:"正合我意!来,你是新人,转圆盘的机会让给你。"

言晃点点头,伸出右手随意一转,有着32个格子的圆盘开始转动,酒馆里的客人们激动地看着,当每一个格子从指针下经过,他们都要欢呼一声。

圆盘的转速慢慢放缓，最终，指针指向了写着"死亡左轮"四个字的格子。

"这小子也太不幸了，竟然抽中了'死亡左轮'。"

"必死无疑了！"

"'死亡左轮'拼的就是幸运度，六弹装，一发子弹……好期待他那充满了恐惧的表情啊！"

"他长得很不错啊！正好博物馆前两天公开了树人教学，要是能把他变成树，绝对会是最漂亮的那一棵。"

言晃听着他们的话，眸子闪了闪："这个游戏应该怎么玩？"

"'死亡左轮'可是我们这儿最热门的老游戏了，六弹装，一发子弹，我们两个轮流扣动扳机，看谁幸运一点。"大汉脸上带着恶意，看着言晃，就像猎人看着即将到手的猎物一般，"老归老，但很有意思不是吗？把人挣扎恐惧的表情留在最后一刻……像你这种的，最后做出来的表情一定很好看。"

四周的应和声不断响起，仿佛言晃在进入这个酒馆，并选中这个游戏的一瞬间就已经是他们的囊中之物了。

明明结果未定，但他们似乎早已预知了结局。

言晃推了推眼镜，慢慢地勾起一个和善的笑容，自然地坐在了沙发上，抬眸看向大汉，指了指对面的位置，说道："坐。"

大汉冷笑一声，直接坐到了言晃对面。

言晃轻轻敲了敲桌子："来。"

"爽快！"大汉大笑一声，将左轮直接丢在了桌面上。

言晃问："你先我先？"

大汉不慌不忙："你是客人，你来选。"

言晃便道："那你先吧，没准第一发就中了呢？"

"怎么可能？！"大汉觉得这话有些好笑，而后拿起左轮，十分随意地对着自己开了一枪，然后将其丢到桌子上，往沙发后背一靠，带着几分张狂与自得,"该你了。"

这左轮是六弹装的,也就是说现在言晃的死亡率是五分之一。

言晃犹豫地将手放在了左轮上,拿起,带着几分不解:"你们似乎很想看我害怕的表情?但我觉得我不会死。"说完就按下了扳机。

果然,无事发生。

大汉笑呵呵地拿起左轮,对准自己,死死盯着言晃的眼睛,给言晃施加压迫感,同时压低声音说道:"你很有勇气,也很聪明,知道自己现在的处境。现在只剩四发子弹,你猜,如果这一枪后我不会死,那么下一枪,死的会不会是你?"话落,大汉直接按下扳机,依旧无事发生。

言晃眯着眼睛:"看来,你很清楚子弹的位置。"

大汉并不隐瞒,跷起二郎腿:"当然,这可是我的左轮。"

"你作弊?"

"是又如何,不是又怎样?现在这个情况,你只能继续和我玩儿下去。"

言晃看了看桌上的枪,而后低下头,身体发颤,似乎在做困兽之斗。

大汉看着他哈哈大笑:"害怕吧?恐惧吧?我很期待你最后一刻的表情!"

言晃却猛地抬起头,笑容灿烂。他拿过桌上的枪,起身,慢慢逼近大汉,与他对视:"我真的好害怕啊!"

大汉笑容一滞,看着面前的言晃心里莫名产生了恐惧,其他人也察觉到了些不对劲,不敢再说话。

一时间,整个小酒馆寂静下来,接着言晃的声音再次响起:"那一发子弹,是在第六发吧!"

大汉闻言,一时愕然。

其他的人脸上也全是不敢相信,瞳孔地震:"你……你怎么知道……"他们话都快说完了才想起捂住自己的嘴,可惜为时已晚。

言晃笑着摇了摇头,然后对准自己的头,按下扳机,仿佛事不关己般，带着几分漫不经心，说道："本来不确定，现在知道了。"

无事发生。

"砰——"

又是一声。

围观的众人忍不住抖了抖，默默往后退了两步。这是个疯子，竟然毫不犹豫地对着自己连发两枪。

"现在还剩下最后一发。"言晃懒懒散散地坐在沙发上，并没有在意围观人群的举动，只是用左手撑着下巴，眉眼含笑看着对面人，右手把玩着手中的左轮。

大汉瞪着言晃，努力压下心中的恐惧，面无表情道："你……你打完了，该把枪给我了。"

大汉虽然恐惧，但并没有失态。

在言晃这个专业欺诈者眼中，一眼就能看出面前这大汉还有后手。他忍不住闷声一笑，然后将右手的左轮慢慢递到大汉面前。

大汉满脸兴奋，伸手想要接过左轮，在快要接触到的那一刹那，言晃右手一转，在手里耍了一个花枪，最后将枪口顶在了大汉的脑门上："最后一枪给你，让你崩我脑袋？想得挺美。"

大汉的表情再也绷不住了，努力挤出两滴眼泪，然后卑微地哀求言晃："放过我吧，求求你放过我吧！我上有老下有小，我……我不想死啊……"

他一边说，一边偷偷打量着言晃的表情，想看看言晃什么时候露出胜利者的得意。可他像个小丑一般哭闹了许久，也没见言晃表情有半分变化。

这种平淡的表情要是制成树人，可不好看啊！他眼珠一转，哭得更加卖力。

言晃嗤笑一声："行了，你是动物园里刚跑出来的吗？哭不出来就别哭了，惹人心烦。"

一切表情都骗不过欺诈者的眼，或者说江毅留下的道具"情绪之眼"。

在装备上此道具后,能够直观地看见对方真实情绪的颜色,有利于第一时间判定对方是否存在恶意。

所以,言晃从一开始就知道,这是对方设下的局,只不过现在,这已经变成了他为大汉设下的局。

大汉果然停止了哭闹,眼睛里露出了几许感兴趣的意味:"看来你很聪明嘛。"

言晃并没有搭理他,只是问道:"你的后手是什么?"

大汉丝毫不意外言晃看出了他还有后手,只是诡秘一笑,上手抓住言晃的枪口,然后对准了自己的脑门:"你往这儿开一枪,不就什么都知道了吗?"

"看来,你很自信这把左轮不会伤到你……让我猜猜,"言晃眯着眼睛笑,"子弹不会是假的,左轮也不是玩具,那只可能用这把左轮打你的时候会出现哑炮?或是卡壳?为什么会这样呢?"言晃观察着大汉的神情,确定了自己心里的猜测。他右手用左轮顶着对方的脑门,左手抬起,摸上了大汉的光头,然后微微用力,"原来是给自己的头皮植了一层磁铁啊!"

只要磁力够强,就能让子弹的轨迹发生偏移,虽然会造成伤害,但也只是皮外伤。

"难怪长不出头发。"

他用开玩笑似的语气说出真相,却让大汉心中感觉到一种莫名的心慌。

言晃重新坐回到沙发上,缓缓将枪口对准天上:"想不想看看什么叫'缘分的艺术'?"

大汉摸不清言晃的想法,有些战战兢兢地问道:"你到底想干什么?"

言晃勾起唇角,笑容温和端庄:"我想试试,往天上打一枪,子弹会不会飞到你的头上。"

"我猜,这一发打出去,你会死。"

"砰——"

子弹朝着天上飞出。

——谎言判定为对立性事件,判定成功。

——结果:被判定者死亡。

当判定开始的一瞬间,大汉脸上露出得意:"你电视剧看多了吧,这么爱耍帅?哈哈哈!"

他张大了嘴巴,脸上的笑容越发猥獗。

周围的人也跟着一起大笑起来,仿佛这是天底下最可笑的事情。

"我已经把全程录下来了,这段建议反复观看,哈哈哈!"有人举着相机大声嘲讽。

大汉第一次被人识破了所有的套路和手段,本来以为是必死的结局,结果,对面这个男人竟然把子弹往天上打去,这是何等可笑!

他的愚昧,会让他死得很惨。

言晃并没有理会众人,而是把那把只剩空壳的左轮放在桌子上,右手对着大汉轻轻挥了挥:"再见——"

一道金色的影子从天而降,继而被大汉头上的强力磁铁所吸引,然后发生偏移,从大汉的口腔边缘进入。

大汉甚至没有做出疼痛反应,就保持着大笑的表情,面容朝下,趴在了桌子上。

在场的其他人看着这一幕,笑声越来越小,最终死寂无声。他们的心脏开始飞快跳跃,面上再也没有了笑容,用一种看怪物的表情看着言晃,而当视线转移到倒在桌子上的大汉时,更是满脸煞白,全身僵硬。

坐在沙发上的言晃十指自然合住,放在翘起的右侧膝盖上面,微笑着打量着四周的人,凡是他视线所过之处,人们纷纷避开了视线,距离近的甚至后退了几步,但是他并没有在意,而是轻声说道:"游戏结束,各位，还有谁想陪我玩儿下一轮游戏吗？"

一时间，鸦雀无声。

众人眼神四处乱飞，却不敢往他那边看一眼，害怕和他的眼神对上，然后成为下一个"幸运儿"。

言晃瞧着这场景，心中嗤笑，有时候杀死一个人并不能吓退一群人，但当你成为一群人眼中一个神秘而又强大的对象时，是可以的。

言晃随手一指："你，过来。"

人们下意识顺着言晃手指的方向看过去，被指到的那人身体都快抖成筛糠了，战战兢兢地走到言晃身侧，低着头，完全不敢和他对视。

言晃有些无奈地叹了口气："别紧张，我不是什么坏人。"

那人声音都在发颤："啊？是！"

你看这话有人信吗？

言晃也不在意众人的态度，只有他们的内心对自己充满了害怕与恐惧，他们才不敢说谎。

"别担心，我只是想问点事儿，你如实回答我就好。"他推了推眼镜，声音压低了几分，"回答不好也没关系，后果自负。"

那人害怕地点点头，神色紧张，声音也有些结结巴巴："你……你问，只……只要我知道，我一定全都说出来。"

"你先给我介绍一下幻想博物馆吧。"

那人虽然不理解同为小镇的居民，言晃为什么还需要他介绍幻想博物馆，但还是知无不言。最后，言晃大概明白了幻想博物馆在小镇中是一个怎样的存在。

这个镇子里的人对艺术有着疯狂痴迷，每一件艺术品都是他们精神层次的表达。当然，如果一个人没有那么多艺术细胞的话，那就只能故弄玄虚。

而小镇中的人有这样的追求正是来源于幻想博物馆。

作为小镇的标志性建筑，幻想博物馆外观宏大，但是内里神秘无比，从不对外开放。馆内只有馆长和几位员工，平日里很少见他们出来，特别是馆长，除了被邀请进馆参观的艺术家，没有其他人见过他。

是的，馆长每年都会邀请两名有特别高艺术造诣的艺术家一起参观博物馆，只是每次参观后的人都没出来过。

有人说他们死了，也有人说他们自愿留下成为博物馆的艺术品。

直到馆长放出一张所有参观博物馆的艺术家们的合照，才打消了众人的疑虑。

原来，所有人都在博物馆内乐不思蜀，他们沉浸在艺术的氛围中难以自拔，想要追求更高的艺术层次。

作为小镇中最有钱、最有势力的人，馆长每年除了邀请两位艺术造诣极高的艺术家进入博物馆，也会放出一些他自己的优秀作品供众人观赏。

比如前几日他制作的树人，美其名曰"与自然同在，庇佑世俗万千"，实则是披着高雅外衣的残忍之作。

小镇的居民们或是被迫或是自愿地去观摩馆长的每一件作品，然后将其解读为伟大神圣而又不可侵犯。

人们附和着他的艺术，称赞他、崇拜他、顺从他……并不是没有反对的声音出现，只是谁反对，谁就被排斥。

为了生存，人类高超的情商让他们开始推崇馆长的艺术，跟随馆长的脚步，然后制作出属于自己的作品。

当一件优秀的作品被赞美时，虚荣心会让他们得到满足；当一件作品被馆长认可并收录进幻想博物馆时，创作者将获得馆长给予的巨额财富，成为小镇中的富有之人。

然后，恶性循环开始了。

言晃瞬间想到了自己来到酒馆之前看到的那棵树上的图案，或许，那并不仅仅是个图案。

"所谓的树人，指的是道路两旁的那些？"

那人说了这么多，已经不像刚刚那般紧张了，闻言点了点头，说道："是。树人是馆长最优秀的作品之一，有着'前人栽树，后人乘凉''死者庇佑生者'等美好寓意，所以馆长便提议用树人替换掉原本的树木。"

言晃眯了眯眼睛，如果只是这样，那树人为什么可以活动？是被操纵还是说……树人的制作是……

想到那个可能性，言晃眼中寒光一闪而过，继续问道："哪能做那么多树人，不好奇吗？"

"还……还好，因为院长说过，那些都是医院的停尸房给的。"

言晃捏着自己的下巴，轻嗤一声："那为什么你们想要把我做成树人？"

众人无言，心里不停哀号：别说了别说了，我们错了，我们真的错了！

那人小声解释："因为你长得好看，如果将你做成树人，一定能得到馆长的认可，那么我们这辈子都不用愁了。"

言晃心中冷笑一声，带着压迫的眼神从他们面上一一扫过，这些人追求富裕的生活他不想干涉，毕竟每个人都有自己的追求，但是这个前提是不能踩在他身上。

本来已经有所松懈的气氛再次紧绷，每个人都战战兢兢，想要逃离这里，直到发现言晃的目光重新看向窗外，他们才悄悄松了口气，抹了抹额头上的汗水。

刚刚被言晃指到的人本想趁机退回人群中，却被身后的人拦住，甚至被往前推了推，他皱皱眉，带着满脸不愿，还是上前走了两步，小声问道："您……您还有什么想问的？"

言晃回头，给他一个温和的笑容："没有了。"接着他扫了一眼不远处眼巴巴看着这边的众人，笑了笑。

众人身子一抖，连忙低下头，不敢再看。

言晃没有在意，想要知道的已经差不多都知道了，至于他们所隐瞒的,估计现在问了也不会说,索性等下一次机会。想到这里,言晃直接说道:"叨扰了,那我就先走了。"

众人赶紧给他让开一条通向门口的路。

言晃一路畅通无阻来到门口,他打开门后,又转头看向众人,眉眼含笑道:"各位晚安。"

结果他前脚刚走出去,后脚众人就用力把门关上了。

言晃有些无言,旋即勾起一个带着几分恶劣意味的笑容,他转身敲了敲门:"麻烦开下门。"

没人回应。

言晃道:"如果不开,后果自负。"

下一秒,门被拉开了,开门的人脸上洋溢着谄媚的笑容:"哎呀,您还没走啊?这么晚了找我们还有什么事?"

言晃越过他看向之前拉他过来的那位老者:"路上黑,麻烦给我一个灯笼,谢谢。"

很快,那人的灯笼就被众人抢走,然后送到了言晃手中。

"再见!"

下一秒,只听"啪"的一声,门再次被紧紧关严,速度之快,仿佛生怕言晃再次进来。

言晃手中提着灯笼,看着面前被关紧的房门,撇撇嘴,小声嘀咕:"明明是你们邀请我进去,现在却这么急着赶人走,这些人可真浮躁,不讲道理。"

他嘀咕完,便打着灯笼往回走,灯笼里面的燃油传来阵阵腐臭气味,让人浑身不舒服。

月明星稀,冷风飕飕。

言晃借着灯笼散发出来的灯光,快速通过阴森诡异的街道,很快便回到了自家门口,只是他并没有急着进去,而是将目光落在了门口不远处的树人身上。想了想,他还是提着灯笼走了过去。

树干上的人脸双眸紧闭，笑容自然，看起来十分诡异。

言晃直接用空闲的手敲了敲树干："还活着吗？"

对方没反应。

言晃沉思片刻，将右手的灯笼换到了左手之中，右手握紧了"家庭和睦之刀"，然后盯着树人紧闭的双眼，默默说道："失礼了。"接着右手一挥，直接用刀划过了树干，留下一道很深很深的痕迹。

树干突然睁开了眼睛，张大了嘴巴，发出一声尖锐的咆哮，接着被刀划过的地方竟然流出了黏稠的绿色液体。

言晃迅速后退，眼神从树干的人脸上转移到伤痕处，如此逼真的痛苦神情，甚至在受伤后还可以流下"血液"……这树人绝不简单！

言晃退至自家门口，那树人站在原地，疯狂扭动着树干挥舞着枝条打过来。言晃当机立断，立刻将手中的灯笼向着树枝扔了过去。

灯笼挂到了树枝上，歪斜的火焰开始侵蚀灯罩，接着是树叶、树枝……眨眼间，巨大的火光出现在树的顶端，将漆黑的夜照亮，炙热的火焰开始顺着树干往下燃烧。

树人痛苦地咆哮起来，可很快，大火便将它整个笼罩住，再难发出一丝声音。

言晃虽然冷眼看着，但并没有放下警惕心，甚至打起了一百二十分的精神。这边的动静太大，恐怕其他树人也不会继续伪装，估计很快就会找上门来，不过它们无法移动，只能利用自身的枝条为武器进行攻击。

根据他从小酒馆到家这一路的观察，树人的位置只存在于道路两侧，其他地方是没有的。通过家门口的这棵树的反击，他已经推算出树人的最远攻击距离。他确认，自己家的地理位置虽然怪异，但是在此刻无疑是一份很好的保证，至少能够攻击到他的只有家门口的两棵树，其他的都不行，所以，只要避开另一棵，就不会有事。

果不其然，在言晃转身看向另一侧的树人时，对方正露出尖锐的枝干，朝着他攻来。

言晃二话不说，捡起地上烧脱落的树干，对准那棵树便直接丢了过去，下一瞬，那棵树也着起了火。

言晃转身想要回到屋内看一下"唐鑫的新书"，看看这树人的具体属性和技能。可就在他转身的一瞬间，身后破风声响起。

言晃立马蹲下，与此同时，两根来自不同方向的树枝直接将面前的门扎破，让门直直向内倒塌下去。趁此机会，言晃直接一个前滚翻，再一次逃过两根树枝的攻击。一个鲤鱼打挺，他一跃而起，同时往外扫了一眼，眸光一沉，刚刚的大火似乎完全没有对树造成影响，树叶和树干竟然完全没有烧坏的痕迹。

言晃毫不犹豫地直接向屋内深处跑去，树枝的伸展长度是有限制的，只要到达一定距离，那些树人绝对伤不到他。

越来越多的树枝疯狂摆动着追击言晃，言晃双唇紧抿，在树枝中穿梭，偶尔和疯狂摆动的树枝擦肩而过时，能感觉到炙热的余温。

言晃心中一紧，这树人着实怪异，竟然不怕火？！

一直跑到最里间入口处，那几根树枝才终于到达了极限距离，拼命往前伸，却无法寸进半步，只好心不甘情不愿地慢慢往回缩。

言晃这才松了口气，环视一圈后发现这处似乎是他父母的房间，只不过床上是空的，并没有躺着人。言晃皱了皱眉，但是转念一想，他们若是不在家中，更方便自己的行动，便没有继续纠结父母的去向，而是走到房间内的真皮椅子上，坐下来休息。

不得不说，这椅子坐着还怪舒服的，甚至比一般的工学椅还要舒服，像是能够精准按摩到每一块骨头似的。他忍不住放松了自己，直接瘫坐在椅子上，拿出了"唐鑫的新书"。

不管是传统概念还是现实基础，火对树木的破坏几乎是毁灭性的，而刚刚他明明点燃了这两棵树，甚至有一棵还完全被大火所包裹，可现在这两棵树就像是没有发生过那种事一般。

这太奇怪了，或许，只有"唐鑫的新书"能够给他解答。

可打开之后，"唐鑫的新书"一直未展现出关于树人的信息。言晃眉头紧锁，难道，我对树人的了解还没有达到50%？还是这树人，根本不算这里面的怪物？

就在这时，一道声音突然在寂静的房间中响起："你坐够了没？"

言晃吓了一跳，猛地坐直身子，疑惑地朝着四周看了看。

"你这不孝子还要在我身上坐多久？！"

言晃连忙从椅子上站了起来，带着几分惊讶与戒备向真皮椅子看去，若是他没有听错，刚刚的声音正是从这椅子上发出来的。借着夜视，他才看清他刚刚坐下的椅子上竟然有一张人脸！

他瞬间后背发凉。这么说来，他刚刚一直坐的椅子……是个人？而且听它的话，好像还是他本次副本中的"爸爸"？可是，他怎么会变成椅子？变成树人还能活着可以理解，但为什么变成椅子还能活着？这次的副本设定这么诡异吗？

言晃感觉自己的大脑在这一瞬间选择了罢工。

直播间的弹幕逐渐活跃起来。

"哈哈哈，你们快看欺诈者的脸色，我从来没见过他这么震惊！"

"颠覆自我认知了吧，哈哈哈哈。"

言晃没搭理直播间众人的嘲笑，迅速调整好自己的心态，没有表现出任何异常，自然地开口问道："爸，这么晚了还不睡？"

椅子冷哼一声："我本来睡得好好的，结果你突然坐在我身上，我还睡得着？"

"实在是抱歉。"

椅子也没放在心上，一跳一跳来到了言晃面前："儿子，爸爸这具新身体怎么样？实用吧？我跟馆长说我要力所能及地为大家服务，馆长就赐了我这具新身体，真是既实用又美观！"

言晃并没有觉得"实用又美观"，只觉得诡异。但他并没有说出来，只是笑了笑，顺着说道："您开心就好。"

椅子跳到言晃身后："爸爸好久没抱你了，来，现在抱一个！"

言晃低头看着椅子，不着痕迹地后退两步："这就不必了吧？"

一听这话，那椅子不乐意了，怒骂了几句后厉声呵斥："你什么意思？你是不是瞧不起我？我可是馆长最杰出的艺术品之一！馆长还赐予了我这个艺术品一个极其高雅的名字——《支撑家庭的人》！"

他虽然是在骂人，但言语间全是骄傲和自豪。

不过，言晃还是看到了他眼中的悲哀与恐惧，那种无能的狂怒，那种无能的恐惧，还有那种只能用谎言欺骗自己，才能接受现实的绝望。

"那就坐一下？"

椅子又开心起来："嗯，快坐，你不坐我就失去了存在的意义，如果失去了意义，那艺术品，就只能成为废品了。"

他不想成为废品，因为成为废品，就会被销毁。

言晃只轻轻在椅子上碰了一下，就立马弹起来："好了，我坐了。妈妈呢？"

结果椅子更加暴怒："你这逆子故意气我是不是？那种不懂艺术的废物也配当你妈妈？在小镇中，只要能被馆长选中，以后一家人的吃穿用度就都不用担心了。可是那个废物在被选中后，却不好好珍惜……这个家还是得靠我！你要为有这样的家庭感到骄傲，知不知道？我们要好好为馆长服务，只有这样才能成为一个有用的人，以后生活起来也会容易许多，不然就只能成为无用之人！"

爸爸不停地唠叨着，言晃十分不适应，想离开却又觉得不礼貌，只好站在原地默默翻着"唐鑫的新书"，试图以此来分散自己的注意力。

不同于小屋中的压抑，直播间的弹幕特别热闹。

"哈哈哈哈，无论是谁，都逃不过父母的唠叨。"

"我也是第一次在副本里看到这种场景，太有意思了。"

言晃没搭理直播间看热闹的观众们，因为他在翻到新的一页时，上边突然显现出全新的信息。

幻想博物馆——树人

力量：4

敏捷：4

智力：1

天赋：重塑，能量转换

重塑：细胞增殖分化能力大涨，能够在短时间内快速改变细胞形态。

能量转换：作为自然界中的生产者，我们不生产能量，只是能量的搬运工。

介绍：走夜路的时候总感觉有人躲在周围的树丛看着你，那是树，还是人？

言晃愣住了，明明他没有继续探索有关树人的信息，为什么"唐鑫的新书"会突然显示出来关于树人的信息？难道是系统出问题了？

不，不可能！

灵光一闪而过，言晃明白了什么，瞬间后退几步。紧接着，他刚刚站的位置钻出巨大的树根。

树根没想到这人竟然会躲过自己的突袭，瞬间狂怒，又一根从地板下钻出。

这次，它刺穿了椅子。

"啊——！"

言晃握紧了"家庭和睦之刀"，试图将椅子救下来，没想到椅子却用眼神制止了他。

它的身上流露出解脱，声音断断续续："远离……博物馆，千万不要答应他……"

当它说出这几个字之后，树根竟然离谱地产生强烈的火焰，将椅子燃烧成灰烬。紧接着，周围又钻出无数条树根。树根扭动着对准了言晃，直接向他刺去。

言晃灵活地在树根间穿梭。他早该想到的，树这种植物，最可怕的不是地上，而是地下。根据刚刚"唐鑫的新书"上显示的信息，他的火焰没办法破坏树人，便是因为树人具备重塑的能力，而树能产生火焰，则是因为树人拥有能量转换的能力。

既然火攻不行，这树人也没有明显的缺点，那么现在，除了离开它的攻击范围，别无他法。但是他逃不掉的，这个小镇，不知道还有多少树人。

言晃的额头冒出冷汗，心中也紧张起来。

就算副本难度提升到了E+，也不至于有如此绝境，甚至还出现如此毫无缺点的怪物。言晃确认，这个副本肯定存在弱点，只是他现在还没有发现而已。

他深呼吸，应对着来自四面八方的树根的袭击。

他的刀的等级现在明显跟不上副本等级了，对付一些小怪物还好，但面对粗壮的树根，这把刀很难对其造成什么实质性的伤害。

言晃只能放弃反击，用灵活的身法穿梭在树根中。奈何树根实在是太多，经过了十几分钟的消耗，他的体力已经明显下滑，被树根逼到了狭窄的浴室。而比空间受限更加糟糕的是，那些树根开始彻底包裹住他这里的每一处角落，在缓缓挤压着他的活动空间。

空间越来越窄，周围的氧气含量好像也在被迅速消耗着。

"欺诈者现在这处境很危险啊！"

"他不会要永远留在这个副本里了吧？"

自进入副本以来，言晃第一次遇到如此险境，他强迫自己冷静下来思考问题。

树人其实还是怕火的，毕竟那时的痛苦表情并不是演出来的，但因为能够重塑，所以本该致命的弱点，现在也没那么致命了。但若是火势让它们来不及重塑，是不是就会像正常的树一样，被火烧成灰？但现在氧气不足，如果用火，估计树没事，他自己可能会先因为缺氧身亡。

等等！言晃忽然意识到了什么。

这些树根为什么总能精准找到他的位置？是利用视觉还是触觉？

言晃推测不出来，但是现在的情况对他越来越不利。他不再迟疑，直接取出上一个副本的奖励道具"幻象模拟器"，迅速在屏幕中编辑了一个画面。画面之中，他直接穿过了这些粗壮的树根，朝着门外走去。

"幻象模拟器"编辑的幻象足以媲美真实世界，能够骗过任何人的五感，只要这树人是依靠五感判断他的行动，那就一定会被骗到！而且它的智力只有1点，绝对不可能轻易识别出真假。

言晃屏息等待着，下一秒，就见这些包裹着他的树根，朝着幻象中他逃走的方向刺去。

言晃眼睛一亮，抓住机会，在不触碰树根的前提下，快速溜出了浴室，大口呼吸着新鲜空气："呼……"

总算是安全了。

言晃重新取出"幻象模拟器"。编辑"幻象模拟器"是需要消耗精神力的，也就是智力，开久了对他并不友好，现在已经脱险，他便决定将其关掉。

可当他关掉之后，肩膀便被什么东西拍了拍，言晃身子一僵，没想到它们这么快就反应过来了。

言晃开始往前跑，同时再次拿出了"幻象模拟器"，但很显然，对方并没有上当，依旧对着言晃紧追不舍，甚至露出了锋利的尖端，向着他刺去。

言晃握紧拳头，依旧保持着冷静，心里快速盘算新的计划。就目前的情形看，只有将树人彻底焚烧殆尽，他才能获得一线生机，但是到底该怎么做呢？

他一边闪躲树根的攻击，一边快速打开系统商城浏览，很快，他的目光落到了"普通的汽油"上，汽油和火……

他直接买下了汽油，然后脚步一停，同时一个旋身，将汽油洒到了树根上，接着拿出了打火机。

　　树根的攻击虽然因为言晃的举动停了一瞬，但是紧接着就继续进攻，在四面八方的尖端即将刺到言晃身体的同时，他的右手按下了打火机。

　　当火苗就要燃起的时候，面前的树根竟然全都停下了，居中的一根恰巧碰到言晃额头正中心的皮。

　　言晃一愣，双眼紧盯着面前的树根，却见它们竟然开始缓缓往回收缩，慢慢回到土里。

　　这是怎么回事？言晃不解地看着，正在此时，一道温和的金色光芒在正东方直射过来，透过破损的房屋大洞，打在了言晃身上。

　　阳光？

　　言晃愣愣地抬起手，感受着掌心中的温暖。竟然是真的阳光！

　　他走出房间，整个人沐浴在阳光之下，抬头看了看，本来黑漆漆的天空露出了原本的蓝色，金色的阳光照耀在地上，显出了几分温暖。

　　道路两侧并没有发生变化，昨夜那些奇怪的树人今天似乎变回了正常的树，它们保持着原样，在晨起温热的暖风中轻摇，静静沐浴着阳光，进行着光合作用，拼命吸纳属于自然的能量。

　　就连树皮上的纹路，都变得正常了，仿佛昨夜发生的一切都只是一场梦，现在天亮了，梦便醒了。

　　言晃抿着唇，走到之前一直攻击他的树人旁边，伸手摸了摸树皮，很普通，是正常的树的手感。

　　他垂眸仔细想了想"唐鑫的新书"中对树人的介绍，介绍里曾经提到过"夜路"，也就是说，树人只有在夜里才会"复活"，而在太阳升起的那一刻，它们就会变回普普通通的树。

　　此时，家家户户也打开了门，走出了待了一夜的房间。

　　他们大口大口地呼吸着新鲜空气，欢快地庆祝着自己又多活了一天，然后再纷纷告别，去做自己的事情，与夜间的寂静诡秘完全不同。

　　言晃恍然大悟，难怪夜里一个人都没有，怪不得那个小酒馆的人明明怕自己怕得要死,却也不肯离开。原来大家都知道夜里是谁的主场,却没有人告诉他。

言晃冷笑一声,拿着"家庭和睦之刀"朝着小酒馆的方向走去。

▶ 第十章
各怀鬼胎

如果不曾拥有希望，他们或许会选择认命，可是只要有一线生机，谁又会愿意放弃？

一路上，言晃发现，这里的居民绝大部分都是正常人，只有少部分人会以奇形怪状的姿态出现。

在这些奇形怪状的人出现后，小镇的居民就会对其表现出羡慕与赞美，但是言晃利用道具"情绪之眼"，看见了他们身上代表着恐惧的颜色。

言晃心里一叹。如果他们想要在这里生存下去，不仅要伪装成馆长的同好，还要去欣赏那些所谓的"艺术品"。

不多时，言晃便来到了小酒馆外。此时，小酒馆的门大敞着，三三两两的人凑在一起，满脸笑意地谈天说地。他扬扬眉，又走近了几分，恰在此时，一人正好转头，和他对上了视线。言晃微微一笑，刚想抬手打个招呼，就见那人瞬间变了脸色，一边往酒馆里跑一边喊："他来了！"

其他人脸色突变，紧随其后地跑回了小酒馆，"啪"的一声把门关紧，锁上。

言晃看着他们，无奈笑了笑，直接上前，用"家庭和睦之刀"把门劈开。

"各位，早上好啊。"

小酒馆里的人瞪着眼睛，上下打量着言晃："你竟然还活着？"

言晃一听，用自己的刀柄拍了拍手掌，用一种轻飘飘的语气说道："看来你们很清楚昨晚会发生什么啊！"

小酒馆的人皆面露苦色，不停道歉告饶："对不起，真的对不起，还请你饶我们一命，我们……我们也是有苦衷的……"

"什么苦衷，说来我听听？"

众人你看看我，我看看你，一句话都不敢说，最后，还是昨晚被言晃指到的那人开了口："我们就是为了能过上好日子罢了。"

言晃看了看他，又扫过其他人，开始感兴趣："说来听听。"

众人脸色都不太好看，别扭了老半天，最后他才说道："如果我们能做出什么不错的艺术品，得到幻想博物馆馆长认可的话，我们就能成为艺术家，就不需要变成怪物了。如你所见，我们这儿原本就是一个普通的镇子，后来馆长来到这里，开了幻想博物馆。之后博物馆打出了名气，赚了大钱，镇长就开始跟他一起搞艺术，说要把这里打造成国际艺术小镇。"

"一开始还好，只是说让大家去欣赏一些作品，提高一下大家的艺术水平，接着就鼓励大家进行自由创作，无论好坏，都会给钱。后来，大家发现自己做点手工，随便画点画就能赚到钱，渐渐就没人愿意工作了。"他接着道，"水电没人管，衣食起居没人管……大家全都去搞艺术了。从一些漂亮的画，到一些雕塑，再到更多我们看都看不懂的玩意儿，最后，连树人都出来了！没人管基本生活，小镇变得一团乱，然后馆长就提议让'艺术品'去管。等大家反应过来的时候，整个小镇都变成了馆长的天下——人们可以进来，但是不能出去。我们举报过、投诉过，也有人骂过那些所谓的艺术品，但很快就被馆长说艺术造诣不行，再过几天，人都没了。"

"我们心里都明白，他是被馆长做成了'艺术品'……"那人一边说着，一边露出惊恐的表情，来自内心深处的恐惧让他全身不受控制地战栗，可即便如此，他也坚持说了出来。

他希望有人能够知道真相，他希望有人能够打破现在的混乱局面，他希望有人能够帮助他们解脱——他们真的受够了！

现在的气氛太过沉闷，言晃为了缓解气氛，开了个小玩笑："我还以为你们真的对馆长的艺术感兴趣。"

可他并没有感受到言晃的好意，而是面色难看地说："一些漂亮的画我能理解，但是随便乱涂几下，或者堆砌一些残忍的画面……我或许真的没有那么厉害的艺术造诣吧，我不懂这些。"

"如果不是为了生存，谁愿意吹捧那些无底线的画作！"他一边说，周围的人一边继续劝他别继续说了。

"万一被人举报，你会死的。"

那人也意识到这个问题了，纠结片刻后没有继续开口，只是目光复杂地盯着言晃。

言晃接收到他目光里传达的信息，微笑着点点头："那就不说这些了。不过，我还有些好奇，如果馆长制作的'艺术品'变成了废品，会怎么样？"

对方透过大开的门看向外边，然后伸手指着对面："会被销毁。"

言晃顺着他指着的方向看了过去。

那是一把椅子，在它的身边围着两个拿着斧头的人，他们将椅子固定好，不顾椅子地破口大骂，直接挥刀砍下，最后将其埋入土中。

言晃目睹了一切，心中惊愕，他完全没想到会是这样残忍的方式进行"销毁"。

旁边的人说："失败的作品会回到自然……尘归尘土归土，也是伟大的自然艺术之一，与落叶归根一样，寓意着回馈，属于废物利用。"

"这是馆长的原话。"

"好的，我明白了。"言晃站起身，走到了外边，温暖的阳光照在他身上，他却觉得有些寒冷，更有诸多情绪堵在胸口。

这个小镇在一种诡异的秩序下运行，然后被这条秩序的发起者牢牢掌控。在这种扭曲的秩序下，人们被迫逆转自然生长，维持着生活的"井然有序"。

这样的社会体系，算不算一种"艺术品"呢？

言晃冷笑一声。他觉得，算的。

当无数的诡异构成一个社会体系，那么这个世界本身就是最大的"艺术品"。只是这种艺术，只服务于少数人，而自然的选择，是遵从多数人的。

忽然，说话的男人"扑通"一声跪在言晃面前："我知道你是很厉害的人，如果你有足够的能力的话，我恳求你打破这个局面。如今的我们，连活下去都十分困难。"

周围的人听见面前人的请愿，带着恳求、带着希冀，向着言晃看去。

如果不曾拥有希望，他们或许会选择认命，可是只要有一线生机，谁又会愿意放弃生还的希望？

言晃看着他们，眉眼间带着几分郑重："我会帮你们，这也是我的任务。"

这次的副本虽然难度升级，但是任务本身没有改变，而"探究博物馆内的真相"的任务正好和众人的祈愿不谋而合——两者的重点都是在幻想博物馆之中。

就在言晃思索之际，周围所有人突然都对言晃跪了下来，姿态虔诚。

言晃吓了一跳，刚想开口说话，却见一个身穿燕尾服的男人走了过来。

男人警惕地看着众人："你们这是在干什么？"

众人没有回复，而是匍匐在地上，嘴里不断重复着"感谢"二字。

燕尾服男人见状，整个人都激动起来："哦，这是多么美丽的画面！我要拍摄下来，把它交给馆长大人，他一定会十分开心的。"

旋即，燕尾服男人看向言晃，目光中多了几分赞许："这是一项不错的行为艺术……你很不错。"

言晃明了，这人或许正是幻想博物馆里的工作人员，而周围的人突然对他下跪，一是真诚的感谢，二是自救，三是帮助他获得博物馆的邀请函。

言晃温和地看着燕尾服男人说："为了这份作品，我可是付出了不小的代价。"

燕尾服男人赞许地点头："不错，艺术永远是无价的，这作品你起好名字了吗？还是打算让馆长大人给你起？"

言晃微笑道："能让馆长给这份作品起名？这简直是这份作品的荣幸！"

燕尾服男人觉得言晃太上道了，忍不住起了惜才之心："不错不错，你是一个很有天赋的人，我一定会把你介绍给馆长认识，馆长一定会十分喜欢你的。恰巧，最近馆长要邀请艺术家参观幻想博物馆，你这样本土出来的艺术家可谓少之又少，他一定会欢迎你的到来。我这里有一份邀请函，还请收下。"

——恭喜玩家欺诈者获得隐藏限时道具：幻想博物馆的邀请函。

道具：幻想博物馆的邀请函
品质：E
属性：无
道具介绍：幻想博物馆每年只会邀请两名具有高深艺术造诣的艺术家进入其中，共同欣赏馆长艺术造诣的巅峰，但你的出现成为例外。

言晃看着这封邀请函，和普通邀请函并无什么不同，但要说与通关有关，也的确如此，毕竟他确实需要进入幻想博物馆。

言晃表现得十分激动，甚至开始对燕尾服男人鞠躬："谢谢，谢谢！"

燕尾服男人似乎十分享受这种感觉，挺胸抬头，端正好自己的仪态："行了，这是你应得的，我还要去巡逻其他地方。"说完，便大摇大摆地离开了。

等他走远之后,地上的人们才慢慢起来,围住言晃,双眼满是希望:"言先生,拜托了!"

这是他们送给言晃的一份礼物,是他们尽自己所能送出的最好的礼物。

言晃收到了众人的心意,点点头,朝着幻想博物馆走去。

幻想博物馆位于小镇的中心,其外围有一个巨大的喷水池,各式各样的、不同寻常的奇异雕塑位于水池中央,呈现出一种诡异的和谐。喷水池里的生物们有的长相奇怪,有的却是正常模样,不过言晃还是从中发现了它们的微妙关系。

最中间的海草、小鱼、长尾鱼,再到一些海怪,表面上看似和谐欢喜,却给人一种巨大的压迫感。

这是一种捕食关系!言晃心想。

正当此时,一道刺耳的"滋啦"声在耳边响起,那是汽车轮胎猛然摩擦地面的声音。

言晃顺着声音看了过去,却见一道熟悉的身影从车上下来。他挑了挑眉,并没有说话,只是往角落里又走了走。

林七从车上下来后,并没有看幻想博物馆的大门,而是绕到车的另一侧,打开了车门,接着如同童话里的王子一般单膝跪地,一只手抬起,准备迎接属于他的公主。

只是,那位公主相当嫌弃这样的举动。

"离我远点!"

林七哀伤地看着林娜:"林娜,你伤到我了。"

林娜双手抱在胸前,站在一旁,闻言翻了个白眼:"赶紧把她弄下来。"

"好。"林七说着叹了口气,"不让在车上杀人就算了,还没收了我们的邀请函,真是过分!"

他一边说着一边向车里探进身子。片刻后，他重新从车里出来，手里拖着一个被绑得完全动不了、嘴巴也被贴上胶带的姑娘。

江萝一脸的生无可恋，心里忍不住叹气，她长这么大还是第一次这么丢人。

"邀请函呢？"林娜问道。

"在口袋里。"林七说完，低头看着坐在地上的姑娘，"现在没在车里，我们是不是可以……"

话虽然未说完，但是江萝已经明白了剩下的意思，大眼睛中瞬间带上了几分惊恐，四下乱瞟，心里忍不住呐喊：言晃，你在哪里？快来救我啊！

旋即，她便看到了隐藏在角落中的言晃。

言晃对她眨了眨眼睛，江萝会意，迅速搭建好精神桥梁。

"你居然在这儿！我还以为你在车底呢。"

言晃一噎，平复了下心情才问："你这是什么情况？"

江萝抱怨道："我可太惨了，我这辈子就没这么丢过人！一进副本我就和这俩人在车上，完全看不到你的影子。在车里我没办法施展拳脚，这俩人本来想把我杀了，还好车内禁止杀人，NPC还把他们的邀请函没收了当威胁，不然你现在看到的就不是这个可爱、漂亮、厉害、懂事的我了。"

言晃瞬间觉得自己在这个副本的经历好像也没那么糟糕。

江萝为了不让林七发现言晃，一直在动来动去，表现出一副试图逃脱的样子。

言晃告诉了她自己发现的副本规则，两人最后确定，想进入博物馆，只有拿到邀请函这一个办法。

"我本来有一张邀请函，但是刚刚被医生抢了，而那个演员林娜身上本来就有一张，所以现在邀请函全在他们身上了。我们得想个办法把邀请函拿过来才行。"

言晃问："怎么拿？"

"医生这人很敏锐,而且我还是被绑着的,没办法做太多。"江萝说,"不过,现在医生应该还没发现你,由你出手最合适,我尽力帮你打配合。"

言晃勾起唇角:"你不用做太多,只要记得把握好时机。"

江萝有些疑惑:"你要做什么?"

言晃漫不经心地说:"'幻象模拟器'。"

此话一出,江萝瞬间就明白了。

此时,林七正在将手中的邀请函递给旁边的林娜。林娜一边接过邀请函,一边说道:"现在欺诈者还不知道在哪里……不知为何,我总觉得心里有些不安。"

"别担心,那人不会对我们造成威胁。"林七说着,右手用力将江萝提了起来,左手化为刀,慢慢逼近江萝,"现在,先把这丫头给解决了。"

江萝惊恐地看着他,连连摇头,似乎是在求饶。

可求饶是没有用的。

林七毫不迟疑地挥出一刀,刹那间,鲜血四溅,随后,江萝像一个破布娃娃般被扔在了地上。

看着这一切的言晃勾起了唇角。

林七很快发现了不对劲,一直眯着的眸子瞬间张开,仅剩的一只眸子中布满寒光,他竟然瞬间从言晃所制造的幻想世界中挣脱出来。同一时间,言晃倒退两步,闷哼一声,捂住了额头。

因为林七的挣脱,导致他所创造的幻想世界出现崩塌,精神力的伤害反噬到了他自己身上。

林七寻声看去,正好和言晃对上了目光,他眉头一蹙,第一反应不是管言晃做了什么,而是伸手摸向了他装着邀请函的口袋。不过他还没摸到邀请函,却率先碰到一只温热的手臂。

林七反应极快,直接将其握住,眸色暗沉,语气却很轻快:"看来你们好像有很不错的道具呢?只可惜,还是我比较快。"

"怎么回事？"林娜这时也发现了言晃的存在，阴沉着脸问道。

刚刚言晃利用"幻象模拟器"改变了林七和林娜眼中的世界。在他们眼中，林七杀死了江萝，但是事实是林七砍断了江萝身上的绳索，让江萝得以自由行动，然后趁此机会从林七口袋里取出邀请函。只是言晃也没有预料到，林七的反应竟然如此迅速，还好他研究了他很长时间，现在的情况，也算是在他的计划之内。

他上前几步，从阴影中走出，看着他们微笑着说："你们好。"

"你好啊，欺诈者，许久不见，是不是想我了？"林七歪歪头，语气轻快地问道。

趁着言晃吸引了林七和林娜的注意力，江萝狡猾一笑，左手摸上了林娜的口袋，同时右手利用自身天赋凝出一把锋利的匕首，手腕一转，用力划开林七手腕的同时也将他口袋中的邀请函划破了。

本来林七的全部精力都在言晃身上，结果右手腕处突然传来刺骨的疼痛，他下意识松开了手。趁此机会，江萝直接冲着言晃那个方向一个翻身。

林七反应极快，在恢复自己伤势的同时，左臂骨刀开始伸长，朝着江萝刺去，同时冷眼看向一旁呆滞的林娜，冷声说："你的邀请函！"

林娜一惊，连忙摸进自己的口袋，绝美的脸上闪过狠厉，向着江萝冲了过去："臭丫头！"

江萝见状，整个人一缩，紧接着便被装入了一颗球中。

林娜和林七眼神一变。林娜猛扑上去，伸手去抓，却没想到球体极其光滑，她不仅没抓住，甚至将球推得更远。

江萝在球里被迫转圈，只感觉世界在天旋地转，还是言晃从系统商城里买来一张大渔网，将球网住，这才救下了江萝。

江萝从自己的球里出来后，第一时间将手里的邀请函交给了言晃，然后就蹲在路边开始吐。

言晃有些无言，从系统商城买了瓶"普通的矿泉水"和一片治疗眩晕的药递给了江萝，然后看了一眼那一颗还没来得及收回的球。

道具：绝对光滑的仓鼠球

品质：F

属性：防御力+1

道具介绍：超级超级光滑哦，绝对无法被人抓到！

言晃嘴角抽了抽，忍不住感慨，这副本里还真是什么道具都有啊！

江萝吃了药后，晕眩感立马缓解，这才站起身，感激地看向言晃："好多了，谢谢。"

"没事就好。"言晃摸了摸她的头。

林七跟林娜二人的表情却相当不好，因为他们刚刚发现自己剩下的那一张邀请函也有了破损，已经不能用了，所以现在四个人手中只有一张邀请函，而那张邀请函还在言晃的手中。

林娜看着他们，低声骂了一句。

林七也眯着眼睛，面上露出一丝轻笑，眼睛死死盯着江萝和言晃说："欺诈者不愧是欺诈者，真是好手段。"他的眼神却像毒蛇一样，冰冷又黏腻。

言晃上前将江萝挡在身后，淡淡道："多谢夸奖。这邀请函，我就收下了。"

他话音刚落，林七便朝他袭来。

言晃记得很清楚，医生的敏捷属性高达4.9，力量属性更是达到了5.2，这无疑是言晃进入副本以来看到的最变态的属性值了。

言晃当机立断，迅速把江萝塞进"绝对光滑的仓鼠球"里，然后对着不远处的喷水池一丢，同时自己也迅速跟上。江萝曾说过，他们在进入副本后，一直都在车里待着，所以医生现在应该还不知道幻想博物馆的规则。

他一边跑一边开口："医生林七很疲倦。"

因为"神之左手"和"谢扶沐的守护"都自带幸运属性，所以也让他的幸运值增加，虽然施展天赋的成功概率并没有发生改变，还是

50%，但是"判定成功"的可能性在增大，就像现在！

——谎言判定为对立性事件，判定成功。

——判定结果：医生林七此前遭受"家庭和睦之刀"伤害，"诅咒"效果二次发作，感觉到疲惫，能力值下滑20%。

林七的速度有了明显的下降，言晃把握住机会，迅速跑到喷水池边。

眼看着林七的拳头就要砸来，言晃却不躲不闪。林七觉得不对，但是在拳头落到言晃身上后，他还是迅速将那点不对劲抛之脑后："欺诈者，偷东西可不是什么好习惯哦，一定会被惩罚的。"

话音落下的瞬间，言晃的右胸口也被他打穿，他脸上的笑容还没来得及放大，就感觉到有冰凉的湿意溅到了他的脸上。

林七被这冰凉的湿意给惊醒，看着面前的场景，脸上的笑容瞬间被阴鸷替代。该死，竟然又是幻象！他大意了。

江萝二次狂吐，一张小脸白得吓人。

言晃很不好意思地拍了拍她的后背："情势所逼，你属性跟不上。"

江萝点点头表示理解，并暗暗下定决心，有时间了一定要好好想办法提高一下属性，特别是敏捷属性，这样以后面对打不过的人，她也能依靠自己跑快点，不用受这苦。

看着面前的场景，林七心中略微触动，旋即又感到厌恶，直接拿出了自己的武器。

"好，很好，非常好！"他看着言晃，露出一个充满恶意的微笑。

言晃看着他手中的长剑，心里一惊，将面色发白的江萝护在了身后。

他认得出来，那把剑是医生用他在副本中杀死的玩家的脊椎炼化成的，品质无限接近"D"，属性值为"力量+5，诅咒+1，禁疗+1"。

这把剑的力量属性值加上他自身的力量属性值，已经超过10点，所以言晃才会如此忌惮。

林七此人，无论是实力、装备，还是他的战斗能力与直觉意识，在副本新人中都是最为顶尖的存在。如果一定要说他有什么弱点的话，那便是他的行为逻辑——这是他最大的防线，也是最大的弱点。只要能摸清他的行为逻辑，就能找到他的致命漏洞，但如果摸不清，就会被他耍得团团转。

而他也在和林七的交锋中发现，林七虽然想杀他，但绝对不会轻易杀掉他，因为他享受的是折磨他的过程，所以在林七眼中，他一直都是一只被困之兽。但当林七拿出"罪恶的大剑"的时候，言晃就知道林七如今的心态，变了。

他不再享受折磨的过程，而是想要直接杀死他。

"欺诈者，我要开始认真了哦！"林七认真地说。

言晃面色不变，但是心跳很快，在林七举起大剑的瞬间，他嘴角轻轻一动，大声喊道："举报！有人破坏珍贵的艺术品！"

林七嗤笑一声，并未在意言晃的话，而是举着"罪恶的大剑"向言晃刺去。言晃转身，将江萝往边上一推，同时自己往另一边挪了几步，直接倒在了喷水池中。

"言晃！"江萝一惊，旋即，便见喷水池中跳出无数长着锋利牙齿的长尾鱼。它们避开了言晃，疯狂地往林七身上扑去，张着大嘴似乎想要撕咬林七。

林七瞳孔一缩，若是只有几只还可以立刻斩杀，但是现在数量太多，根本无法瞬间斩杀完毕，他又没有防御型的道具，看来受伤是无可避免了。林七眸中闪过一丝狠厉，右手握紧了大剑，迎了上去。反正也会受伤，那就多消灭一些。

站在一旁冷眼旁观着这场闹剧的林娜见状低骂一声，迅速上前，挡在林七前面，与此同时，一面巨大的盾牌出现在她手里。

林七惊喜不已："林娜，你来救我了？我好感动！"

林娜白了他一眼："闭嘴，别说话！"

那些飞扑而来的长尾鱼全都撞到了林娜的盾牌上，反弹后摔落到了地上。

林娜松了一口气，收起盾牌，下一秒便见地上的鱼长出了腿，奔向他们。

林娜觉得自己要疯了："这到底是什么怪东西？！"

回答她的，是众多长腿长尾鱼的攻击。

见林娜和林七没有时间管他们，江萝赶紧上前，刚想进水池扶起言晃，却被他制止了，只好站在水池外边，等言晃自己出来。

"那些鱼为什么不攻击你？是因为你没有破坏艺术品吗？可是你不是倒在池子里了吗？这不算艺术品吗？"江萝好奇地看着言晃。

"算，但是我有馆长的邀请函啊！"言晃一边拧衣服上的水一边说，"作为馆长特邀而来的客人，他的'作品'自然不会伤害客人。"

江萝恍然大悟："怪不得你刚才不让我进水池。对了，邀请函没坏吧？"

"没有。"

他们这边刚交谈完，博物馆的大门就打开了，从里面走出两个穿着西装的工作人员，其中一个便是之前给言晃邀请函的燕尾服男人。

两人看着破损的喷水池和满地的鱼，气得脸都要绿了，无比愤怒地盯着林娜和林七。

"好大的胆子，竟然敢破坏馆长伟大的艺术品！"

"我们会代表馆长，狠狠地惩罚你们！"

忽然，燕尾服男人注意到了言晃，意外道："言老师，你来了？怎么搞成这样子？"

言晃指了指林七："他推我。"

林七有些无语。

燕尾服男人更加愤怒，指着林七大骂："真是粗鄙之人！像你这样不懂得尊重艺术品与艺术家的恶人，必须受到惩戒！"

他对旁边的西装男人说："你带言老师跟这位小江老师先进去，我来惩戒这个粗鄙之人。"

西装男人点点头，彬彬有礼地对着言晃与江萝弯下腰："言老师、小江老师，请。"

言晃不着痕迹地扫了一眼林七，而后笑了笑说："多谢。"

两人被西装男人带到幻想博物馆的大门口。

幻想博物馆的门锁是虹膜密码锁，西装男人弯下腰，将眼睛对准摄像头，只听"嘀"的一声，大门便被打开了。

映入言晃和江萝眼帘的并不是空旷却带有浑厚艺术气氛的大厅，而是一条很长很长，又不知通往何方的走廊。馆内没有阳光，只有墙壁上的几盏壁灯亮着，昏暗又阴森，让人难以看清里面整体的模样。

西装男人微笑道："二位请。"

林七和林娜满脸错愕。

林娜忍不住问："他们不是只有一张邀请函吗？怎么两个人都可以进去？这不符合规矩！"

林七也很好奇，面上表情冷静下来，眯着眼睛看向言晃那边。

事情不对劲！幻想博物馆的副本介绍中明确指出，一年只会邀请两位"艺术家"进入博物馆内参观，也就是说，一张邀请函只能让一个人进入。他们这一局邀请的两人分别是林娜和那个丫头，所以两张邀请函也只出现在她们身上。

但刚才那丫头毁了一张邀请函，还将另一张邀请函偷走，所以欺诈者他们应该只有一张邀请函才对，而一张邀请函，应该只能进入一个人，但现在的情况是，两个人都可以进入博物馆内……

言晃听到林娜的声音，微微勾起唇角，事到如今也没有隐瞒下去的必要了。他摸了摸自己衣服上的口袋，一张邀请函出现在众人眼前，接着，他大拇指轻轻一滑，一张邀请函变成了两张。

"很抱歉，我有两张邀请函。"

他的笑容依旧温和，这样的笑容在林七看来却是无比碍眼。

他被耍了！他从一开始就被耍了！怪不得计算师毫不留情地毁了一

张邀请函，原来是因为欺诈者手中从一开始就有一张。

他咬着牙，冷笑两声，带动着身子一起抖动："哈哈哈哈，欺诈者，我真是对你越来越感兴趣了！"

言晃双手插兜看了他片刻，而后问那个穿着燕尾服的男人："先生，我能有幸观看你惩戒他的全过程吗？"

燕尾服男人受宠若惊："当然可以了，言老师，这是我的荣幸，你可是我们馆长很期待的贵客！"

燕尾服男人跃跃欲试。言晃和江萝静静地站在博物馆门口，等待着面前的林七和林娜被燕尾服男人惩戒，虽然他们并不觉得林七会受伤。

林娜后退几步，默默开口："注意别伤到他的眼睛。"

林七得到指令，整个人都兴奋起来，直勾勾地盯着燕尾服男人。

燕尾服男人看着他的眼神，心里控制不住地颤抖，用两只手紧紧握着一把枪，枪口对准林七。

下一秒，他对着林七的身体开枪，一道光球毫无阻拦地穿过了林七的身体，却没有对他造成一丁点的伤害。

燕尾服男人惊恐地瞪大眼睛："怎么可能？！这可是馆长的力量啊！怎么可能会没用！"

林七嘴角翘起，一步一步走向他，同时还解释道："因为重塑肉体与心灵的健康，本就是医生的本职工作啊……"

说完，他右手一挥，"罪恶的大剑"闪过一道银光，燕尾服男人倒在了地上。

目睹一切的言晃和江萝心头一悸。

江萝习惯性入侵了掉落在地上的枪的信息，然后被言晃拖进了博物馆中，西装男人也是紧随其后，满脸惊恐。

林七站在原地，冷眼看着两人离开并且关上了博物馆的门。

"可真是胆小啊！不过，我们很快就会追上他们的，你说是吧，林娜？"

林娜没有多说什么，而是走到燕尾服男人身边，将右手食指放在了他的伤口处，运用起了自己的天赋。

——血液解析完毕，获得外在性状表现因子。

林娜将自己的手指挪开，从口袋里拿出一张纸巾擦了擦，而后不紧不慢地朝着博物馆的大门走去。

这短短的一段路程，林娜的眸子就从原本带着混血美感的偏浅棕色变成了纯黑色，瞳孔也缩小了些。

她将双眸对准幻想博物馆大门的虹膜锁，"嘀"的一声，门开了。

林娜转过身看向林七："可以了，进去吧。"

林七用甜腻腻的语气说："林娜真厉害！"

他一直都相信着，林娜总有一天能够再一次给他美的感觉。

言晃在进入博物馆之前就已经在门口安置了"低级全视角探测"，虽说他之前在观察医生的视频时，也顺便了解了这个一直跟在医生身边的演员林娜，知道她的天赋是能够自由变化容颜和肉身，但真正观察到林娜的天赋之后，还是忍不住惊叹一声。

果然，每个人的天赋都很强！

不过，林娜这样的天赋，会有什么样的限制呢？

言晃不得而知，毕竟他没有专门的观察过演员的视频，所以一时之间也找不到突破口对付她。

他对旁边的江萝再次说道："小萝，从现在开始，任何时候都不要断开精神桥梁。"

江萝点点头。虽然搭建精神桥梁对她的消耗并不大，可一直保持精神连接的状态，时间长了还是会有点吃力，但她明白言晃这么做的道理。

"我们得赶紧离开这儿，他们要是追上来，可就麻烦了。"

两人说着便顺着长廊，向着幻想博物馆的里面走去，却没料到越往里走灯光越暗,甚至连西装男人都不见了身影,似乎这里只剩下了他们两人。

江萝虽然胆子大,但是面对这样的环境还是有些害怕,抱紧了言晃的胳膊。言晃摸了摸她的头,然后从系统商城里买了一个手电筒,主要是为了增加些光亮,以此安抚江萝,而他则利用夜视能力,观察着四周。

本以为墙上会有什么线索,结果除了一堆密密麻麻的奇异符号,其他什么都没有。他上手摸了摸,却发现这墙壁并不是石墙而是木制的。

忽然,长廊里响起一阵极为悦耳动听的歌声,歌声无比迷人,仿佛能够影响人的心智一般,让人情不自禁地想要靠近。

江萝缓缓松开了言晃的胳膊,向前走去。言晃因为自身与"幻象模拟器"相连,所以对一切迷惑心智的东西都有了抵抗力,如今见江萝情况不对,赶紧拦住了她。

"江萝,醒醒,快醒醒!"他看着江萝无神的双眼,猜到她是受了歌声的影响,直接上手捂住她的耳朵。

江萝浑身一颤,猛然回过神来:"我……我怎么了?"

"这歌声有问题,你刚刚被影响了。"言晃担忧地看着她,"现在感觉怎么样?"

"没事了。"江萝听着歌声,并没有继续被影响。

"看来只要人有了防备,就不会被影响。"言晃说,"要不要去看看?"

"行。"

此时,林娜跟林七也听见了这歌声。林娜双眸渐渐无神,呆呆地朝着歌声传来的方向走去。林七见状,毫不犹豫地用骨刀刺进了她的胳膊,强烈的疼痛感唤醒了她。

"林娜不能拖后腿哦!如果跟不上节奏的话,可以一个人在外面等着我。"

林娜脸色难看,直接从系统商城买了药给自己止血,而后冷哼一声:"意外而已。"

林七虽然也受到了些许影响，但或许是因为刚刚在言晃手上吃了两次亏，所以他提前做好了防备，眨眼间就回神了。

"走吧。"

林七的速度很快，完全没有把林娜当自己队友的意思。林娜没有让他等自己，只是默默跟上。

言晃和江萝循着歌声，穿过长长的走廊，来到了一扇被关紧的大门前。

江萝将耳朵贴在门上听了一会儿，而后转身来到言晃身边说："歌声就是从这里传出来的！"

话音刚落，那巨大的铁门突然发出"咔咔"的声音，江萝吓了一跳，转头看去，只见那沉重的大门突然就开了。

"这里是……"江萝怔怔看着面前的场景，呼吸都放轻柔了很多，"大海？"

明明只隔了一扇门，却仿佛换了一个世界。

一望无际的蔚蓝色海洋瞬间占据了整个视野，蓝白色的透亮光芒绚丽至极，一个又一个的泡泡漂在水中。

海洋像是被什么东西包裹住一般，丝毫没有流出门外。

这完全打破了所有在自然界中能够找寻到的关于力的定律。

耳边的歌声仍然动听，言晃循声看去才发现，在自己右前侧竟然有一个巨大的、被浅灰色幕布所遮挡的玻璃罩。透过阳光的折射，隐约能看到几条婀娜曼妙的奇异身影。

它们披散着长发，隐约遮挡住属于人的上半身，下半身却是像鱼尾一般，长而流畅。

言晃和江萝震惊于眼前这一幕，甚至连刚刚赶到的林七和林娜也满脸震惊——这完全就是人鱼的模样啊！

就在这个时候，一道声音传来："我尊贵的客人，欢迎你们的到来。"

这声音听上去十分奇怪，不像一个人的声音，更像是无数人同时说出来的。

不等他们细想,一位身穿纯白衣服的男人从玻璃罩后走了出来。

他全身被白色的布料包裹,仅仅露出一张绝美的脸,仿佛是上天创造的艺术品一般,精雕细琢找不出半分瑕疵。此刻他双手张开,站在海水之中,笑容灿烂:"欢迎来到幻想博物馆,我尊贵的客人们,请进。"

传说中的幻想博物馆馆长,露面了。

言晃并没有动,此时情况不明,他不敢掉以轻心,生怕会有什么变故。倒是他身后的林七嗤笑一声:"欺诈者,你不进去吗?"

言晃没有搭理他。

林七现在倒没有急着在博物馆馆长面前对言晃动手,他刚在言晃手上吃了亏,所以不会在信息确定之前,在博物馆馆长面前闹事儿,如果不小心被盯上的话,那可就麻烦了。

不过,不能动手不代表不能语言嘲讽。

"欺诈者,你为什么不过去呢?该不会是怕了吧?"

言晃很是诚恳地点头说:"对,我怕。"

林七一噎,而后冷哼一声:"难得见你害怕。"

言晃说:"不难得,我怕的东西太多了。你若是不怕,那你先请。"

林七倒是不在意,直接一个大跨步,进入了门内的世界,嘴巴不停,继续说:"太警惕可不好,会错失很多机会的。"

下一秒,他面色涨红,瞪大了眼睛,身体甚至开始往上漂浮,他拼命挣扎着,可在水中身体根本不受控制。

这显然是溺水的模样!

言晃和江萝依旧面无表情,只是静静看着他。

很快,林七的表情由痛苦变为大笑:"你们还真是不上当呢,没意思。"

两人理都没理他,默默走进海中世界。

林七"啧"了一声,撇撇嘴,小声嘟囔:"无趣。"

这海中世界十分奇妙,走在里面是一种形容不上来的感觉。他们在这里不仅能够呼吸，能够脚踏实地，甚至还能够一跃而上，在里面游动，仿佛进入了一个完全受到自己内心控制的幻想世界一般。

四人来到了博物馆馆长面前。

馆长看着他们，笑着说："很高兴你们能够来到这里。在接下来的一段时间里，将由我来带领你们参观我的博物馆。请看，这是我的得意之作。"馆长转身看向被幕布遮挡的人鱼，眼中的情绪是一种向往与神圣，仿佛那是他的神明一般，"是不是很美？"

人鱼的影子在幕布之下灵动活跃，悦耳的旋律不断从中传出。但言晁觉得不太对劲，于是问道："馆长，为什么不揭开幕布呢？"

馆长沉默了片刻，微笑着转身看向言晁："因为它们还只是半成品，而半成品是不完美的，它们的结构还不足以称为自然，所以没办法成为世界真正的一部分。你要知道，美妙的艺术，是连世界都会感叹、赞美、容纳于自身的。而半成品，对世界、对我、对观众，都是不负责的行为。所以，我为它们覆上幕布，遮住它们……"馆长的眼底露出期待，"等到它们终于能完美融入世界的时候，所有人都会惊叹它们的美，为它们所震撼。"

他嘴角向上，被纯白布条覆盖的身体就好像是一块移动的画布，是一个还未被涂抹上颜色的纯白世界。

众人听着他的这番话，心中想法各异，却不露声色。

言晁更加认真地观察起馆长，他很好奇他身上的白布之下是什么，因为他刚刚好像看见，紧贴在馆长身上的一处布料，有着不规则的运动。

旋即，他又听见馆长在嘀咕："不过，很快就会完成了。不，今夜一定会完成的。"

"你们、我们、博物馆里的一切，都会成为美丽世界诞生的见证者！"

他轻轻笑着，在这海洋世界中，沉醉于自己的梦幻。

林七好奇地打量着那个巨大的玻璃罩，趁着馆长沉浸在自己的思绪中，直接走到了玻璃罩的旁边，而后蹲在地上，一只手拉着幕布，好奇地问:"馆长,听了你的话,我对你口中的半成品好好奇啊,半成品到底是什么样子的?"

他一边说着,一边在众人惊讶的目光下用力一扯,速度之快,连馆长与林娜都没回过神来。紧接着,只听"刺啦"一声,幕布便被他扯下了半人多高的一小块。

言晃和江萝对馆长口中的半成品也很好奇,想要趁这个机会,赶紧看一眼。

或许是里面的人鱼也惊奇于突然出现的一个洞,那曼妙的身影迅速朝着这边靠近。与此同时,馆长浑身颤抖,原本就带着无数声线重叠的声音在此刻更为瘆人:"你们这群该死的亵渎者!"

随着他暴怒的声音响起,周围的海洋世界也开始迅速进行顺时针流动,很快,便卷起了一个旋涡眼,缓缓增大的吸力势必要将这几个亵渎者吸进去。

四人皆是做出抵抗姿态,奈何这旋涡眼吸力实在恐怖,原本能够随意行走的海洋世界也在此刻变得无比沉重,限制了他们的能力。

最后,他们在水中被卷起,朝着旋涡眼翻转过去。

林娜在翻转中还不忘对着林七破口大骂:"林七你要害死我吗?!"

林七却不以为然:"对不起嘛!看来,我只好结束这个副本啦。"说着,他睁开了双眼。

他眼中的世界与所有人都不一样,他看不见世界的颜色,也看不见世界的形态,他只能看见一个又一个黑白灰的粒子构成一个人灵魂的形状。

所有人的灵魂都是怪物,在怪物们的交互之中会吞噬彼此。

他的世界是不存在美的,存在的,只有人们丑陋又自私的欲望。

他将其称之为"念"。

面前这个馆长的"念"是他看过的最复杂的"念",一个身体上有无数狂暴的野兽在呐喊,野兽们的脸上各有表情,而无一例外的是,它们愤怒于幕布被毁。

海水似乎在这时失去了对他的控制，让他能够迅速在海水中移动着，眨眼之间，他便来到了言晃身前。

"欺诈者，借个踏板，这个副本饶你一命。"说完，他的双腿便朝着言晃蹬去。

言晃及时双手防御在身前，但还是被林七一脚踹出好远，但此时，他却没有过多想法，只是看着林七犹如离弦之箭一般飞快射出并召唤出"罪恶的大剑"，朝着馆长刺去。

听说塔罗的人大多都是直接干掉副本里的"神"，并且因为拥有特殊的道具，每一次击杀后都能达成 TE 线，进而封锁副本，也不知道医生现在会不会使用这个道具。不过，如果馆长真的被杀，林七下一个目标就是他——为了获得新人王，林七不会让他活着离开副本的。

就在林七距离馆长越来越近时，言晃意外发现馆长的一只手此刻正放在幕布上，有纤细的枝条从他白色衣服下钻出，顺着手臂悄悄缝补被林七撕裂的地方。

言晃目光一凛，同时江萝的声音在脑海里出现："言晃，看来这次新人王与你无缘了。"

言晃稳住自己快要被冲掉的眼镜："没那么简单，馆长没那么容易死。"

江萝疑惑万分，虽说现在副本的等级被上调到了 E+ 级别，可持有"罪恶的大剑"的林七的力量属性可是破了 10 点，要斩杀馆长，并不算难事。

江萝看着那边："可是现在，林七已经杀死馆长了。"

"他会'重塑'的。"言晃轻声道。

此刻，林七也察觉到了危机，迅速后退。可不料，周围的水仿佛通了人性一般，眨眼之间便下降了水位。林七本就是漂在水中，如今海水下降，他一时反应不及，和其他三人一起掉落在了地上。

"怎么回事？"江萝赶紧从地上爬了起来，还好下面是沙滩，不是硬木板。

"林七！"林娜大吼一声，心里再次埋怨林七的冲动。

言晃和江萝下意识看了过去，这才发现原来水不是消失了，而是集合起来，化作了细细的水鞭，将林七牢牢绑起。此时的林七瞪大了眼睛，面色扭曲，仿佛正在经受巨大的痛苦。

言晃和江萝对视一眼，连忙转身，想要逃离这里。林娜眼珠一转，也跟了上去。可三人不过跑了两步，便见无数水鞭布成了天罗地网，阻拦在了他们面前，将他们的退路牢牢封锁。

言晃试探性地用手指碰了一下，在接触到水鞭的一瞬间，手指便流出了血。

江萝与林娜见状，瞬间不敢再往前一步。

"我们该怎么办？"林娜左右看了看，神色焦急地问道。

江萝没搭理她，言晃则是往后看了一眼，却正好看到水鞭绞杀林七的场景。

言晃不由吞了一口唾沫，江萝注意到言晃的异常，也转过身看向馆长，林娜见两人都转身看馆长，也赶紧跟着转了过去。

此时馆长已经重新站起，脖颈处长出了枝条，待枝条散去后，馆长的脸又露了出来，脸上浮起笑容："各位不要害怕，我只是想给你们一个小小的惩戒而已，希望你们不要擅自破坏我的作品。"

"如此不美妙地终结生命，对生命可是极大的侮辱。"他微微欠身，带着几分歉意，"是我失礼了。"

这般严重的致命伤竟然在眨眼间就恢复了，毫无疑问，这位馆长的能力足够强大。言晃眼眸一转，发现之前被撕开的幕布，如今已经恢复成原本的模样。

是他低估挑战类副本了！言晃整个人越发冷静。

林七看着上方，露出一个招牌笑容："哇，好痛啊！"

馆长有些出乎意料，歪头看向他。

他的"眼"一直在观察着所有人，所以才能找到合适的人并发邀请函。在车上时，林娜跟江萝都有吸引他的潜质，唯独这个林七，他是真的看不懂,而无法看清内心的人,是不适合成为艺术品的 ——艺术品,是需要有明确表达的。所以他才将邀请函给了林娜与江萝二人。

可现在,他对这男人感兴趣了。

林七喊了一声:"林娜,帮帮忙,我现在好难受啊!"

林娜脸色并不太好,毕竟这也不是什么美好的画面,但是她不能拒绝,只能僵硬着身子,忽视耳边林七叽叽喳喳的声音,去帮他。

林七的伤口开始以肉眼可见的速度恢复着,片刻后,他便从地上站了起来,活动了活动脖子和手腕,而后长叹一声:"还是这样子舒服啊!"

馆长见到这一幕,眼前一亮。

拥有着能够控制细胞能力的林七,可以自由改变形态的美人林娜,还有拥有巨大的控制中枢脑袋的江萝……没想到,真是没想到啊,他多少年的心愿,终于可以在今天实现了!

馆长整个人兴奋到颤抖。

第十一章
目标是你

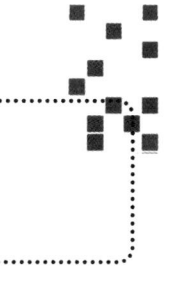

现在的人鱼什么都有，唯独缺少了一张——美人皮。

言晃精准捕捉到这位馆长用看宝物般的眼神在其他三人身上全都扫了一遍。他微微垂头，不让眼中的深思被人发现。

馆长曾说过："如此不美妙地终结生命，对生命可是极大的侮辱。"可是，他一直无法理解，对馆长而言，什么样的生命才能被美妙地终结。

现在他从馆长的眼神中知道了，林七他们三个，就是馆长需要"美妙终结"的生命。所以，馆长是不会轻易杀死这三个人的，因为馆长会给他们安排一个美妙的结局，绽放属于他们的艺术之花。

而他是目前四人中，唯一没有引起馆长注意的，所以他是最安全的。

他笃定这点，于是带着温和的笑容，缓缓走到馆长面前鞠了一躬："尊敬的馆长，我为我这不成器的弟弟冒犯了您而感到十分抱歉，还请您能够宽恕他，也宽恕我们的失礼。我们刚刚只是被您惊世骇俗的创作给吸引住了，还请您能够给我们更多欣赏您作品的机会。"

馆长微微一挑眉，因为言晃的话瞬间心情愉悦了不少。

面前这个男人是被博物馆的工作人员邀请来的，听说是在小镇中进行了一场伟大的行为艺术，而他同意的原因，则是因为昨晚树人陷入的一场幻境，他对那个道具感到好奇，不过那个道具似乎是用精神力控制的，于他而言有些鸡肋，而且道具的主人于他而言并没有什么价值。他目光抬高，放在其他三人身上。但是为了能够制作出状态最好的成品，姑且给他们一些机会好了。

"这是当然。艺术是包容的，是需要知音的。"他微笑道，似乎并没有介意林七刚刚的行为，"一点小小的不愉快，并不能扰乱了我们的同好之心，我们依旧能够拥有一次美妙的艺术之旅。"

他答应了。言晃嘴角翘起，推了推眼镜。那就请，一起入局吧。

言晃朝着东边指了指，带着几分好奇和恭敬："我方才在那边闻到了一股香味儿，请问我能去那边看看吗？"

这时，江萝也跳了出来。只见她满脸的委屈，可怜兮兮地晃动着言晃的手，指了指西边："言晃，人家想去那边，我刚刚看见那边有宝石的光，好漂亮的！"

"不行，我大你小，你得听我的，先去东边参观！"

"我不！我爸爸让你好好照顾我，我要去西边。"她一边说，一边倒在地上左滚滚右滚滚，开始耍起了小性子。

而言晃也冷哼一声："要去你自己去。"

江萝委屈地大哭起来："呜呜呜呜呜，你虐待我！我要找警察叔叔把你抓起来！"

一旁的林娜和林七看到这场景，一时陷入沉默。尤其是林娜，身为一个专业的演员，看着这两位拙劣的表演，忍不住抽了抽嘴角。

这是在闹什么？

一旁的馆长似乎想到了什么，眼中带出笑意，温柔地低下头对江萝说道："如果你一个人去那边的话也可以哦，能被我邀请来的各位，都是我十分信任的。"

江萝立马激动起来："我没问题！"

言晃也道:"我也没问题,我对她很放心。"

馆长十分满意这个结果:"正好,我给各位前来参观的朋友们准备了一个很有意思的小游戏。原本想说等到夜晚再进行这个小游戏,不过看样子,现在进行正好合适。"

"什么样的游戏?"言晃有些好奇,江萝也是认真地看着馆长。

"我在博物馆的四个不同地方藏有四份不同的信物,如果各位能够找到这四份信物的话,那各位也将成为我真正的朋友,成为幻想博物馆的朋友,同时也就拥有了自由离开博物馆的资格。各位如果不介意的话,可以分成四路,找到这四份信物。我呢,会一直待在这里,争取在入夜之前完成人鱼的创作。我相信,在你们找到四份信物回到这里的时候,就能够看见人鱼的完成品了。当然,若是在翌日太阳升起之前没有找到信物的话,那就请永远陪我留在幻想博物馆内吧。"

四人在听到"自由出入博物馆"这点时,神情都变得严肃起来。他们心里很清楚,这个怪物不会轻易死亡,目前最保险的通关方式,就是不和他硬碰硬。不过在听到可以分开后,林娜还是十分开心,在馆长说完后,林娜更是率先开口:"既然如此,那咱们就分开吧!"

林七可怜兮兮地看着林娜,只是那双眯起的眸子配着这样的神情,只会让人觉得毛骨悚然。

"林娜,我不想和你分开。要不,我们还是一起走吧?"

林娜巴不得离林七远点,闻言,毫不犹豫地拒绝了他:"不了,还是快点找到信物,离开这个地方。"说完,她便朝着北边走去。

言晃站在原地,思索着刚刚馆长的话。离开博物馆……离开的到底是这个博物馆,还是副本?

林七看着林娜离开的背影,脸上的表情瞬间变得无比平静,或许是觉得无聊,他甚至还打了一个哈欠,然后看向言晃:"欺诈者,我们一起呗?我好害怕啊。"

言晃瞬间收回思绪,对着他勾唇一笑,直接转身朝着东边通道走去。

"不用了，跟你在一起，我害怕。"

最后林七的目光落在了江萝身上。

江萝被他看得心里发毛，甚至不用天赋推算就知道，跟这人走一起绝对不会有什么好结果。她双手合十："别跟我走，我还是小孩子，好人不会欺负小孩子。"说完，撒腿就跑。

林七没有继续纠缠，而是嗤笑一声。好人吗？可他不是好人，当然，也不是坏人，他只是一个平平常常、普普通通的"正常人"。

林七转而看向馆长："馆长，这种时候我是不是该表现出烦躁呢？"

馆长被林七这个问题问住了，差点没反应过来，不过，他很快就稳住了神情，依旧保持着神秘的微笑："没有该不该，各花自有各人赏，如果无人赏，那便孤芳自赏。这就是艺术家的世界。"

林七双手插兜："说的也是。"旋即朝着南边走去。

走到大门处时，林七停下了脚步，转身盯紧了那位馆长："我不是花，我是人，一个正常人。馆长可不能毁了我的花，不然我会生气的。"

他的花，是他从出生起见过的第一抹艳丽颜色，为了他的花，他从零七变成了林七，纵然很久没有看见那朵花盛开，但他相信，迟早有一天能再看到。

那是他在精神病院时看到的，在大银幕中看到的，独属于人世间的美。

是他一直都在追求的美。

馆长听见林七这番话，沉默了许久，而后露出笑容："我很欣赏你，所以我会给你的花一次机会。我不主动找她，但她如果不小心遇见了我，那……"他没有把话说完，但是结果如何，馆长知道林七心里已经明白了。因为林七在撕开幕布的那一刻，已经看到了所谓的"半成品"的人鱼是什么样了。

林七笑得很开心："馆长，你真是一个好人。"

林七走出大门之后，馆长抬起头看着幕布之下的倩影。

"我一定会在今夜将你完成。我会亲手打造出最完美的世界，即使所有人都不理解我……但，不被理解的艺术太多了，我会让所有人都慢慢理解，我会让我们的世界成为主流。"

说完，他的目光便朝着言晃选择的方向看去，眸中闪过一道精光。

因为林七的特殊性，他奈何不了林七，所以他必须遵守约定，不主动去找林娜，但若是林娜主动寻到了自己，那就不算违约，而距离北边通道最近的，就是她了。

言晃慢悠悠地行走在走廊里，脑内正通过精神桥梁和江萝沟通。

"你为什么要让我们分开行动？"江萝有些不解。

是的，四人分开的计划正是言晃通过精神桥梁告诉江萝，并让她和自己打配合的。

"这个馆长邀请的人，一定是他需要的人，而刚刚他的眼神告诉我，他现在对你、林七和林娜是最感兴趣的，你们会成为他作品的原材料，跟其他失踪的人一模一样。"

江萝一惊："所以你引导他分开我们是为了……"

"让他替我们杀掉林七和林娜！"

"你有没有考虑过，我也可能会被馆长杀掉？"

言晃轻笑一声："嗯。"

"你什么意思？！"江萝被他这不在意的态度惹恼了。

"放心，三分之一的概率，还轮不到你，你可以自己推算一下。"

江萝气得直翻白眼，不过她也不慌："算了，他应该会去找林娜，我比起林娜还算安全。"

言晃立马察觉到江萝语气里的肯定："为什么？"

江萝坏坏一笑："你没看到人鱼长什么样吧？"

"你看到了？"言晃确实没有看到，在他的视线凑过去的刹那，馆长便发怒了，他只能收回视线，全力抵抗着旋涡的吸力。

"看到了，没看清。"

言晃有些无言："那你为什么这么确定馆长会先去找林娜？"

"因为我拍到了啊！"江萝傲娇的语气在脑海内响起，"我传给你，你若是也看到了人鱼的模样，就知道我为什么这么肯定了。"

这么一说，言晃立刻想起了江萝的能力。作为最强计算机，江萝的双眼可以像摄像头一样，将画面变为一张图片存储在脑子里，但这种能力的副作用就是会让她经常性陷入头疼，所以言晃也不敢羡慕。

言晃很快便接收到了照片。那是潜藏在明蓝色海洋里的一抹身影，修长漂亮的鱼尾光滑且美丽，在水中呈现出一种优美的扭动弧度，仿佛是一位舞者。

它的下半身，是如此的完美，而它的上半身，却让人头皮发麻。

腰部以上，毫无皮肉，皆为白骨，浓密的金色头发之下，是异于常人的可怖模样。

而此刻，它面对着这块残破的幕布，一只手指轻轻抚摸在唇边。如果它们是正常人类的话，一定是疑惑的表情，毕竟一直以来处在这样世界的它们，会好奇新的一切。

言晃看着这张人鱼照片，总算明白了为什么馆长叫它们"半成品"，更明白了江萝为什么会说林娜的处境更加危险。

传说中，人鱼身姿曼妙，容貌绝世，海上的水手会被它们的歌声吸引，靠近它们，然后被它们的美貌勾得魂牵梦萦。

现在的人鱼什么都有，唯独缺少了一张——美人皮。

林娜的美是无懈可击的美，是最完美的美。她的美不在于她现在是什么样，而是她能随时变成任何人喜欢的模样——她的皮、她的骨、她的声音、她的一切。

如果人鱼一定要在今晚完成，那么，只要套上林娜那一身完美的美人皮就好。

言晃笑了笑："这样说来，你的确是安全了。"

江萝轻哼一声："那是当然。"

两人没有再多聊，打算趁现在馆长的注意力还在林娜身上，赶紧找到信物。

言晃沉默地走在走廊中，这里完全不像刚刚进入幻想博物馆时的场景，而是和普通的博物馆的装修没有什么两样。光影时刻变换着，两侧的墙上挂了很多副漂亮而又充满韵味的艺术品，每一份独特艺术品之下，都会标注创作者——幻想博物馆馆长。

作者下方也会有艺术品的名字，只不过这些名字没啥太大的意义，因为它们只是"成分"——有非生物成分，也有生物成分。

从一开始的花草、蚂蚁，再到兔子……一层一层往上递进，最终成了人。

言晃看见了挂在墙壁上的心脏标本，作品名为《永生》。

他冷笑一声，的确如之前酒馆里的人告诉他的那般，一旦一个画面被赋予了"名字"，它就成了"艺术"。

言晃在这走廊走了许久，中途还看到了很多通向不同方向的走廊，他并没有踏进去，而是坚定不移地向着东方走。

走着走着，言晃忽然看见了一扇门，门上写着"天马行空"四个字，上面还有划痕，像是写错要划掉一般。

言晃眉头微微一皱，这是他看到的唯一一扇门，想了想，他还是伸出手拧动了面前的门把手。

门打开的一瞬间，言晃便被面前的画面折服。

与外面的风格完全不同，这里就像是刚见到馆长时周围全是海洋的那种处于梦幻与现实之中的感觉一般，但不同的是，这里被温暖的暖光笼罩，处处充满了生机。

言晃似乎是被迷惑了一般，缓缓抬脚，走进门内。在他身后，门自动关上而后逐渐消失。

言晃站在原地，耳边有溪流声、有风声，眼中有蓝天白云、翠绿的草地、潺潺溪流，风景之美，仿佛让人置身于天堂一般，顷刻间便放松下来。

忽地，有马蹄声响起，吸引了言晃的注意力。

言晃转过头去，视野中出现了一群纯白色的马……准确来说，它们只是类似于马,因为它们拥有着一双纯白无瑕的翅膀,在它们的头顶上,长着一只漂亮的角,闪烁着明亮的光芒。

它们低着头,优雅从容地在草地上吃着草,似乎是注意到了言晃的目光,它们抬起了头,看向言晃。言晃这时才注意到,它们的眼眸竟然犹如钻石一般明亮。

下一瞬,那梦幻的天马群便拍打着翅膀,像是要迎接客人一般朝着言晃飞来。

这样的画面是让人难以置信的。

言晃几乎不受控制地想要拥抱它们,它们也顺从地低下头,将自己的角对准了言晃的身体——它们要刺穿他的心脏,让他沉醉于这美好的世界之中,至死方休。

尖锐的角即将刺穿言晃,但言晃的刀更快地切下了它们头顶的角。

一只又一只。

每一只角从独角兽身上离开之时,都会失去光芒。与此同时,这个世界的光芒,也会变得暗淡一些。

渐渐地,房间变得灰暗,呼吸间全是腥臭气味。

言晃面前不再是洁白漂亮的独角兽,而是一匹又一匹被血沾满的、瘦弱到能够看到骨形的小马。

在它们的头顶有一处不正常的凸起的小包,如果将地上的角放在这小包处,会发现它们的大小完全吻合。小马们的眼睛毫无神采,嘴边也没有翠绿的草,而是大面积的脏污,还散发着腥臭。

它们怯怯地缩在角落里,颤抖着身躯,四肢跪在地上,不敢继续攻击言晃,也不敢多看他一眼。

言晃重新打量起周围的环境。这里肮脏不堪,布满了各式各样的生物残渣,小马们身上也是十分脏浊,瘦骨嶙峋的模样在发颤时让人觉得它们随时有可能散架。

言晃突然意识到它们为什么会被一扇门封锁住了。

因为它们是"失败品"。

作为"失败品"还苟活着的它们，只能改变自己的进食能力，在这昏暗的房间里，成为怪物。

言晃抓起了之前切下的角，角的信息更新了。

道具：独角兽之角

品质：E-

属性：使人进入美梦状态

道具介绍：幻想博物馆的馆长是个无可置疑的天才，他拥有拉枯摧朽的力量，鬼斧神工的技艺，他制作出来一个又一个属于梦幻的美好世界，尽管这一切是建立在世人所恐惧、所唾弃的废墟之上。这是他忙碌了许久制作出来的，能够引诱人们进入梦幻世界的引物，不过，它们似乎没能成为馆长最后的选择。

言晃盯着手中的"独角兽之角"，心有余悸。

若不是有江毅留下来的"情绪之眼"，让他看到了那一群美丽的独角兽飞来时痛苦的情绪，他或许就会中招了。

言晃表情复杂地看向那些小马。

过于瘦弱的身体、颤颤巍巍的表情、呜咽的悲鸣……它们也不过只是一群可怜的"失败品"罢了。

言晃走到它们面前，蹲下，伸出手，摸了摸面前的白马："疼吗？"

白马的头朝着言晃的身体轻微拱了一下，似乎是有求于言晃。

言晃皱着眉，转头就看见背后墙上满是血迹，还有一些被尖锐物品刺过的痕迹。

言晃问："需要我给你们自由吗？算是对伤害了你们的道歉。"

白马们会被挑选成为独角兽，自然是具备超高灵性的。它们能够听懂言晃说的话，知道言晃有要帮助它们的意愿，可是它们摇了摇头。

言晃有些疑惑，它们身上痛苦的颜色可是半分未褪，所以，为什么拒绝他的帮助呢？为什么拒绝自由呢？

旋即，白马们做出了一个让他难以置信的举动。

它们全体匍匐在地上，把头低得更厉害，低到脖子贴在地面上，然后尽力伸长，就好像是想要等待终结一般发出轻轻的"呜呜"声。

言晃心中一震，上手摸了摸距离他最近的一匹马的脑袋，声音中带着几分小心翼翼说："你们这是……想让我杀了你们？"

这些马不能口吐人言，所以它们发出了声响，似乎是在对言晃的问题表示肯定。

言晃的喉结上下一动，眼中的诸多情绪一闪而过，可是看着它们趴在原地的样子，他却觉得自己明白了许多。

不是所有生物都把自己的生命视为最高级，有折翼之鸟撞墙寻死，有看家老犬死前离别……这世界上有许许多多的生命，也有许许多多的行为，可当他们失去了最重要的一部分时，他们也就失去了对生的渴求，比如面前这失去自由、失去习性的马。

言晃轻轻靠在面前马匹的身上，凑近它的耳朵轻轻说："愿你来世，天马行空。"说完，他便一刀刺入了白马的心脏，终结了它的痛苦。

周围的马匹闭上了眼睛，等待着属于自己的终点。

言晃用同样的方式，在这封闭的空间中，伴着腐臭的气息，为一匹又一匹白马送行。

直至最后一匹马。

它是这群马中体型最小的，在言晃靠近它的一瞬间，它还轻轻蹭了蹭言晃的腿。言晃心下一软，蹲下身，将它的头放在肩膀上，然后让它没有痛苦地离开了这个世界。

感受着耳边的呼吸越来越弱，直至消失，言晃的心情略微沉重，可在这沉重之余，他却觉得这样的结局于它们而言，未必不是自由。

就在这时，他感觉到靠在他肩膀的马头好像吐出了什么冰凉的东西。他伸手往后一摸，果然摸到了特别的东西——刻着翅膀图样的四分之一块金币。

——恭喜玩家欺诈者获得重要道具：独角兽的信物。

重要道具：独角兽的信物
品质：E
属性：无
道具介绍：幻想博物馆的馆长为自己的四份得意之作画上图样，在四份作品被淘汰时将其折断，可是作为馆长曾经最得意的作品，馆长会随时准备再次启动它们。

言晃万万没想到自己竟然会在这种情况下得到信物。

果然每一次做好事，给他的回馈都不会太差。

他将信物收好，将小马妥善安置在地上，而后他站起身说："我该走了，晚安。"

门再次显现，就在言晃的手放在门把手上的瞬间，屋内竟然散发出奇幻光芒。

他转身一看，发现是那些扔在地上的、被他一一切下的独角兽的角在发光。他眉头微微一拧，瞬间警惕起来。就在这时，面前原本混乱的光芒竟开始有规律地交错起来。

——恭喜玩家欺诈者解锁隐藏信息：独角兽资料片。

面前混乱的光芒重新组成了一幅画面。

画面中，博物馆的馆长带着自己的制作出来的独角兽，骄傲地在整个小镇上游行。然而小镇的居民们表面上笑嘻嘻地赞美着，心里却恶心到发吐。

他们知道这些独角兽并不是自然生长的，而是由馆长制作完成。就像它们洁白的翅膀，是由一根根鸟毛制作的；它们那散发出奇异光芒的角，是犀牛角经过重塑制成的，然后刺破白马的头骨，将角安在了上面。

他们的赞美让馆长心情愉悦，可是很快，馆长便借助他的"眼"，听见了所有的声音。

"这算是什么艺术？一股子血腥味，难闻死了。"

"那个角直接钻破了头骨……想想就痛，馆长真是太残忍了！"

"听说它们还能让人产生幻觉，真的好可怕啊！"

"今天是马被这么对待……以后呢？会不会变成我们？"

……

馆长心疼地抱住独角兽，整个人都变得失魂落魄，他轻轻抚摸着独角兽的下巴，呢喃着："他们怎么能这么诋毁你们呢？你们是我最优秀最得意的作品，不要伤心，不要伤心……成就艺术的道路上，总会有很多人不理解。他们只是太害怕了而已。等你们学会控制自己的角时，所有人都会喜爱你们、赞美你们……你们将会成为世界上最美妙的生物。"

他完全没有注意到独角兽们的眼睛仿佛是一摊波澜不惊的死水，尽管它们的眼睛是如此美丽。

他依旧将独角兽们带出博物馆，日日夜夜去锻炼独角兽们对自己能力的应用。

最终，他发现自己失败了。

"果然，智力低下的生物是无法完成大业的，你们承担不起改变世界的能力。"

他似乎很失望，看着它们的眼神里再也没了以往的骄傲与自豪，取而代之的是嫌恶与不满。

"你们真是失败的作品，我不允许自己有这样的作品存在！"

于是，他拔掉了它们身上的翅膀，将它们放置在空房间中。在他缓缓关上门的时候，那些重新成为"马"的马，始终站在房间里，最后听到的声音是属于博物馆馆长的："我一定会创造出一个最美妙的世界！"

渐渐地,光芒消散,所有画面被清空,言晃面前只剩下提示面板。

——幻想博物馆资料片独角兽已播放完成。

——资料片简介:它们智慧不高,它们不向往长出翅膀,它们也不向往走进童话,它们更不向往受人称赞、尊敬……它们向往的只是在草原上,和其他的马儿一样自由奔跑。偷偷告诉你一个秘密,从来没有人知道,被抛弃的它们,一直都掌握着馆长所期望的力量。

"不知道为什么,心情好复杂,突然好想哭。"

"自从看了这个副本直播,我才知道自己的泪点竟然这么低。"

"好惨的小马们啊!欺诈者做得不错!"

言晃观看完整个资料片,心情也是十分复杂。只不过让他比较疑惑的是,馆长要创造的"最美妙的世界"到底是什么样的世界?

通过观察,他发现馆长这人执念很深,并且对自己的"作品"要求很严格。他放弃独角兽的原因是因为它们没有达到他的标准,没办法为他创造出他所向往的世界。

他向往的世界是什么呢?等独角兽学会控制自己的角?

言晃想到了资料片中馆长说过的话。难道是控制制造幻象的能力?如果是这样的话,那一切都说得通了。

馆长如此痴迷于人鱼的制作,是因为他要利用人鱼的歌声创造一个新的世界。

可是他想要的真的是幻境吗?不,绝对不是,他想要的是一个真正的"充满艺术"的世界。而现在,他真的快要完成了。

言晃忽然想到了什么,默默离开了房间。

这个资料片是这些小马们送给他的一份谢礼,他收下了。

言晃在走出房间之后,本来断掉的精神桥梁终于被一直锲而不舍尝试的江萝重新连上。

言晃本想告诉她这次遇到的事情,但江萝明显比他更加着急。

"言晃,刚刚联系不上你是什么原因我先不管了。我要说的是,我刚刚走到一个岔路口的时候看到那个馆长了,我用了一次推算能力,发现他的目标不是林娜,是你!虽然不知道他到底想干什么,但你要千万小心!"江萝焦急地说道,"喂,言晃,听到了吗?"

言晃看着面前的白袍人微微一笑,在脑海中回道:"你现在说,好像是有点晚了。"

江萝大惊:"怎么了?难道……"

"是的,他已经找过来了。"

"言晃老师,没想到你这么快就拿到了信物,恭喜啊!"馆长的表情格外友善,脸上的笑容也很真诚,"我知道你是个聪明人,现在你应该知道了我这个博物馆的很多事,不过没关系,我并不在意。因为我对你也挺感兴趣的,尤其是你那份制造幻象的能力,虽然不是那么完美,甚至还需要借助道具,但我还是想要了解一下呢。"

他一步一步朝着言晃靠近,不慌不忙,似乎言晃已经是他的囊中之物,绝对无法逃离。

言晃微笑着默默后退,经过他的估算,若是自己与这位馆长战斗,他的胜率大概不到10%,太低太低。

他若是选择使用天赋让这位馆长不去伤害他……不行,对这样一个人物使用天赋,消耗太过巨大,还不一定能够成功。

不对,想法陷入误区了。他若是控制住了馆长,那他就得独自面对林七了。如今在这幻想博物馆内,馆长和林七都存在,才能相互制约。

言晃目光一转,既然不能打,那就跑!

言晃直接转身,迈开腿就是一个冲刺。

馆长站在原地,气定神闲,目光盯着奔跑的言晃,唇角勾起一丝诡异微笑。

即刻,博物馆的墙壁忽然发生变化,原本精美的石英墙上出现了扭动的枝条,化作尖锐无比的形态朝着言晃攻了过去。

言晃心头一惊,在闪躲的同时低头看了一眼手表。

现在的时间竟然已经过了下午6点——日落之后,树人复苏,拥有着重塑能力的树人,会成为黑夜里的主宰。

言晃心里一紧,看来他的猜测没错,这馆长就是个有着强烈自我意识的树人。外边的树人或许正是他的分支,也是他的"眼",受他控制,所以才会攻击人,而这座幻想博物馆,或许也是由他的身体改造的。

言晃朝着前面拼命奔跑,不断躲避着枝条的攻击,却突然发现周围的通道开始变得狭窄。

他眸光一冷,开始飞速思考对策。根据馆内规则,若是馆长本人破坏了墙上的"艺术品",会有什么样的惩罚?

于是,言晃开始引着枝条往墙上挂着的"艺术品"处撞击,可惜枝条的控制能力极强,精度亦然,每一次攻击都能恰好在接触到墙上的"艺术品"时,即刻停止。

言晃得不到想要的结果,却在这样的追击中发现了一件事——这位馆长没有要杀他的意思。

面前的道路虽然一直在变窄,但并没有影响到他的动作,何况周围全都是枝条,这位馆长若真的想要抓他,哪里需要这么麻烦,而且每一次枝条都只是擦身而过,并没有对他造成什么实质性的伤害。

言晃想了想,还是调整了一下自己的速度,然后发现他快那些枝条也快,他慢那些枝条也慢。而这个反馈也让他肯定了自己的想法。

既然不是要杀他,那馆长这么做的理由是什么呢?

言晃看了看馆长将他引去的方向,瞬间明白了馆长想要什么。他们的猜测果然没有错,馆长的第一目标正是林娜,至于馆长为什么不直接找林娜……这不重要。

言晃唇角勾起,加快了自己的脚步,不过步伐却是越来越稳定。

大概过了几分钟,他身后的枝条便消失了。

言晃瞬间停住,而后拍了拍自己身上的灰尘,打算稍微休息一下。忽然,他听见了一个熟悉的声音。

"言晃,你怎么在这儿?"

言晃闻声看去,面前站着的是一个梳着双马尾的姑娘。她穿着一件黑紫色的洛丽塔裙,嘴里咬着"舔一口就会变得幸福的棒棒糖",一对细长的眉毛对着言晃轻轻一挑,格外得意。

"你怎么跑我这里来了?"

"小萝?"言晃眨眨眼,松了一口气,"刚刚我进了一个房间,结果一进去就中了幻象,差点被里面的独角兽给杀死,还好我跑得快,不然你就见不到我了。"

江萝哈哈大笑,毫不留情地嘲讽道:"让你成天骗人,现在中幻象了吧,丢人哦。"

言晃实在是哭笑不得,上前揉了揉江萝的头发:"你行你去,还学会嘲笑我了。"

江萝眼中闪烁着数码:"我去就我去,我刚刚推算了一下,那里十有八九是其中一个信物的获得地,你不要?"

言晃耸了耸肩:"要,但是小命更要紧。"

"你不要的话我自己去,告诉我位置。"江萝将棒棒糖收回背包之中。

言晃将位置与部分遭遇一五一十告诉了她,而后叮嘱道:"你自己小心一点。"

江萝轻哼一声:"放心吧,没问题。"说完,她便迈着自己的小短腿,朝着言晃所指的方向跑了过去。

当她与言晃错身而过后,她的脸上露出了违和感极强的成熟笑容,眼底的激动更是难以遮掩。

她现在手上已经有了一块信物,再拿下一块就有两块,只要她表现足够优异,塔罗高层绝对会对她刮目相看,而她也会爬得更高,爬到无人能够欺辱她的位置!

在第一个转角之后,江萝的身体变化了起来,开始变高变成熟,最后变成了一个拥有着一头大波浪长发的美人。

只是，美人的脸上全都是刀刮开的痕迹，皮开肉绽，格外瘆人。不过这样恐怖的容貌并没有持续太久，很快就恢复成了一开始的美丽容颜。

"还挺像你的。"言晃与江萝一直保持着精神桥梁的沟通，脸上的笑容越来越深。

江萝表示抗议："胡说！我明明就是一个可爱且治愈人心的小天使，才不会随意嘲讽人。"

"哦。"

江萝立刻炸了："你再'哦'一个试试！"

言晃微微一笑，没有回她，而是看向林娜离开的方向。

不得不说，这位演员的能力确实不错。当她伪装成江萝站在他面前时，他完全没有认出来，无论是容貌、气质，说话的小习惯，甚至一些江萝特有的小道具，都做到了完美复刻，而且还在他面前展现了属于计算师的天赋。

还好他在看见林娜使用自己的天赋通过虹膜验证的时候就起了警惕，预判这位演员或许会借机扮演他们其中的一位去欺骗另一位。所以，他才让江萝一直保持着精神桥梁的沟通。

林娜的能力除了变化外表，估计也能够得到些许基本信息。

只可惜，副本又怎么会让江萝自身的天赋隐藏信息暴露呢？这绝对是超出规则，会遭到警告或者反噬的。

江萝的天赋隐藏信息有两种：一是"电子具现"，二是"超级计算机"。推算和精神桥梁的能力都属于"超级计算机"这一天赋下的能力，可江萝自始至终都没有暴露自己拥有精神桥梁的能力。

这种能力看似弱小，只能起通讯作用。但对林娜的天赋来说，是绝对的克星！

林娜独自走在通道里，手中把玩着一根长鞭。

她的实力其实不算差，准确来说，能够加入公会塔罗的人，没有谁会是副本里的小角色。

只不过不算差,并不代表就是好。

她的水平中规中矩,天赋在很多人眼中也几乎是半废的状态,她能够在副本里存活这么久,很大一部分原因就是林七的存在。

林七的性情虽然喜怒无常,但不可否认,他对林娜是特殊的。他或许会伤害林娜,但绝对不会让林娜死,更不会让任何人触碰林娜的脸,包括他自己。

很多玩家都说依附于林七就是她最好的归宿,因为她的这张脸让林七足够沉迷。

可她这一辈子最恨的就是自己这张脸,这张脸给了她现在的一切,但也是这张脸毁了她的人生,她又怎么可能重蹈覆辙,让这张脸去掌控她的人生轨迹。

她的人生轨迹一定要牢牢把握在自己手里!

果然在言晃所说的地方找到了独角兽的房间,知道它们的幻象是能够让言晃这样智力属性高达2的玩家中招,所以她更加不敢掉以轻心。

她的鞭子忽然长出尖刺,然后被她狠狠地捆绑在自己的手心。

她推开大门,然后将手掌按在脸上,血液流出,顺着手臂往下,然而面前什么事情也没发生,只有一股恶心到令人发吐的浓烈恶臭扑鼻而来。

还好她早已习惯了肮脏的臭味,所以这样的恶臭并没有让她产生太大感觉。

她仔细观察着房间。

房间之内,有好多匹白马倒在地上,每一匹白马的额头上都有狰狞的血色痕迹,能够看到它们的头骨有极为突兀的裂痕。在它们附近,散落着很多漂亮的角。

她第一反应便想到了独角兽,可言晃刚才不是说他逃掉了吗?那面前这些死亡的独角兽是怎么回事?

"该死,被骗了!"

她后知后觉地想到了，欺诈者竟然识破了她！可是以他的能力，在林七不在的情况下，他完全可以杀了她，没必要引开她。

为什么他没有跟她战斗，反而是把她引了过来？

绝对不会有什么好事发生！

林娜看过言晃的副本直播，断定了这个结果，第一反应就是要赶紧离开这个地方。

她刚离开房间，一转身就撞到了一个人身上——冰冷的、僵硬的，不像人类的身体。她面色一僵，抬起头，正对上馆长的脸。

他充满神圣的面庞上带着迷人的笑容，浑身被雪白的白袍包裹住，如同一位祭司般，低头看着怀中的人："美丽的小姐，许久不见，你还是这般优雅漂亮。"

他的声音很轻，但像是从全身上下传来的一般，让那原本同频却有着奇怪音色的声音，变得更加诡异。

林娜脸色一白，后背瞬间冒出冷汗。她好像知道言晃为什么不杀她而是把她引来这里了，因为他要借刀杀人。

"馆长？您怎么在这儿？"她的声音有些发颤，却还是尽力保持着冷静。

馆长一只手放在了林娜的下巴上："我和一位跟我一样拥有追求的男人做了一个约定，绝对不会主动找您，但现在可是您主动找到了我，也不算我违约吧？"

"哦，瞧瞧，多么完美的皮囊，如此雪白、如此滑嫩，无论触碰哪里，都会让人感叹这是造物主的神奇，这是大自然的偏心。"他的右手摸着林娜的脸，眼神痴迷中带着疯狂，"可是大自然怎么能偏心呢？它应该公平对待每一个人。它不该让世界有美丑之分，也不该让世界存在异类，可是，它总是不尽如人意，偏心许多事物。就像火山没有花草，就像海洋没有人类，就像森林没有烈焰……它总是那么偏心，总是不愿意将自己拥有的一切分享，总是让美不再完美，让许多生物不能共存，让太阳不懂月，让他们，总是无法理解我。"

馆长嗤笑一声："他们认为这是矛盾的。可他们不知道，正是因为有了矛盾，所以才令打破矛盾本身变得更加有意义。就像《蒙娜丽莎的微笑》这世界级的艺术品，在每一个人眼中，她的笑所代表的含义却大不相同，有的人认为她的笑代表愤怒，有人认为代表温婉，也有人认为代表妥协……一千个人眼中有一千种不同，矛盾，让它成为艺术！"

"就比如您，美丽的小姐，您有如此完美的容颜，却一次又一次地让它充满疤痕，这又何尝不是一个故事呢？"馆长的手轻柔地抚摸着林娜的脸，仿佛在抚摸这世界的珍宝一般，让他发出赞叹。

林娜却在他的最后一句中，全身开始颤抖。

这个馆长是第二个看出她皮囊下秘密的人。

她咬紧牙关，用力推开馆长，怒声喊着："别碰我！"

馆长微微一笑，顺从地后退了半步，然后伸出手，表现出拥抱的姿态。

"没关系，或许你无法接受自己的不完美，但没关系的，很快你就会变成完美的一部分了。艺术，就是让所有人的灵魂都得到尊重。我会弥补自然对您犯下的错误。"

林娜感知到一股极为恐怖的气息正在靠近，她不假思索地立刻用自己的鞭子在地上一抽。巨大的反向冲击力将她整个人弹飞起来。

她不要死！她要逃离这里！

然而就在她飞到最高处时，无数柔软的枝条精确无误地缠绕住了她的手腕脚腕，将她牢牢固定在半空中。

她挣扎着，却挣不脱，只能眼睁睁看着馆长踩着枝条搭成的阶梯，朝着她一步步走来。

"你要干什么！给我滚开！"她害怕地大吼，心里第一次渴求林七的到来，"不要碰我！"

馆长的手变成了尖锐的根部，刺穿了林娜的眉心。

"感谢您为艺术的光荣献身，美丽的林小姐。"

"My Mermaid。"

空荡荡的走廊里，只有一个气若游丝，靠坐在墙壁上的林娜。

人们都说在面对死亡的时候，脑海中总会回忆起自己最美好的记忆，但是林娜没有丝毫回忆，只感觉到了解脱——

被美囚禁一生的解脱。

她的爸爸是个混账，抽烟、喝酒、赌博、家暴，把好好一个家搞得支离破碎，而原本会将她一直护在怀里的母亲，在父亲一次次泄愤似的殴打之下，在给她做了一顿好吃的后，悄悄离开了她。

那天之后，爸爸施暴的对象就成了她。也是从那天后，她再也不敢穿上漂亮的小裙子，因为她怕让其他人看到她的伤口，因为她怕没有人会愿意和她玩。

她长相漂亮，性格温和，在学校里被大家当成小公主一样围着，他们天天都会陪她玩，给她零食吃。

她到现在都还记得零食的味道，甜甜的，是会让人觉得开心的味道。

她以为她能依靠着这样的开心一直活到自己也能逃走的那一天。

直到她十八岁的那一天——

她一如既往地打开家门之后，却发现家里多了好几个伯伯。爸爸在他们面前的样子，是她不曾见过的。他表现得又积极，又胆小，唯唯诺诺地为伯伯们倒水，热情招呼着他们。

她记得很清楚，伯伯们在看到她的一瞬间，眼睛一下就亮了。

"这是你女儿？这么漂亮？"

爸爸走了过来，第一次给了她一个拥抱，然后温柔地对她说："娜娜，我们的好日子终于要来了。"

她很惊喜，一双眼睛明亮又开心："那妈妈也会回来陪我们一起吗？"

爸爸沉默了一下："会的，有钱了，她就会回来的。"

"好！"她答应了。

然后她便被人带走了。

之后,她的未来,暗无天日。

她没有爸爸了。

后来,他们说她有罪,她的美就是她犯下的罪孽。

于是,她用他们留下的刀,一刀又一刀割在自己的脸上——她把美貌还给了上天,祈求重获新生。

然而,他们却开始痛骂她、殴打她,因为她的行为让这群没用的男人失去了许多筹码。

"我们会恢复你的容貌,只要我们还活着,你就没有机会逃出去。"

不久,他们修复了她的容貌,让她站在了聚光灯闪耀的舞台上。

那束光照耀在身上格外温暖,她看着舞台下无数人贪婪的目光,看着运转的机器,然后她微笑着拿出了一把刀,重复着她上次所做的事。

她试图让这被淤泥渲染的舞台上开出一朵美丽的花,可是,仅凭她一人的血是不够的。于是,她冲下了舞台。

当子弹穿过她的身体后,她第一次感觉到了后悔——她不想死!她吃了那么多苦,如今好不容易寻到了自由,她不甘心就这样死去!

好想逃出去啊!

好想把失去的一切都找回来!

好想活成一个没有罪孽的普通人!

于是,演员诞生了。

她在副本系统的帮助下重获新生,成为万众瞩目的焦点,成为无数人爱慕的对象。只是,她的愿望从未实现。

她从未真正从那个房间逃离,皮囊之下的伤疤,一直都在提醒着,她还在笼中。

所以,她要爬得更高,爬到所有人都不能再忽略她的位置,爬到再大、再坚硬的牢笼都无法囚禁她的位置。

而现在,她永远失去了她的"美丽",失去了自己的"罪孽"。可是,她的愿望还没实现……她不甘心就这么死去!

可不甘心又能怎样?没有人能够救她,没有人……

林娜的眼神越发灰败，死亡的气息笼罩在她身上，她缓缓闭上了眼睛，默默等待着自己的死亡。

　　"林娜。"熟悉又陌生的声音在她耳边响起，她猛地睁开了眼睛，面前站着的是两个出乎她意料的人。

　　男人脸上挂着温和的笑意，似乎一切都不会让他有任何的波澜。他的身边还有一个年幼的小女孩，那是她嫉妒的对象——明明都是被抛弃的人，凭什么她能拥有现在的生活？

　　"你是怎么看出我的破绽的？"这是她一直想不明白的地方，要知道，在整个副本，除了林七，没人能看出她的破绽。

　　言晃没有多说什么，而是用眼神示意江萝。

　　江萝点点头，与林娜建立了精神桥梁。

　　"原来如此，原来如此！是我技不如人，活该有此劫难。"说着说着，她的声音又低了下去，"明明还有很多事情都没做啊……"

　　言晃盯着她，一双眼睛仿佛能看穿一切："你还想活下去吗？"

　　"想又能如何？"她盯着面前的言晃，眼中早已没了光芒。

　　她很清楚，此时唯一能够救她的只有林七，可越是这种时候，她越是不想见到他。

　　她从来都不否认她厌恶、恐惧着林七，即便林七口口声声说爱她、喜欢她、会保护她，可他不过是她人生中的第二个囚笼。

　　他在闯过第一个副本后便被塔罗的高层招致麾下，因为能力的特殊性，他被当成公会的下一任会长进行培养。而她被他一眼相中，成了他的队友。他曾用最可爱的笑容告诉她："林娜，我很喜欢你！为了你，我把我名字改成了林七。"

　　她原以为他是个可爱的孩子，是她的粉丝，后来才知道，他只是想在她身上找一种感觉。

　　于是，他把她无数次重塑，将她变成各式各样的形态，只为了找到想要的那种感觉。可到最后，他也没有找到。

　　然后他放弃了，就好像什么都没发生过一样，继续用着可爱的表情说爱她喜欢她,可她只觉得恐怖。

比起她,他才是真正的怪物!

就在这时,言晃慢慢踮起脚尖,凑近她的耳朵。

她能听见他的一字一句,而那短短的几个字,颠覆了她所有的认知。

她瞪大眼睛想要开口问他,却见他往后退了几步,双眸微眯,右手食指放在嘴边"嘘"了一声。

"保守好我们的秘密。"说完,言晃便离开了。

而此时的林娜完全顾不上这些,她感受着自己的呼吸,完全不敢相信,可她真的活了下来。

第十二章
艺术世界

艺术源于生活，而高于生活；艺术高于生活，但永不高于生命。

刚刚经过转角，言晃整张脸瞬间煞白。

江萝在拿走林娜的信物后，快步跟上了言晃的脚步，见他这副样子，赶紧上前扶住了他，然后两个人一起坐在了地上。

言晃笑着说："你太矮了。"

江萝拼命告诉自己不能生气，瞪着言晃说道："你这副作用可比我厉害多了。"

言晃笑了笑："谁说不是呢？但你的能力只是看见，而我的能力是改变，所以严重一些很正常。咳咳，你能不能买一些能恢复精神力的东西给我补补？"

江萝犹豫了片刻，默默将自己那根"舔一口就会变得幸福的棒棒糖"递给言晃。

言晃一脸嫌弃加无语。

"我都没嫌弃你！你爱吃不吃！"江萝一边说，一边撇撇嘴，把自己的棒棒糖重新收回了背包。

言晃靠在墙上，借着深呼吸缓解天赋带来的难受。他觉得自己这回没掉属性就已经是万幸了。在第一个副本孵化之都时，他曾同时对好几千人使用天赋，那时就已经体验过天赋所带来的剧烈反噬。这次他虽然只改变了一个人，但改变的程度太大了，反噬只多不少。

他几乎能够肯定，在标签社会这个副本时，他还完全做不到这种事。既然现在他做到了，也就证明他的天赋是有很大成长空间的。

言晃深呼吸："休息休息就好，现在万事俱备，只欠东风。"

江萝抿着唇，没好气地轻哼一声，最后还是在系统商城里买了一些恢复精神力的药剂给言晃使用。

这种药剂非常贵，虽然效果极好，却是一次性的。

江萝十分心疼自己的积分："你要是这次掉链子了，我绝对不会放过你！"

言晃哭笑不得。

事实上，他们等的东风到底能不能像江萝之前推算的那般行动其实不好说，但既然江萝推算了好几次都是这个结果，十有八九是跑不了。不过为了以防万一，言晃并不打算离开现在的位置——他要守株待兔，确定好一切才行。

他现在很清楚，在夜晚树人重新具备活性的时间里，在整个博物馆乃至整个小镇，馆长都是无敌的，所以他们待在什么地方都没区别。而且作为一个仪式感极强的男人，馆长现在应该在进行最后的"创作"，估计也没心思到他们这儿来。但当人鱼的歌声重新响起时，他们就得害怕一下了。而在此之前，他们暂时安全。

言晃与江萝静静等待着他们要等的人。

他们担心会被反侦察，根本不敢使用"全视角探测"的相关道具。

大概过了十几分钟，他们等的人出现了——林七终于与奄奄一息的林娜相遇了。

当林娜看到林七的时候，眼前闪过一道光，急不可耐地说："林七，快加速我皮肤细胞的重生。现在的你，应该能做到吧？"

林七盯着林娜，盯了许久，然后抬起手，指着林娜的脸大笑："哈哈哈，林娜你怎么变成这个样子了？我都说了，不要跟我单独分开，而且我都让馆长不要主动去找你了，你怎么还会变成现在这样啊？你也太笨了吧！要知道，在这个副本里，你这样的大美人可是很危险的。"

林娜一如既往地嫌弃，咬着牙："差不多得了，你赶紧帮我重生我的细胞。"

林七沉默了许久。

林娜看着他，语气中多了几分不耐："好了别磨蹭了，你赶紧的。我们等下还得去找信物，这回我真被欺诈者他们坑惨了，他们把我的信物拿走了。"

林七低着头看她，听她抱怨。忽然，他伸出手捏住了她的下巴。

林七的眼里满是兴奋，他感觉自己的心跳开始加速，嘴角情不自禁地扬起："林娜，我找到了！"

"什么？"林娜一时间没有反应过来。

"你太棒了，我就知道你不会让我失望的！"林七没有回答她，而是用疯狂而又痴迷的眼神看着她，"终于找到了，终于找到了……"他将自己的额头抵在林娜的额头上，"真是太棒了，林娜！"

在林七的眼中，皮囊没有美丑之分，有的只是弥漫着的血色雾气与腥臭气味的，一个又一个挣扎咆哮的怪物。

他抬头，看不见所谓的蓝天，也看不见所谓的日月星辰，看见的只有灰暗扭曲的画面。

他曾以为是自己眼睛的原因，于是毁去了自己的左眼，想看看世界会不会变得不一样，然而并没有什么不同——所有人在他面前都藏不住自己的本相。

或许是见到了太多的丑陋欲望，于是在他把自己的眼睛毁去后，就被父母送到了精神病院。他们告诉他，等过段时间就会来接他，可他从一开始就知道，他们不会回来了。

"美好"这两个字，似乎从来没有降临在他的身上。直到四年前，他坐在电视机前,看见了屏幕里的一个人。

那个人饰演的角色被她的老板一巴掌狠狠扇在了地上,半张脸都肿起来了。可就在这时,在他的眼中,这张脸发生了变化——不再是丑陋的怪物,也不是寡淡的颜色,而是与所有人都不一样的鲜亮颜色。

她的一颦一笑,缓缓在他的眼中绽放——这是他第一次看到了美,也是他第一次觉得自己像个正常人。

他要抓住她。

后来,他知道了她的名字——林娜。而他没有名字,只有每个精神病患者都拥有的代号,属于他的代号是零七。

零七……林娜……林七,从此以后,我就叫林七好了。他愉快地为自己起了一个新的名字。

他经常会用一些方法逃离精神病院,医院里的医生和护士谁都不知道他离开过,更不会知道他是怎么离开的。而他之所以离开,是因为他想亲眼看看,用他仅剩一只的眼睛,看看震撼了他的人生的美。

可当他亲眼看到她后,发现她又变得跟其他人一模一样——肮脏、丑陋、腥臭十足。他很愤怒,因为她没有珍惜她的美,不过没关系,他会帮她找回来的。只有这样,他才能再次体验那种只属于人的感受,这才是他一直活下去的目标。

他也想看一看书中描摹的蔚蓝天空,他也想拥有正常人眼中的五彩世界,他需要一切去证明自己并非异类。

神明为他带来不同的世界,一定是希望他能够治疗这个扭曲的世界。

所以他成了"医生",拥有改变生命形态力量的医生。

"四年,整整四年,我终于找到了你!林娜,你真的好美。"他睁大了眼睛,用仅剩的一只眼死死看着眼前的人。

在他眼中,她还是像当年那样出淤泥而不染,美得不可方物。

林娜被他这种状态吓到了,此时的她完全没有了刚刚的傲气凌人,而是颤抖着声音说:"你……你别过来。"

林七从来都是这样,他不在乎她的身体,不在乎她的一切,他只要她的美。可她根本不知道林七在她身上想要寻找的"美"到底是什么。而此刻,林七却突然对着失去皮囊的她说,她的美回来了……毛骨悚然的感觉瞬间遍布全身,可是她已经没了退路。

林七的手轻轻抚摸着林娜的面颊,小心翼翼地说:"你不要变回去了,好不好?这辈子就这样好不好?你放心,我会一直陪你的。"

林娜本来还有几分畏惧,结果听到这话心里瞬间急得发疯。她好不容易有了一次活过来的机会,林七却突然换了一个态度,难道那该死的"美"就是这副模样吗?可她从来没有以这种狼狈姿态出现在任何镜头之下。

她连连摇头,泪水坠落在地,晕开了地面上的血色:"不好!我不要变成这样!林七你救救我好不好?你先冷静冷静行不行?算我求你了……"

林七黑着脸:"你又想回到以前那样?不,我不会给你这个机会的!你是我这个世界唯一的颜色……我会让你永远保留这份美!"

林娜背后发凉,心跳加速,她觉得,林七要做一件对自己而言极为危险的事。她想要逃跑,想要后退,可是这种状态下的自己,连挪动一步都是问题。

就在这时,她觉得胸口一痛,视线缓缓下移,她终于确定了自己的结局。

当结果已经无法改变的时候,一切恐惧都会烟消云散。

"哈哈哈哈哈!林七,你还是对我动手了。"她眼中泪水滚烫,盯着面前的男人,生平第一次变得大胆无惧,伸手摸到了林七的脸上,嘴角轻轻蠕动着,"林七,我不知道你想要的到底是什么。但我知道,你这辈子,都不会得到。你这样的人,根本不配拥有'美'。"

"闭嘴!"林七情绪失控地吼叫着。

可这情形林娜再也看不到了,她眼中渐渐失去了生气。时间一分一秒过去,林七也逐渐平静下来。

"林娜,你是我的。"突然,林七喃喃道。话落,他竟然直接利用自身天赋将林娜融入了自己的身体里。

在拐角处目睹一切的言晃和江萝后背发凉。

江萝通过精神桥梁对言晃说:"我一直都知道医生不是个正常人,但没想到,我还是低估他了。"

言晃很是认同:"你说得对。"

言晃猜测,林七追寻的"美"并不是外表的美丽,而是一种能带给他精神刺激的场景。毕竟林七病历本上的诊断结果是"妄想症类似症",他的世界究竟是怎样的,无人知晓。而现在唯一能够知晓的,便是言晃从"情绪之眼"中看到他在完成自己心愿后的愉悦。

到目前为止,一切,都在计划之中。

江萝问道:"接下来怎么办?如果我没猜错,林七已经拿到了最后一份信物,所以按你说的那个方式杀他太不保险了……你就确定你的能力能做到?"

言晃点点头说:"自然,你放心就好。"

江萝没再多说什么:"行,你心里有数就好,总归咱们两个是一根绳上的蚂蚱。"

言晃哭笑不得,揉了揉江萝的脑袋:"走吧,时间差不多了,馆长那边应该将人鱼制作完成了。他想要的新的世界,要来了。"

江萝轻轻"嗯"了一声,然后将自己的信物交给了言晃。

她的信物图样是在炼狱里挣扎着的天使。天使失去了下半身,挣扎着伸长双臂向上,他们抬着头,似乎是在向往着蓝天、向往着自由。

言晃将自己的信物和林娜的信物也拿了出来,而后将手中的三块信物拼合在一起,距离变成一个完整的圆只差最后的四分之一。

江萝好奇地看着这三块信物上的图案:"翅膀、在炼狱中挣扎的天使、人首蛇身的怪物……言晃,这些图案是不是有什么含义?"

言晃看着这些图样沉思片刻,眉头微微蹙起,还未说话,耳边却突然传来了动听的歌声。

　　这歌声美妙而又悠扬，比起之前听到的，如今的声音更加空灵，音调也更高，仿佛下一秒就能让人沉醉在某种奇妙的梦境之中。

　　言晃和江萝二人同时发现走廊里的所有稀奇古怪的艺术品都发生了变化。封在画框里的生物们睁开了紧闭的双眸，开始在画框中起舞；被吊着的人偶张开了嘴巴，跟随着人鱼的歌声开始轻声哼唱；放置在架子上的动物装饰品也拥有了生命，从架子上一跃而下，开始在地上奔跑；墙上挂着的画像变了表情，似是在笑，又似是在讥讽。

　　博物馆内的所有地方都慢慢长出了枝干，缓缓将周围的一切覆盖。

　　两根枝干缠上了言晃和江萝的双脚，或细或粗的枝条一圈一圈将迷失在歌声里的两人卷起，卷到了空中。

　　言晃只觉得浑身上下冰冷又舒适，他睁开眼睛，然后看到了一棵参天大树。树干上长满了各式各样的脸，或睁着眼睛，或双眸紧闭，或浅浅微笑，或面无表情……而在最中间的，便是属于馆长的脸。

　　突然间，言晃身上散发出蒲公英的气息，接着一道巨大的身影伸出双臂，将他整个人覆盖住。下一瞬，蒲公英的气味猛然散开，如同看不见的利剑一般将一切虚幻击碎，让言晃瞬间清醒过来。

　　言晃转头看向谢扶沐的虚影，谢扶沐微微一笑，便消失在原地。

　　言晃深吸一口气，精神集中，确保自己不会被这恐怖的幻象继续侵蚀后，才开始打量起现在的场景。

　　与刚刚的梦幻场面截然不同，博物馆的每一处，都被巨树的枝叶缠绕着，墙壁不再是墙壁，而是巨树的树皮，树皮的每一处，都有一张脸。而博物馆内所有的"艺术品"都仿佛长在了树上一般。

　　言晃侧目而望，发现了不远处的江萝，她的身体正在以肉眼可见的速度从下往上木化着，而木化后的部分正在被缠绕着她的树干吞噬。言晃又低头看了看自己，同样如此。一旁的林七也没有逃脱。

　　言晃神经瞬间紧绷起来，毫不犹豫地拿出"家庭和睦之刀"刺入缠绕着自己的枝干，可没想到，他的刀如今竟然根本无法将树枝切断。

言晃没有过多纠结，直接放弃切树枝，而是将刀刺向了不远处的林七。

林七被疼痛唤醒，猛然睁开了眼睛，看向言晃。

言晃直接开门见山："最终阶段开始了，人鱼被植入皮囊，歌声让所有人陷入幻境，我们都在悄无声息之间进入了馆长的幻想世界。馆长是树人，我们都会成为他的养分，只有我能通关，你若想通关，就要救我。"

林七冷笑一声，手中召唤出"罪恶的大剑"，右手一挥，直接将捆绑着自己的枝条切断。脱离了枝条缠绕的身体逐渐恢复成了原来的样子，而后林七一跃而起，跳到了绑着言晃的树干之上，然后将剑刀贴在了言晃的脖颈上。

"欺诈者，你为什么认为，我会救你？要知道，我可是巴不得你死呢！"林七微笑着凑近言晃，"如果我现在杀掉你，你也会变成它身上的一张脸吧？然后你就会成为它的一部分，灵魂永远被禁锢在这座城镇之中。"

言晃微笑着，甚至神情都没有发生一丝变化，心中却是一沉。看来林七知道了馆长的身份与追求。

原来，言晃早就发现馆长从来都不是一个人，而是无数个人。他说的每句话，也是无数个人同时说出的。

最美妙的世界是什么样的？

环境良好、食物充足、没有天敌，但从生物学上来说，这种世界是不存在的，理想中的世界，只是所谓的理想模型。因为每个物种都是特殊的，每个人都是不同的，要想竭尽所能达成理想模型，只有两条路：一条是改变世界，一条是改变自己。

变成树人形态的馆长，用根和叶包裹着整个城市，在不断适应世界、改变自己，于是便拥有了"重塑"与"能量转换"的能力。

而现在，他开始改变世界，让所有人，包括他自己，都进入美好的梦里，成为他理想世界的一部分。

言晃突然想起了在"独角兽资料片"里馆长说的那句"成就艺术的道路上，总会有很多人不理解。"为什么会不理解？因为人与人之间的不同——思想的不同。但是，当思想被统一，当世界只有唯一的准则，不理解便不复存在。

　　这便是馆长追求的终极艺术品——《世界》。

　　他即"世界"，他即"规则"，他即"一切"。

　　似乎是察觉到了言晃的走神，林七有些不满地"啧"了一声，然后用剑在言晃脖颈处轻轻摩擦，剑刃锋利，微微刺破了言晃的脖颈，血液顺着刀身流出，却唤回了言晃的神志。

　　林七蹲下身来，笑容更加灿烂："其实我也得感谢你，如果不是你，我也看不到林娜最美的模样。不过感谢归感谢，你还是不能活。"

　　言晃一愣，眼睛微眯，他没想到林七竟然知道林娜的现状是他一手策划的。

　　"你很好奇我是怎么知道的？"林七看穿了言晃的想法，慢悠悠地解释，"其实我原本是没有猜到的，不过馆长答应过我，不会主动找林娜，可最后他还是成功得到了他想要的美人皮。林娜去的是北边，相邻的只有我跟你，馆长跟我对战过，知道我并不惧怕他，所以作为诱饵的话，你是最合适的。"

　　林七轻笑着："欺诈者，你为我做了那么多，我真的很感动。所以，我可以让你自己选择死法哦。"

　　"好啊，你附耳过来，我小声告诉你。"言晃的脸上露出温和的笑容。只不过，此时他的半张脸已经变成了树的质感，所以这笑容显得格外阴森。

　　林七低下头，一只手放在耳朵旁边，凑近言晃的嘴巴，想要认真听听言晃到底想要个什么死法。

　　言晃嘴皮动了动，声音很轻："林七会救下我跟江萝。"

　　——谎言判定为对立性事件，判定成功。

——结果：受作用者林七将会救下言晃与江萝。

一瞬间，林七瞪大了眼睛，身体完全不受控制地朝着面前困锁着言晃与江萝的枝条切去。

在枝条切断的一瞬间，言晃身上的木化停滞，而后开始褪去，身体也逐渐恢复成原本的样子。在确定自己可以行动后的第一时间，他飞扑向江萝，一把将其抱在怀里，右手一个用力，在她手臂上狠狠掐了一把。即刻，江萝睁开眼睛，却见一把锋利的长剑迎面而来。

原来，"谎言"的作用已经失效，林七一脸阴沉地挥着长剑向着言晃攻来。

"啊——这什么情况啊！"

"躲进去！"言晃将怀中的江萝一推，同时高声喊了一句。

这话没头没尾，但是江萝立刻明白了他的意思，没有半分犹豫地将"绝对光滑的仓鼠球"从背包中拿了出来，躲了进去。

言晃避开了林七的攻击后，直接一个旋身，二话不说对着仓鼠球就是一脚，仓鼠球被他踢得飞起，而后呈抛物线形落地。言晃身疾如风，避过林七的长剑，朝着仓鼠球翻滚的方向跑去。

林七眉眼弯弯，似乎并不在意言晃从自己剑下逃脱："还真是麻烦的天赋呢。不过我记得，你的天赋副作用好像还挺大的？你还能坚持使用几次呢？"

他的身上长出骨刺，借助着周围混乱的树枝作为着力点，向着言晃的方向慢悠悠追去。

没错，林七并不着急追上言晃，他享受的是这种追逐猎物的感觉，因为这会让他产生兴奋感，让他觉得自己像一个"正常人"。

言晃似乎是察觉到了他的想法，在拉开一定距离后，便保持着不紧不慢的奔跑速度，一边灵活地在飞速生长中的树枝里穿梭，一边往前控制着仓鼠球的运动方向。

他的目标很明确，就是幻想博物馆的大厅。

不过，球里的江萝实在是忍不了那种天旋地转的眩晕感了，直接在脑海里联系言晃，让他别管她，而后自己迈开腿在球里跑。

言晃趁机拿出了"唐鑫的新书"，上面已然多了两份全新的信息。

幻想博物馆——小世界树

力量：10

敏捷：0

智力：4

天赋：同化，重塑，能量转换

同化：当你沉溺于幻象之时，你的思想将会被小世界树同化，从而成为新世界的一员。

重塑：细胞增殖分化能力大涨，能够在短时间内快速改变细胞形态。

能量转换：作为自然界中的生产者，我们不生产能量，只是能量的搬运工。

介绍：大世界中的每个人，心里都有一个小世界。有的人顺应大世界，有的人违背大世界，有的人在大世界里生根发芽，却逃不过被人践踏、折断……后来，小树苗变成了尖锐的刺，贯穿践踏之人的脚掌。如果不能被大世界接受，那么就让我成为新的大世界！

幻想博物馆——人鱼

力量：1

敏捷：2

智力：2

天赋：幻想之声

幻想之声：传说中最动听的歌声，其传播范围可达到方圆二十千米。凡是听到歌声者，皆会进入"迷惑"状态。智力越高，受影响程度越低。

介绍：幻想博物馆馆长的最完美之作，拥有着无可置疑的美丽与魅力。当人鱼的歌声响起时，每一个听到歌声的人，都会进入属于自己的温柔乡，至死方休。

言晃收起"唐鑫的新书"，看着周围的环境，整个博物馆已经残破不堪，不过它原本就不是真正的建筑，或者说整个小镇，都早已经被产生自我意识的小世界树吞噬。

在它来到这个小镇后，它用自己的本体建造了幻想博物馆，而自己则摇身一变，变成了幻想博物馆的馆长。它在这里宣扬自己的艺术，却发现自己不被他们理解，于是它利用树木的根系侵蚀这个小镇，一步一步将整个小镇与自己的本体融合。

它以小镇为基础，以人鱼的歌声为武器，终于创造出了它所期望的美妙世界。

言晃觉得，这个副本的"神"，或许是小镇中每一个挣扎着求生的生命体，是他们的祈愿，构成了这个副本。

但此刻容不得他多想，因为林七马上就要追上来了。

不过他也并不是真的拿林七没有办法。

言晃大声高喊："举报！这里有人破坏伟大的艺术品！"

话音刚落，言晃便发现周围的树干上突然出现了很多的脸，就像在幻象中看到的那样，只不过现在这些脸上全都露出了统一的、恐怖的表情。下一瞬，周围的所有树根都朝着林七袭去。

言晃冷笑一声，继续奔跑。对这位馆长而言，他自己就是最大的艺术品。

林七的天赋固然可怕，但攻击他的树根、枝干、枝条实在太多，他往往拦得下这边拦不住那边，过高的攻击频率让他的细胞重组速度越来越慢，越来越难以控制。渐渐地，他的身体素质和能力值都开始明显下降，连头发都开始泛白。

细胞周期被无限加速了。他心里有些烦躁，对言晃的怨气更重，可是现在也只能咬牙坚持,心里不断安慰自己:只要我能够控制住,只要熬过这一副本,我很快就能恢复过来。

"该死的欺诈者!"

言晃和江萝一进入博物馆大厅,就看到了一棵粗壮无比、占满了整个大厅的树干。和在幻境中看到的一样,树干的上面长着无数张脸,表情更是各不相同,而在最中心也是最显眼的地方,是馆长的脸。

"欢迎回到大厅,我尊敬的客人。"馆长微笑着看着他们,"人鱼已经制作完成,各位客人意下如何?"

几条被枝条捆绑的人鱼出现在他们面前。此时的人鱼双眸无神,本来十分漂亮的鱼尾现在几乎被完全木化,它们浑浑噩噩地张着嘴,被小世界树控制着,嘴里不断传出美妙歌声。

言晃扫了一眼后,彬彬有礼地对着面前的馆长鞠躬:"尊敬的馆长,这简直就是奇迹,您就是最完美的艺术家!可在我看来,您才是最伟大的艺术品,也是最伟大的奇迹。"

言晃作为一个金牌销售,在任何场合都不会露怯。

馆长听得很开心,眯眼盯着言晃:"想近距离看一看吗?"

"如果我可以的话。"言晃满脸惊喜。

"当然,难得有一位如此有品位的客人,我想我们可以成为很要好的朋友。"

"这是我的荣幸。"言晃受宠若惊。

旋即,馆长伸出枝条,捆绑住言晃的腰,将他送到了人鱼们面前。

"它们实在是太美了!"言晃丝毫不吝啬自己的赞美。

馆长听得心里十分舒服。

就在这时,言晃拿出"家庭和睦之刀",一刀划过,歌声停止。而在歌声停止的一瞬间,言晃看到馆长的脸上露出愤怒而又痛恨的表情,他的眼眸陡然明亮,仿佛在一瞬间清醒过来。

只可惜,这种清醒没有维持太久,因为人鱼的歌声再一次出现了——它们脖颈处的伤口在小世界树的重塑能力的帮助下迅速愈合。

它们的歌声依旧悦耳动听,而距离它们最近的言晃几乎是在一瞬间,便感觉到自己的脑袋里浮现出迷幻的画面,若不是提前有了准备,估计现在的他已经彻底沉醉其中了。

他咬着牙使用"谎言"给自己施加状态,保持清醒,目光从未从馆长脸上移开过。然后他发现,馆长重新听到歌声后差不多两三秒后,脸上才有了短暂的混沌与痴迷。

言晃脸上露出笑意,心里断定馆长的完美世界不在树上,更不在树外,而是与其他人一样,在人鱼营造的梦幻之中。他还没有彻底完成自己的"作品",他还需要依赖这种梦幻让自己得到满足。

言晃看着他,看着他脸上的痴迷与陶醉,忍不住冷笑一声。还真是一个疯狂的"艺术家"啊!

馆长在经历短暂的混沌之后,重新恢复了神志,然后讥笑地看着言晃:"我的客人,你真是太让我失望了!我的作品早已成了我的一部分,它们无法被摧毁。"

就在这时,言晃脸上露出温和的笑容,坏掉的眼镜忽然脱落:"我知道,作为您的知己,我一直都知道,我的馆长朋友。"

就在这一瞬间,一道灰白色的影子飞来,言晃脑袋一偏,"罪恶的大剑"直接刺穿了他身后人鱼们的脖颈。

馆长表情一顿,随即轻蔑地笑道:"这就是你的方法吗?不过是重蹈覆辙罢了,我的知己。"

可下一秒,他的脸色变了。

言晃眼中的笑意不再收敛,如同一位完美的绅士一般说道:"看来你已经发现了,你的重塑能力无法发挥作用了。"

林七是言晃最大的威胁,"罪恶的大剑"又是他最强的武器,言晃怎么能不做功课。

道具:罪恶的大剑

品质：E+

属性：力量+5，诅咒+1，禁疗+1

禁疗：剑上附有怨灵无数，皆为剑下亡魂。他们怨念冲天，不愿见此剑下有任何幸存之人。只要被此剑所伤，其伤势不可恢复。

道具介绍：这是一把充满罪孽与怨气的剑，是医生用他所杀之人的脊椎炼制而成的。

刚刚发生的这一切都是言晃的计划。

言晃深知树人重塑的能力有多么可怕，他也明白只凭自己一定无法胜过馆长，所以他借口要近距离看一看人鱼，然后将其杀死。一来是为了试探这些人鱼在馆长的控制下是否会被重塑，二来是为了惹怒馆长，让馆长将他绑起。根据他对林七能力的估算，这个时候，恰好是林七逃脱那些树枝围攻，赶来这里的时候。

面对让他陷入苦战的人，林七绝对会被愤怒控制，不会留手，所以，他绝对会在看到他的第一眼进行攻击，至于他的攻击方式——经过江萝的多次推算后，他将手中的剑掷出的可能性高达99.9%。

言晃微微一笑，他正好借助林七的这一击，将人鱼杀死。

人鱼的歌声停止，美好的幻境在一刹那破碎，人们的精神回归自我，还未完全和小世界树融合的人们开始在树里挣扎尖叫。

馆长陷入绝望，他所向往的一切在一点点破碎着、崩坏着。

"不！不该这样，不该这样！我好不容易才等到这一天，等到所有人都进入新世界的这一天！"

他露出崩溃的表情，周围的树枝、枝条开始疯狂摇晃。

在成功的咫尺之距失败，犹如天谴一般将其从天上劈落在地。馆长失去了所有理智，将言晃狠狠朝着地上砸去。

江萝眼疾手快，眼中出现代码，从仓鼠球中脱离，在推算出言晃掉落的位置后，将手中的仓鼠球丢了出去。

言晃被关入仓鼠球之中，在落地的瞬间被江萝捉住，然后她连忙将言晃从球里放了出来。

周围的枝条群魔乱舞，仿佛是想要修复那渐渐消失的梦幻场景一般。

一旁的林七深知自己被欺诈者利用，满头白发的他因为长时间使用天赋，产生了极高的副作用，从而导致属性值降到了一种匪夷所思的地步。就像此刻，他的面部衰老程度和身体素质都已经变成了七八十岁。

"疯子……"

看着此时的场景，他第一次觉得言晃是一个比他还要疯的疯子。他咬紧牙关，朝着"罪恶的大剑"坠落的方向跑去，一路上不得不继续使用天赋来躲避障碍。

馆长还在哀号，连带着身体上所有的脸一起号叫，声音响彻整个空间。

就在这个时候，言晃与江萝两人默默将手一起放在了"幻象模拟器"上面。两人咬紧牙关，放出自己最大的精神力。

馆长停下了挥舞的枝条，惊愕地看着面前的情景——它的世界回来了！

这样逼真的幻象，哪怕是言晃和江萝两个人一起制造，都难以支撑太久。

很快，在馆长眼中，这美好的景象仿佛一张画布忽然被人撕开一般，又开始再度破碎。

即将再次经历失去的馆长再也抑制不住心底的疯狂。

"不，不！我不会再让你破碎了……"

"为什么我的世界不能成为新世界？"

"如果保留不住的话，那就，永远停留在最美的时刻好了！"

馆长似乎是做了什么决定一般，所有的树枝不再舞动，而是全都朝着最顶部的方向收拢，然后一点点地，变成一棵真正的参天大树。

言晃无数次想过要如何对付这么一个可怕的树人——水火不侵，偏执而又疯狂。万物相生相克的原理，在它身上根本没有体现，它的存在，可以说违背了世界本来的法则。后来言晃听到了馆长的低语，他的心中渐渐有了答案。

馆长渴望的美妙世界是没有天敌存在、众生和谐相处的世界，但它并不是无敌的。作为一棵树，它惧怕火焰，为了克服这一弱点，它获得了"重塑"的能力。

道路两侧的树人作为馆长的分支，被馆长的意识所操控。当面对火焰时，馆长会在第一时间重塑自己的细胞，火焰燃烧多久，馆长便将重塑的时间维持多久——火焰终会熄灭，可是细胞会一直重塑，而只要细胞一直重塑，树人便不会死亡。

所以一开始，言晃放火烧它们，却并未对它们造成伤害。

但如今，它所创造的美妙世界再一次在它的眼中崩塌，于是心灰意冷的它放弃了重塑的能力，选择点燃自我，将这美好的艺术，永远保留在最美好的时刻。

伴随着"幻象模拟器"生成的完美世界的消逝，小世界树也将吸取了多年的能量转化成了一把火。

火焰从树顶开始燃烧，以肉眼可见的速度，在黎明之前，将整片黑暗的天空，染成红色，似乎是在庆祝艺术家的表演完美落幕。

在炙热的火焰之中，精神力几乎耗尽的言晃牵着同样狼狈的江萝，向着外面的世界跑去。炙热的温度扭曲了空气，言晃和江萝的身影在烈焰中飞舞，直到太阳自东方再一次射出初晨的第一道光，将两人的身影无限拉长。

迎着阳光，言晃和江萝缓缓停下了奔跑的脚步，整个城镇已经破败不堪，火焰以幻想博物馆为中心，开始向四周蔓延。

而在此刻，一道苍老的身影出现在两人的面前。

林七将手中的大剑插入土地，以此支撑着自己逐渐无力的身躯，脸上的笑容难看到了极点："欺诈者，你果然很棒。我在你们的身上，也发现了美。"

言晃看着面前苍老的林七，脸上缓缓露出笑容："你口中的美，指的是挣脱吗？"

如果说现在的他们和林娜有什么共性的话，那就只有这份感情——林娜从囚笼中挣脱，他与江萝从副本中挣脱。

林七此时仿佛也意识到了自己想要的是什么，那是在摆脱束缚的瞬间，一种名为"挣脱"的情绪。

他需要这份情绪帮助他挣脱"精神病"的这个身份，挣脱他与正常人的不同。

"你很聪明。"林七笑着，手上握紧了剑，朝言晃一步步走来。

言晃和江萝两个人也不急，等着林七慢慢靠近。在副本崩坏之前，他们需要拿到林七手里的信物。

言晃其实一直都很好奇，这个副本真的是无神副本吗？这类副本真的无法达成 TE 线吗？在进入这个副本后，他就一直在分析。

幻想博物馆这个副本一定有人斩杀过博物馆馆长，然而副本并没有封锁，这说明幻想博物馆的 TE 线的达成条件绝不是斩杀馆长。

其实刚开始他在听到馆长说"凭借四份信物可自由离开幻想博物馆"后，也曾怀疑过"离开幻想博物馆"到底是单纯地离开这个博物馆，还是离开副本。后来在将手中的三份信物合并到一起后，看着各个信物上的不同图案，以及自己在副本中的经历，他突然明白了这四份信物的作用，以及达成此副本 TE 线的办法。

"你们不逃了吗？"

言晃耸了耸肩："逃累了，我和小萝的状态已经到极限了。"

林七阴恻恻地笑了笑："好吧，说实话我也累了。你们很值得成为我的对手，这是我进入副本以来第一次被逼到这种状态。"

他举起自己的"罪恶的大剑"，朝着两人毫不犹豫地挥了过去："所以，再见了。"

可就在剑刃即将触及两人脖颈之时，林七的身体却猛然一颤，手中的长剑掉落在了地上，他的双腿似乎也失去了力气，直接瘫坐在了原地。

言晃脸上依旧带着温和的笑容，不紧不慢地拿出一副全新的眼镜架在自己的鼻梁上，微微挑眉："其实在你赶到之前，林娜差点就死了。"

林七的身体一僵。

言晃一点点靠近林七，轻笑着："是我用我的天赋救下了她，你猜，我对她下的谎言，是什么？"

林七的身体此刻已经无法动弹，他的表情却有些扭曲："不可能，林娜明明已经死了！"

言晃勾唇一笑。

而林七的面容却更加扭曲，突然，他开始哈哈大笑，笑声中透露着疯狂："哈哈哈哈，林七，原来有朝一日，你也会上我的当啊！"

林七面色一沉，表情格外难看："你不可能活下来的。"

下一瞬，林七又变了一副表情，冷笑道："能骗过你的我，如今的确能称得上是一名好演员了。你知道吗？其实在你成为下一任会长候选人之前，我才是最有可能成为下一任会长的人。但自从你来了之后，所有人都把我的天赋当作你天赋的弱化版。我的天赋的确不及你，毕竟你可以直接改变基因，但我却不行。不过，你太傲慢了，你虽然知道我能控制自己的高矮胖丑，却不曾想过，我其实还可以控制你的脑内细胞，进而存活在你的大脑之中。"

"你的大脑本身就有问题，所以一直没能发现我的存在。"他的语气带上了几分得意，"而我也在一直破坏你的大脑。所以，你活不长了，林七！"

"原来是这样啊！林娜，其实你真的很美，比一切都美。林娜，你知道吗？我第一次想要活下去，就是因为看到了你。"重新夺回身体控制权的林七，轻声说道。

林七表情再次变化，声音颤抖着："能在落幕之前把你带走，的确不错。"

林七的脸上突然扬起一抹单纯的笑容，双眼眯起，弯成了月牙的形状，就像林娜第一次看到他时的那样。

他问言晃:"欺诈者,我能知道你给林娜的谎言是什么吗?"

言晃忽然觉得这两个人很可怜,一个拼命挣脱囚困自己的牢笼,一个想要像正常人一样,拥有感情,感受世界的美好。

可如今,结局已定。

"我说,幕布不落,演员不死。"

一个优秀的演员,从来不会在帷幕落下之前离场,因为优秀的演员必须完成自己的表演。

"原来如此啊!"他长叹一声,而后慢慢从地上爬起,转过身,背对着言晃,一瘸一拐地朝着火海走去。

可是他的细胞因短时间内不断修复而变得超负荷,开始紊乱。刚走了两步,他便"扑通"一声跪在了地上,而后连站起来的力气都没有了。

他索性直接躺在了地上,看着上方的天空,沉默片刻才问:"言晃,天亮了吗?"

这是他第一次喊出言晃的名字。

"嗯,天亮了。"

林七伸出右手,朝着天空抓去,可怎么也抓不到。他忽然露出一个天真的傻笑,眼泪从眼尾划过:"蓝色,到底是什么样的呢?"

他的话说完,身体僵硬在了那里,而他的手,始终没有放下。

直播间的观众们一阵沉寂。

"医生就这么死了?"

"这个副本完全超乎想象……"

"医生和演员都死了,塔罗可怎么办啊?高层候选人一下没了俩……"

"塔罗会不会邀请欺诈者加入?"

林七死后,他的身体被林娜掌控。她站起身,支撑着林七的身体走进火焰之中。

她在火焰中笑着，一如既往的明媚，仿佛还是那个在镜头前艳压四方的大明星，只是气数将尽。

"舞台落幕了，感谢观看。"她微微鞠躬，对言晃致以最真诚的感谢。

火焰在她的背后雀跃，逐渐将她包裹、吞噬，直至消失不见。

江萝看着这一幕，抿了抿唇，却不知道该说些什么。言晃叹了口气，蹲下身，拿起了林七遗落在地上的最后一枚信物——剩下的四分之一块金币，上面刻着阴暗压抑的恶鬼缠身图。在它的旁边，还有林七的剑。

言晃刚要伸手拿起那把剑，江萝下意识地挡住了他："小心。"

"没事。"言晃握住剑柄，把剑拿了起来，"医生已经死了。"他说完，便见剑上的黑气开始四散。

在最后一缕黑气散尽后，"罪恶的大剑"的信息也发生了改变。

道具：救赎大剑
品质：C-
属性：力量+3，诅咒+1，禁疗+1
道具介绍：无辜的亡魂终于得到安抚，暗无天日的囚禁终于迎来曙光。

"救赎大剑"的力量属性虽然降低到了3，品质却得到了提高，变成了C-，而这把大剑，现在也有了新的主人。

这时，地上突然又多了一个道具，言晃本想拿起来看看，却发现上面有一层护盾在拒绝他的触碰。

他立马就明白了："小萝，她送你的。"

江萝眨了眨眼睛："谁？送我什么？"

言晃道："林娜，你自己看吧。"

江萝果然能捡起那礼物。

特殊一次性道具：理想的礼物

品质：E+

属性：三维属性任意其一+1.5

道具介绍：来自一名优秀演员的礼物，以表达对您的感谢。

江萝与言晃对视一眼，开心地笑了起来，立刻将道具用在了自己的敏捷属性上。

她看着自己的面板数据，兴奋地握起拳头，笑着对言晃说："哈哈！逃命的资本有了！"

玩家：计算师——江萝

天赋信息：作为一名天才学生，每天都要被迫接受无数人崇拜的目光，可那又能怎么办呢？谁让您那么优秀！您对电子产品拥有天生的亲和力，或者……您就是最强的计算机。

天赋隐藏信息1：自身以外不可见。

天赋隐藏信息2：自身以外不可见。

力量：2.2

敏捷：3.7

智慧：1.9

所属公会：无

综合评价：恭喜您，以后不需要仓鼠球了。

江萝看到最后的综合评价，脸色一沉，咬牙切齿，赶紧关上了自己的面板。

言晃也忍俊不禁，江萝右手握拳，砸在他的背上："笑什么笑！"

言晃咳了两声，赶紧转移话题："这个副本，我们可以走TE线。"

江萝不解地眨了眨眼睛："TE线？我记得幻想博物馆这个副本没有TE线啊！"

言晃轻笑了一声："是吗？可是愿望总有实现的一天啊！"

"什么意思？这个副本不是无神的吗？难道……"江萝突然捂住了自己的嘴。

"没错，"言晃看着手中的四份信物，"这个副本，有。"

说完，言晃将手中的信物合在一起，一个拼凑起来的圆形金币出现在了他的手中。陌生的力量涌入他的大脑，言晃明白此时的自己已经掌握了自由离开幻想博物馆的能力——不只是自由出入博物馆，还有这个副本本身。

可是，言晃并没有选择离开，而是垂眸看着手中的金币。

金币被均匀分成了四份，每一份的上面都有着不同的图案——翅膀、在炼狱中挣扎的天使、人首蛇身的怪物、恶鬼缠身。

"小萝，你不是曾问过我这些不同的图案代表什么吗？"言晃温柔地说，"它们代表着在馆长的压迫下依旧努力求生的生物，有人类也有动物。"

他垂下眸子，呢喃着："恭喜你们，获得了自由。"

随着他的话音落下，圆形金币逐渐融合成了一个完整的圆形，接着不断有白光流出，每一道白光，都是一个生物的灵魂——有飞禽、有走兽、有人鱼、有独角兽，还有人。

江萝不敢置信地看着眼前这一幕："这……这些是？"

言晃说："幻想博物馆的'神'。"

言晃看见了之前与他一起玩"死亡左轮"的光头大汉，也看到了小酒馆里第一位向他发出请求的男人。

男人此刻是半透明的，他看着言晃，表情是带笑的，可情绪是悲伤的。

渐渐地，这种情感传递给了周围的所有人。他们没有开口，只是不约而同地抬高了自己的手臂，对着言晃和江萝竖起大拇指。

此时无声胜有声。

忽然，独角兽抬蹄，仰天长啸。在这声宛若镇魂号角般的长啸声中，所有的灵魂烟消云散。

虚空震碎，野火烧尽，言晃和江萝面前只剩下一座平静且祥和的小镇，苍天巨木遮住了炽烈阳光，孩子们在阴凉里嬉戏。

——恭喜玩家"欺诈者——言晃""计算师——江萝"成功通关幻想博物馆TE线。

——直播关闭，现在进行结算！

——直播总人数：21244人；最高在线人数：16308人；直播总留存：77%；直播好评率：97%。

——副本难度：E+；副本探索度：99%；副本完成度：100%；副本表现力：SS；综合评价：SS。

——奖励：积分×50000，珍贵道具"小世界树树种"，称号"艺术成就者"。

——剩余总积分：331775分。

珍贵道具：小世界树树种

品质：未知

属性：与天赋绑定后，令天赋随之成长，若天赋本身具备成长潜力，则直接令天赋进阶一阶。

道具介绍：我有一个世界，与所有人都不同的世界。

称号：艺术成就者

品质：E+

属性：力量+1，敏捷+1，智力+0.2，同化抗性+20%

称号介绍：幻想博物馆的终结者，艺术的成就者。艺术源于生活，而高于生活；艺术高于生活，但永不高于生命。

言晃看见"小世界树树种"时眼前一亮。他还是第一次看见珍贵品质的道具，这种道具一般是最稀有的成长类道具，无论到什么阶段都不会失效。

就他所知，目前已知的珍贵道具不超过 10 个。

他一时有些激动，也不知道江萝有没有这道具，到时候问问吧。

现在，该为副本打上属于它的标语了。

言晃毫不犹豫地说："艺术或有谬误，自然永不犯错。"

直播间已经关闭，看到副本被封锁的众人只觉得十分惊讶。没想到，这个副本真有 TE 结局。

言晃叫上江萝，想要退出副本，江萝却神秘地笑了笑："退出副本？想得美。"

言晃有些疑惑："为什么不能退出？"

江萝哈哈大笑："这可是你的封王赛。言晃，该去领奖了。"

她笑得格外猖狂，让言晃有种不好的预感。果不其然，下一秒，一道洪亮的声音回响在大厅之中："万众期待，众望所归，恭喜玩家欺诈者获得副本第一百期新人王冠军，赢得新人王称号！现在让我们有请第一百期新人王欺诈者上台领奖！"

言晃瞪大了眼睛，还没反应过来，人就消失在了原地。

游戏大厅：新人王加冕

言晃被传送到了一个黑漆漆的地方，四周静得只能听到他一个人的呼吸声，不等他深想，聚光灯忽然亮起，紧接着一束强烈的光打在了他的身上，让他右手抬起挡在眼前的同时，下意识闭上了眼睛。

"第一百期新人王大赛终于落下帷幕！让我们恭喜欺诈者言晃荣获第一！"

震耳的声音从天上响起，旋即便是噼里啪啦的鼓掌声。言晃眨了眨眼睛，在适应光线后，才放下了挡在眼睛前的右手，观察起四周的环境。

他此刻正处在一个巨大的四方舞台上，而他脚下踩着的，是写着"第一名"的领奖台。下方座无虚席，人们都在热烈地鼓掌，似是在为他送上最真挚的祝福。他还看到了坐在第四梯队的正中间笑得合不拢嘴的江萝。

他突然意识到，下方坐着的观众，全都是副本里的玩家。

在第一排的最中央，也是距离舞台最近的地方，坐着一位时刻保持着威严，戴着王冠的金发男人，他的手中握着一根权杖，正在认真打量着自己。而他的身边坐着一位戴着后冠的大美人，此刻也在用慈爱的目光看着自己。

所有人的目光都集中在自己身上，这让言晃有些不自在。

此时，天上的声音再次传出："本次第一百期新人王大赛只有一位脱颖而出，简直是闻所未闻！这其中到底隐藏着怎样的秘密呢？现在让我们用热烈掌声有请我们伟大的副本主持人——本子哥闪亮登场！"

言晃顺着声音传来的方向抬头看去，只见在舞台的边缘处，一道黑影犹如陨星一般迅速坠落。

"砰——！"

半个人高的铁皮胡桃夹子在降落之后还不忘摆一个帅气姿势。

周围没有掌声，但他丝毫不觉得尴尬，自顾自地站起后，一边向言晃走去，一边说："好了好了，本子哥当然明白你们对我的喜爱，但掌声还请留给我们的第一名——欺诈者！"他说到后半句时，直接夸张地在地上劈了一个叉，双手伸长，指向言晃。

周围鸦雀无声，观众们面无表情。

言晃忽然感觉自己的脚趾有些不受控制地蜷缩，抠地。

好尴尬啊……不是说还有三个人吗？那人呢？去哪儿了？是死在副本里了，还是被林七杀了？

本子哥倒是依旧保持着热情似火的态度，虽然没有得到回应，但是那铁皮脸上的笑容也没下去过，在言晃毫无准备的情况下，一跃而起，来到了他的身旁，与他一起站在了第一名的奖台上，抬高话筒对准言晃。

"欺诈者，能否告诉我们，你是怎么做到第一百期新人王里只有你一人登上领奖台的？方便分享一下经验吗？可不要自私哦，咱们副本可是最能体现团结友爱的地方。"

言晃心生诧异。他如今的三维属性可不算低，但这本子哥竟然能在他眼皮底下悄无声息地靠近他，此人不简单啊！可他脸上仍然保持着镇定自若的样子，对准麦克风，老老实实回答问题："因为我的对手很强，杀了其他人。"

他说的是实话，甚至还在内心把林七骂了一顿。如果不是因为林七，他如今也不至于一个人这么尴尬了。

"那你的对手呢？他为什么不在？是被你杀了吗？你对你拿到了第一名有什么看法呢？你觉得你第一百期新人王的称号是名副其实吗？"

本子哥的问题一个接着一个，丝毫不给言晃喘息的机会，而且在问完后，立马将话筒杵到了言晃嘴边。

言晃微笑着，却没有张口回答问题，渐渐地，尴尬的人从他变成了本子哥。

本子哥的笑容肉眼可见变深了，不过那不是开心、快乐，而是在压制自己的愤怒。

它把话筒杵得更厉害了："看来我们的新人王好像不太想回答这些问题，不过没关系，我们还有一个谁都能回答上来的问题。请问，你在获得新人王的头衔之后最想感谢谁呢？"

言晃看着本子哥继续笑，甚至连嘴角的弧度都没有变一下，却依旧什么也不说，什么也不做。

本子哥和他对视着笑。

不知道过了多久，本子哥脸上的笑容瞬间变成了愤怒与严肃，将话筒往下一砸："你真是我见过的最大牌的新人王！"

言晃终于开了口："哦，那你要动手吗？可是你应该不能动手吧！"

本子哥嗤笑一声："你怎么确定我不能动手呢？"

一边说，一边展示起自己的属性。

NPC：主持人——本子哥

力量：10

敏捷：10

智力：0.5

综合评价：身为一名优秀的主持人，拥有强大的力量与速度是基要求,而脑子不好则能给人带来更多喜剧效果,没有人会拒绝喜剧。

言晃并不在意:"能动手你早动手了。"

本子哥被看穿了,气得浑身发抖,直接跳下领奖台,在舞台上咬牙切齿地走来走去,最后气急败坏地冷哼一声。

"没错,本子哥的确不能跟你动手,不过本子哥能让你很快失去这个难得的上台机会!只要本子哥赶紧给你统计完,然后颁发奖杯……你以后再想有这个上台机会,可就难了!"

对本子哥而言,这就是他能想到的最好的威胁。对言晃而言,这却是天大的好事。

"搞快点,麻烦了。"言晃甚至还彬彬有礼地补上了一句。

本子哥气得差点当场爆炸,副本里的主持人不少,他等了很久才等到一次上台跟玩家互动的机会,结果第一次就遇到了这种人!

底下的人全都笑疯了,也是第一次看见副本安排整蛊玩家的主持人被玩家气成这样。

本子哥知道大家都在笑他,面上露出了尴尬的表情。

"好吧,好吧,你真是个无趣的玩家,本子哥也不想再跟你待在一起了。现在,系统将结算你的信息,然后给你发放奖励!"

本子哥话音刚落,言晃的背后便出现一张巨大的虚拟屏幕,上面播放着言晃在三次副本中的精彩片段,有好几个片段甚至惊艳到了一些高级玩家。

在播放结束后,大屏幕上便出现了新的内容——

副本第一百期新人王大赛获奖名单:

第一名:欺诈者——言晃

主要战绩:F级副本孵化之都TE线通关,综合评价SS;E-级副本标签社会TE线通关,综合评价SS;E+级挑战类副本幻想博物馆TE线通关,综合评价SS。

潜力指数:99.99

新人王评语：一名史无前例的智慧型玩家，擅长精妙的布局，每一次副本都是一场来自视觉与心灵上的震撼与救赎。胜利桂冠实至名归！

一顶漂亮的桂冠从天而降，落在了言晃头上。

——恭喜玩家"欺诈者——言晃"荣获称号新人王！

称号：新人王（王之基因）

属性：力量+1，敏捷+1，智力+0.3

"新人王"称号自带的力量随着桂冠灌注全身，言晃此时的面板已经到了一种不输之前林七的地步。

玩家：欺诈者——言晃

天赋信息：您言行一致，品德高尚，所有人都会对您保持信任。当您使用天赋时，说出的话将导致作用对象产生信任与不信任两种结果，两者皆为概率性事件。

天赋隐藏信息1：自身以外不可见。

天赋隐藏信息2：自身以外不可见。

力量：5.5

敏捷：5.5

智力：2.5

所属公会：无

综合评价：您是副本有史以来成长最快的一个玩家，是一位相当优秀的人。恭喜您，半只脚步入了强者行列！

——本次新人王大赛的颁奖仪式到此结束！

言晃终于松了口气,本子哥更是激动地叫了出来,舞台周围好几个地方打响了礼炮。

第一百期新人王的颁奖仪式终于落下了帷幕。

一位身着古装的瘸腿男人看了看舞台上的言晃,而后面带笑意地看向旁边戴着王冠的金发男人:"国王,医生死了,你们塔罗对他的态度是……"

被称为"国王"的金发男人眯着眼睛,冷笑一声:"与你百道何干?"

瘸腿男人打了一个哈欠:"怎么会和我们没关系?我们百道跟你们塔罗的关系那么差,如果你们要对他动手的话,我们很乐意保下他。毕竟谁会放掉一颗种子呢?"

瘸腿男人正是副本排名第二的公会百道的会长,名唤墨为,天赋是被誉为能够看穿一切现象与本质的"天人合一"。

国王冷笑一声:"这人,我们塔罗要了。"

墨为明白了国王的态度,颇有些不满:"你们塔罗要人家,人家可不一定搭理你。我倒觉得我们百道的理念跟他的观点更加吻合——靠着自己的双手打出 TE 线,才是副本存在的意义。"

"肤浅。"国王懒得过多解释。

墨为倒是不在乎国王怎么说:"无所谓,随便你骂,反正你们一时半会儿也没时间放下 A 级副本过来跟我抢人。"

"是吗?"国王脸上露出笑意,"A 级副本的攻略,快要拿下了。"

墨为脸色一变:"这么快?!"

国王没再跟他就此事多说,而是开口道:"你抢不过我们的,轮盘之中的结果显示,他最终会走向我们。"

墨为面色沉了下去:"没有命运的命运之轮,预判的结果可从来不会准确。要知道,你们失误也不是一次两次了。"

国王往后一靠,似乎一切尽在他的掌控之下:"这一次,绝不可能有任何错误!"

因为,他们在一个名为真理之世的特殊类 A 级副本中,看到了一个他们永远不敢想象的画面。

所以国王前所未有的笃定，并且为此孤注一掷。

墨为一向能够看穿一切，而此时，他却看不穿他的老对头到底在想些什么。他尝试着使用天赋去窥视，结果双眼直接冒出鲜血。他赶忙捂住双眼，停止运用天赋，并从系统商城中买下治疗药剂服下。

"你到底知道了什么？"

不等国王回答，他突然想到了一件事，瞬间大惊失色："他该不会就是你一直寻找的人吧？"

国王双手支在膝盖上，并没有说话。

墨为皱紧了眉头。国王虽说是个极有魄力的人，但并非傻子，他能够如此肯定，想必一定是知道了什么不得了的信息。可如果欺诈者就是国王一直寻找的人的话，那这副本的根源之谜，很快就要解开了。

墨为暗暗下定决心，一定要把欺诈者邀请进百道。

停滞了许久的命运指针，又一次开始转动。然而没有人知道，这一次转动所牵引出来的因果，会是怎样空前绝后的庞大！

副本世界的反馈 3

言晃在颁奖典礼结束之后的第一时间，回到了现实世界，然后从自己的床上醒来。紧接着，他的面前便出现系统面板——

恭喜玩家欺诈者获得新人王特殊奖励之"自由选择 E 级道具"。

鉴于本次新人王大赛最终脱颖而出的只有一人，所以您的自由选择奖励将升级为 D 级。

请选择。

言晃的面前出现了三个道具：一把刀、一件衣服、一颗珠子。

言晃看了看这些道具的属性介绍，也是主打的攻击、防御、功能三个方向。

现在攻击方面他有"救赎大剑"，所以并不需要系统提供的刀；功能方面他有"谢扶沐的守护"和"幻象模拟器"，这两件虽说品质不高，但因为是 TE 线的限定道具，作用并不比其他高品质的道具差；再者，他还得到了"小世界树树种"，能够在天赋上进行提升。

对了，天赋！

现在他基本上能够肯定自己的天赋是拥有进阶潜力的,如果再将其与"小世界树树种"进行绑定的话,是可以直接提升一阶的。

先看看进阶后的天赋是什么样的,然后再选择奖励也不迟。

言晃说做就做,直接将"小世界树树种"与自己的天赋进行绑定。

面板上,他的天赋开始发生变化。

天赋信息:您行善积德,诚实友善,只要与您相处过,无论是对手还是队友,都对您赞不绝口。因此您的一言一行都更加具有信服力。

天赋隐藏信息1:说出谎言后直接按照对立性事件进行判定,且判定成功概率上升至60%,判定成功后对受作用者(包括且不止于人)的认知和行为,以及既定事实进行改变。

天赋隐藏信息2:受作用者为非生物时,精神力消耗减半。

言晃眼前一亮。

这一次天赋的成功概率提升幅度很大,作用对象的范围也扩大不少,不再仅限于人,再加上现在他的智力属性高达2.5,说是脱胎换骨都不为过!

现在,无论是攻击方面还是功能方面,他都已经有了比较出色的道具,现在比较差的就是防御方面,总不能每次都靠赌和预判,万一哪次失误,可就危险了。

所以,他选择了那件衣服。

道具:王的夜行衣

品质:D级

属性:属性抗性+40%,物理抗性+30%,精神抗性+20%

技能:潜行(使用后极大程度降低存在感,持续1分钟),每次开启将损耗一定精神力,现实中可无限制使用。

道具介绍:低调有时候会是最好的防守。或许在某种程度上,很适合你打副本的风格。

这下,言晃终于觉得,自己在副本中已经算是一个真正意义上的高级玩家了。如果按照幻想博物馆的难度来推算的话,他或许勉强能够单刷 E+ 级别以下的副本了。

他心情爽朗地出了房门,正好江萝也从自己的房间里走了出来,看着他打趣道:"我坐在观众席上的时候都在替你尴尬啊!"

言晃翻了个白眼:"不是说还有三个人吗?人呢?"

"啊,我没告诉你吗?"江萝睁着眼睛,努力让自己看起来毫不知情,"他们太不幸运了,死在副本里了。"

言晃笑了,直接伸手把她的头发薅了两下。

"别薅了,别薅了,要薅秃了!累了一整天了,下次你再拿我当球踢我可就生气了。"她一边说,一边逃离言晃的"魔爪",跑到沙发上,拿起遥控器将电视打开。

电视打开之后,出现在两人面前的便是一条大新闻。

平日里漂亮大方的主持人此刻的表情无比凝重,她的背后是打着许多马赛克的画面,而露出的部分画面更是让人心里难受。

"今日凌晨 6 点,警方接到陌生来电,称我国知名艺术家唐克涉嫌恶意虐杀他人、非法解剖人体等犯罪行为,警方及时赶至唐克家中确认情况。经核查,嫌疑人唐克的一系列罪行均属实,受害人包括知名演员林娜、精神病人零七……"

针对这次事件,新闻主持人说了许多,她的表情也肉眼可见地愤怒起来。最后,她对社会发出疑问:"难道艺术一定是建立于猎奇之上?难道所谓的艺术性真的只需要少部分人欣赏?"

言晃和江萝两人心情格外复杂。

言晃问江萝:"要去看看吗?"

江萝点了点头。

虽说副本的故事绝大部分是源于现实,但副本的恶往往更加纯粹。

可如果在副本里待久了，很难让人不去质问自己，到底还是不是一个正常人。想要控制住这个局面，最好的办法就是用现实的真实去唤醒自己。

两人很快到了唐克家附近，这里已经被一场大火给烧干净了，听说是唐克在警察们来之前，放了一把火。

现在好几辆警车和消防车停在这里，红蓝光芒交叠之下，让人心中越发紧张。

警方封锁了现场，受害者的亲属们只好跪在封锁线外，哭得撕心裂肺。

也有许多的好心人，虽然与受害者非亲非故，但他们的心里一直有个声音让他们来这里。于是他们带着白色的花，以及一些水果篮子，来到了这边，将其放在地上，安抚那些枉死的人，然后来到那些受害者的家属身边，安慰他们、陪伴他们。

江萝站在不远处，捏着下巴沉吟片刻："我们根本进不去，怎么办，要不直接冲进去？"

言晃微微一笑："如果你想明天上头条，然后让全世界的人都知道你是神奇女侠的话，你可以这么干。"

江萝撇撇嘴："那怎么办？"

言晃倒是不慌，默默拿出了"王的夜行衣"。

他刚想披在身上，试试潜行效果，可肩膀忽然被人从身后碰了碰。

他转头一看，入目是林七那张瞳孔无限放大、笑容异常灿烂的脸，距离之近让他下意识想要挥刀出去。但他很快克制了下来，只是一拳头砸了过去。

林七轻松躲开，笑嘻嘻地说："哎呀，你好凶哦，我都这样了你还不放过我。"

言晃皱着眉，上下打量着他，此刻的他就像是一个正常的、活着的人。

江萝也是满脸诧异，围着他打转："不可能啊！你不是死在副本里了吗?在副本中得到拯救的'神'是能够短暂回到现实的,但我从未听说过,在副本里死亡的玩家还能活着回到现实。"

言晃也是对这点不解,他试探性地问:"林娜呢?"

"林娜啊……"他的尾音拖得很长,幼稚地把手指放在自己的下巴上,旋即又是一副嬉笑的模样,"林娜的愿望完成了,所以彻底离开了。不愧是林娜,真棒!"

这一瞬间,言晃和江萝突然明白了林七尚未消散的原因。林娜的愿望完成了,所以离开了,而站在这里的林七,到死也没能完成自己的愿望。

他的表情是那样开心,就像什么都不懂似的,可,他真的不懂吗?

言晃和江萝看着嬉笑的仿佛什么都不在意的他,心里却替他感觉到悲哀。

"那么严肃干什么?我都死了,没法再伤害你们了。"见他们二人表情未变,林七无奈地叹了一口气,"好了好了,算是我怕了你们了。"

他轻笑着,声音中却多了几分郑重:"欺诈者、计算师,看后面吧。"

言晃与江萝二人不约而同地朝着后面看了过去,只见被烧毁的残破房子中忽然走出来一个半透明的"人",他来到了一个坐在地上号啕大哭的老太太面前。

人们似乎并没有看见他,一丁点反应也没有。

他低着头,伸手为老太太擦了擦眼泪。

从房子中走出来的人越来越多,他们一个个地走到了自己的家人身边,然后伸手,为家人擦去眼泪。

那些哭得撕心裂肺的人们,似是感觉到了什么,忽然就停住了哭泣。

"业年,是你吗,业年?"

"阿海,你在的对吧?阿海!"

……

他们呼唤着自己亲人的名字,想要奋不顾身地闯进那个被烧毁的房子之中，去一探究竟。

站在警戒线内的警察赶紧将他们拦了下来。

他们放声喊着——

"放我进去，我看见我儿子了！他刚刚就在这儿……警官，让我进去好不好？我求求你了……我好几年没见我儿子了……你让他再吃一回我做的瘦肉粥好不好？他最爱吃这个了。"

"我也看见我女儿了，她刚刚就摸着我的脸，给我擦眼泪呢……警官，求求你了，让我们进去看一眼好不好？就一眼……我们真的，很久很久没有看到我们的孩子了……"

……

在外人眼里，这些受害者的亲人犹如疯癫了一般。但很快，他们便安静了下来，开始慢慢后退。

有人声音沙哑地说："阿海让我别给你们添麻烦了……"

目睹一切的言晃心里很是感慨。没想到副本还能够创造这样的奇迹。

就在这时，言晃看到有好几匹白马也从里面走了出来，然后欢悦地向着他的方向奔腾而来。

言晃摸了摸它们的马头，江萝眼底亮晶晶的，绕着白马左看看右看看。

过了大概 5 分钟，围绕着言晃和江萝的白马开始后退，默默陪在家人们身边的受害者们也站起身，开始往后退去，眼睛却一眨不眨地盯着自己亲人的面孔，似乎是想要将他们的样貌永永远远刻在心底。

言晃看着他们，江萝牵起了他的手。

受害者们开始消散，直到最后，他们看向言晃，笑着对他说："谢谢。"

他们终于得到了解脱。

言晃和江萝心中百感交集，转头一看，林七正坐在树底下，跷着二郎腿，笑眯眯地看着他们。

言晃叹了一口气，旋即才问："你也要走了？"

林七挑了挑眉："怎么，舍不得我走啊？"

言晃无奈说道："我巴不得你赶紧走。"

林七起身，走到二人面前，一张脸凑到言晃面前："我跟副本做了交易，等一个能够帮我实现愿望的人出现。我可是知道了一件大秘密，你想不想知道这个秘密？"

不等言晃回答，林七便凑到了他的耳边，告诉他："副本里的'神'，对你的评价都很好，所有人都很期待能够见你一面。"

言晃一愣，瞳孔中带上了不可置信："所以，你要我去救你吗？"

林七抬高了下巴，又把距离拉远："不需要。"

言晃问："为什么？"

林七俯下身子要去捏江萝的脸，江萝嫌弃地躲到了言晃身后。

他落了空，也不恼，只是站在那里笑："因为，我要永远住在副本里。我的副本里有林娜，那里的林娜不会凶我，而且，最重要的是——"

说到这里，他停了下来。

言晃屏着呼吸看他，发现他的身体开始变得透明。

林七没有将视线放到言晃和江萝身上，而是看着远方的桥梁，脸上挂着言晃从未见过的温柔的笑容。

言晃知道他时间不多了，却没催促，而是安静等着。

林七似乎是刚刚回神，将视线重新落在他身上，带着一抹恶劣的笑容说："你猜。"

言晃哭笑不得，却在他快要完全消散之前说："是不想世界上出现第二个零七吧？"

他的声音一如既往的亲和。

这字字句句，让只剩下半张脸的林七眼皮一动，笑得更深了："谁知道呢，拜拜啦。"

"慢走不送。"言晃笑道。

去往属于他的副本，住在属于他的世界之中，或许这对他而言，就是最好的结局了。

一旁的江萝默默出声："言晃……"

"嗯？"

"要不我们这就去他的副本吧！"

言晃失笑，伸手揉了揉江萝的头："你确定？"

想到林七往日里的喜怒无常，江萝悻悻地摸了摸自己的鼻子："我开玩笑的。"

"不过，我真的很想亲眼看看，属于林七的世界，到底是什么样的世界。"

言晃抬起头，看着湛蓝的天空，脑子里忽然想起了林七曾经问过他，蓝色到底是什么样的。

他勾起唇角，说道："总会有那么一天的。"

"现在，我们回家。"